吞噬星空

典藏版 10

我吃西红柿 著

时代出版传媒股份有限公司
安徽文艺出版社

图书在版编目（CIP）数据

吞噬星空：典藏版. 10 / 我吃西红柿著. — 合肥：安徽文艺出版社, 2021.7（2025.6重印）
ISBN 978-7-5396-7137-6

Ⅰ. ①吞… Ⅱ. ①我… Ⅲ. ①幻想小说—中国—当代 Ⅳ. ①I247.5

中国版本图书馆CIP数据核字(2021)第002808号

TUNSHI XINGKONG DIANCANG BAN 10

吞噬星空 典藏版10

我吃西红柿 著

出 版 人：姚 巍
责任编辑：王婧婧 宋潇婧
装帧设计：周艳芳

出版发行：安徽文艺出版社 www.awpub.com
地　　址：合肥市翡翠路1118号 邮政编码：230071
营 销 部：(0551)63533889
印　　制：湖南天闻新华印务有限公司 电话：(0731)88387856

开本：710 mm × 1000 mm 1/16 印张：18 字数：290千字
版次：2021年7月第1版
印次：2025年6月第9次印刷
定价：32.00元

目录

CONTENTS

第443章

混沌城

大厅中。

天才们个个不敢吭声，面对不朽级强者时，他们感受到的是一种威压，而面对就站在眼前却仿佛不存在的紫鳞男子，他们的感受完全不一样。

此人正是九剑尊者。

九剑尊者根本没有特意施展威压，纯粹是自然散发出的气息，就震慑住了现场的所有人。

那是生命本能的臣服！

“停！”一道宛如雷鸣的大喝声传入宇宙飞船的内部，回荡在宇宙飞船中。

所有天才不由得感到惊恐，同时心中很无奈。

他们大多是恒星级强者，只有几个刚刚突破到了宇宙级。面对这些不朽级强者，根本没有丝毫抵抗之力，如果人家发起攻击，恐怕只需一个眼神就能让他们魂飞魄散。

天才终究只是天才，而非真正的强者。

路，才刚刚开始。

“是我！快开启宇宙通道！”九剑尊者淡淡地道。

他的声音穿透了宇宙飞船，传到了外界。

“轰！”外界响起了一道低沉的声音，而后宇宙飞船继续前行。

“嗯？”

“这感觉好难受！”

“不对！”

天才们脸色苍白。

罗峰也感觉到脑袋一阵阵疼痛，努力睁开眼睛，却看不清周围的一切。

“我们现在在初始宇宙和原宇宙的通道中。”九剑尊者看着脸色苍白的天才们，“初始宇宙和原宇宙的时间流速不同，所以通道内的时间流速错乱，以致你们有些难受。”

现场有1000名天才，也就300多名天才能够勉强站着。

“我看不清了。”罗峰咬着牙，眯着眼睛。

“罗峰，时间流速错乱竟然是这种感觉，连我这个智能生命都感觉好奇怪。哈哈，神奇，简直太神奇了！”巴巴塔却无比兴奋，“这种机会很少有的啊！”

过了五六分钟，那种难受的感觉消失了。

罗峰这才恢复清醒。

“嗯？”他扫视周围，发现地上躺着不少人，很多人脸色苍白，眼泪都流出来了。

随即，一个个天才都爬了起来，连忙擦拭眼泪，恢复正常。

“现在我们已经进入初始宇宙。”九剑尊者笑道。

“初始宇宙？”

“我们已经到初始宇宙了？”

来自诸多宇宙国的天才都很惊讶，就连跟随九剑尊者一起来的十余个不朽级强者眼中都满是期待，时不时抬头看向上方。

“顶部开启。”九剑尊者说道。

“哧哧——”大厅上方的金属顶部竟然自动分开，露出了透明玻璃似的外层。

顿时，大厅的顶部变成了透明的。所有人抬头，都能通过透明的外层看到外界。

罗峰也抬起头来，一眼就看到外面竟然是昏暗的，飘荡着一些混沌的气流。

远处隐隐能看到天地时而裂开，甚至能看到大量奇异的秘纹在裂开的空间边缘流动。一根根丝线串连，丝线上的秘纹飘荡，仿佛织布机一样，将天地织得越来越大。

“这是？”

罗峰感觉到远处空间的裂开处，一根根晶莹丝线上流动着奇异的秘纹，而十余个不朽级强者都仰着头，时而闭眼思索，时而仔细观看。

宇宙飞船不断往前飞行，里面的人经常能看到宇宙空间裂缝和那些奇异的丝线秘纹……

“恒星和行星都有寿命，宇宙同样有寿命，只是，寿命无比漫长。”九剑尊者微微一笑，“初始宇宙是处于宇宙初开时期的新宇宙，在初始时期，宇宙正不断地完善，宇宙本源运转规则就会外显。那些宇宙空间裂缝不断修复的，就是宇宙本源运转规则，其中有各种本源法则。”

罗峰等人听了，顿时目瞪口呆。

那修复宇宙空间的一根根晶莹丝线上飘浮的大量秘纹都是宇宙运转法则?

“我们生活的原宇宙浩瀚、巨大、完美。正因为完美，所以不可能将运转法则外显，因此想要感悟宇宙运转法则难度很大。而在初始宇宙中，肉眼就能看到，而且还能看到各种法则的完美结合，看到宇宙是如何形成的，规则是如何运转的，所以领悟起来就容易很多，因此进入初始宇宙参悟的名额也就无比珍贵。”九剑尊者说完，瞥了那些不朽级强者一眼。

那些不朽级强者都抬头看着，显然很珍惜每一点时间。

“关闭。”九剑尊者说道。

大厅的顶部直接合拢。

其实，看到那一道道空间裂缝上飘浮的丝线秘纹，罗峰就明白了，宇宙运转法则不但要用眼睛看，还要亲自感受，单单靠科技将其虚拟出来是不可能的，如果能够成功地虚拟出来，大家也就没必要争相进入初始宇宙了。

“待会儿就要到达混沌城了，混沌城是进入初始宇宙的参悟者居住、修炼的地方，你们是我接引来的，我希望30年后能看到你们还活着。”

“啊？我们会死？”

“难道混沌城中有危险？”

罗峰等人都有些疑惑。

“记住，进入混沌城后，认真听混沌城接待使者的话，听清楚那里的规矩。嗯，到了。”九剑尊者说完，宇宙飞船的速度开始减慢。

宇宙飞船在苍茫宇宙空间中缓缓穿行。

大厅顶部关闭仅仅片刻，宇宙飞船就飞到了一座古城的上空，舱门开启，1000名天才从中飞出。随后，舱门关闭，宇宙飞船直接消失了。

“进入初始宇宙的感觉好特别。”

“我感觉好舒服。”

“对，非常舒服。”

一群年轻人悬浮在半空中，不禁赞叹起来。

罗峰低头看着下方那座古老、雄伟的城池，初始宇宙中的这座城池给人一种厚重感。

远处，一道黑色流光飞了过来。

“各位，我是混沌城的接待使者。”随着一道低沉的声音，头部布满青色鳞片的黑袍男子已经飞了过来。

“这座城名唤混沌城，比你们大多数人所属的宇宙国的历史还要悠久，现由虚拟宇宙公司、巨斧斗武场、宇宙第一银行、宇宙星河银行、宇宙佣兵联盟共同管理。”

周围一片安静。

天才们都愣愣地看着黑袍使者。

“都跟我来。”黑袍使者微微一笑，朝下方飞去。

天才们紧跟着他从高空飞下，落在混沌城的街道上。

混沌城的街道很宽，可以容纳数十人并行。

“混沌城存在的岁月十分悠久。”前面的黑袍使者一边走一边说，“来混沌城参悟的修炼者，最后的成就都不错，这里已经诞生了一个又一个超级强者。”

“嗯？”

罗峰环顾四周，只见混沌城内有一栋栋小楼，一些长相各异的人盘膝坐在天台上，还有一些人在天台地面上画着什么，他们身上都散发出强大的气息，比界主级强者要强得多，有些强者嘴里还念叨着什么。

罗峰仰头看天，远处靠近宇宙空间裂缝处，隐约能看到一个个超级强者。

那些超级强者正低头看着罗峰等人。

“又有一群小家伙来了。”

“是11号使者接待的，那就是来自虚拟宇宙公司的小家伙们了。”

“听说虚拟宇宙公司这次招到了一个叫‘伯兰’的年轻人，实力很强。”

这些超级强者议论纷纷。

罗峰等人都很低调，他们能够清楚地感觉到，这里的不朽级强者很多，而且不朽级强者都收敛气息，不敢肆意释放，然而，整个混沌城中有十余道强横的气息，直冲天际。仿佛十几头绝世凶兽，盘踞在混沌城的不同方位。

“混沌城中有很多超级强者。”黑袍使者对他们说道，“他们正在参悟宇宙本源法则，千万别去打扰他们，否则我只能将你们送出初始宇宙，取消这次参悟的机会。”

一群人都点点头。

随后，黑袍使者直接进入了旁边一座没人居住的小楼。

“混沌城内有很多小楼，若门是淡白色的，就说明这里没有主人。”黑袍使者指着大门，“只要你们将手放在门上片刻，门中的感应系统便会自动启动，令门变成深灰色，你就成了这栋住宅的主人，并且系统自动进行信息记录。记住，每一个人只能选择一个住处。”

说着，黑袍使者就到了天台上。

天台挺大，长宽都近百米，足以站一千人。

“这是？”罗峰看到天台地上有很多雕刻的图文。

“这……”罗峰看着看着，渐渐沉迷其中。

其他天才也都沉迷其中。

“空间本源法则！”

“这些雕刻中蕴含了空间本源法则。”

不少天才都惊呼出声。

“各位，”黑袍使者的声音传入所有人的脑海，让他们清醒过来，“在混沌城中，一代代超级强者都是坐在天台上进行参悟，他们在参悟的过程中，时而进行刻画，所以留下了很多蕴含这些超级强者思考的本源法则的雕刻。如果你们对这些感兴趣，可以去一栋栋楼观看，说不定就能找到尊者留下的一些雕刻，毕竟整个混沌城大半的住处现在都没有人居住。”

天才们听了，眼睛一亮。

“首先，我得告诉你们一个非常重要的规矩！”黑袍使者郑重地道，“初始宇宙中，禁止人类自相残杀，谁动手，则必死无疑。无论是谁，就算是宇宙国的国主，也不能无视混沌城的规矩。”

“明白。”天才们都点点头。

“初始宇宙和原宇宙的时间流速比例是1∶3.28。你们这次参悟的时间是30多年。”黑袍使者笑道。

第444章

52尊混沌碑

“时间很珍贵，可别浪费。”黑袍使者随即直接从天台上一跃而下，落在下方的地面上。

紧接着，天才们都跳了下去，落在别墅楼前方宽阔的街道上。

“跟我来，去城主府。”黑袍使者缓缓地说道，“那是城主居住的地方，也是整个混沌城的核心。”

“城主？”罗峰心中暗惊。

作为初始宇宙中唯一的城池，混沌城的历史比原宇宙中的许多宇宙国都要悠久，这样一座古城的城主，地位可想而知。能担任城主的人，实力绝对不会比那些宇宙国主弱。

“轰隆隆——”

前方走来一头全身披着赤红色鳞甲、高30余米的独角怪兽。怪兽的体形很大，几乎占了街道的大半空间。

一个有着紫色短发，青年模样的男子站在怪兽的背上，他身上穿着幽蓝色的战甲，脚踏幽蓝色的战靴，背着一把紫色的巨型战刀，仰头看天。

黑袍使者当即恭敬行礼。

天才们看到那巨兽缓缓离去。

“驯兽？”

“混沌城也能带驯兽来？”

天才们忍不住低声议论起来。

黑袍使者笑道："刚才那位是我们混沌城的永久不朽级居民，作为永久居民，是有资格带驯兽在混沌城中闲逛的。"

"永久居民？"

"我听说，不朽级强者想要进来参悟是很难的，一个名额都无比珍贵。"

天才们都震惊了。

罗峰忍不住说道："那人怎么可能是永久居民呢？"

他的老师也算是宇宙不朽级强者中的大人物，都买不起进入初始宇宙参悟的名额。可是，刚才那个青年模样的男子却是初始宇宙的永久居民？

"没什么不可能的。"黑袍使者微微一笑，"只要做出了大贡献，或者是有超强的实力，并得到联盟的承认，就能成为永久居民。"

罗峰心中一动。

联盟？这混沌城是由五大巨头共同管理的，所谓的联盟估计就是五大巨头的联盟。

"我想问一下，如何成为永久居民？"蛮卡星王子乌卡问道。

"条件非常苛刻。等你们成为不朽级强者的时候，就知道是哪些条件了，现在问了也没用。"黑袍使者回道。

而后，黑袍使者带着他们继续前行。

他们是来自各个宇宙国的天才，走在街道上，的确算是一道风景。罗峰却发现，街道两旁的别墅楼天台上的超级强者都在静修，沉浸在参悟中，只有极少数人睁开眼睛，看了看他们。很多人的胡子和头发都很长了，似乎很多年都没有修剪过。

"前面就是城主府。"黑袍使者指着前方。

罗峰抬头看去。

那是一座300多米高的宏伟建筑，上面有三个耀眼的宇宙通用语文字——城主府。

看着那三个字，天才们被吸引了，那字迹内部仿佛自成一方天地。

“城主府三个大字很是诡异，大家看一次就成，别经常看。”黑袍使者笑道，“看多了，你们会精神恍惚，就算是不朽级强者，一般也不敢一直盯着看。”

“哦？”

“这么神奇？”

之前没有注意那三个字的不少天才都很好奇，当即抬头看去，一看，个个都中招了。

“哈哈……”黑袍使者看到这一幕，不由得大笑起来。

平常接待一些超级强者，黑袍使者要拘束一点，接待这些小家伙就轻松多了。

城主府看着近，实际隔得挺远。

他们走得还挺快的，过了数分钟，才走到城主府的大门外，这里有穿着黑袍的使者出入，不时还能看到一些不朽级强者、界主级强者出入。

“混沌城是初始宇宙中唯一的一座城池，混沌城有三宝。”

罗峰眼睛一亮，认真听着。

“三宝中的第一宝，想必大家都知道，自然就是宇宙运转法则。”黑袍使者微微一笑，“至于第二宝，就在城内，而且就在城主府中。第三宝则在混沌城城外。”

“到底是什么宝贝？”

“使者，快告诉我们啊！”

一群天才忍不住问道。

黑袍使者指向四周，道：“亿万年来，一个个超级强者住过那些修炼居所，他们在天台上修炼的时候，有时灵光一闪，就将感悟出来的法则刻画在地面上，而后仔细参悟，若有新的所得，也会随意刻画。”

罗峰暗暗点头。

的确，感悟本源法则，有点类似于灵光闪现，突然感悟出一些东西，就随手刻画下来，毕竟图形比文字更形象，亲手刻下的图形是非常好的感悟载体。

“无数年来，混沌城已经形成了这样的传统。因为纯粹是修炼者随兴记录的，没有规律，很多刻画都只是一鳞半爪，所以大多数只有一点借鉴作用。不过，亿万年来，无数的刻画中还是有一些很强、很具系统性的修炼价值的。

“混沌城中就有极为珍贵的52尊混沌碑，每一尊混沌碑都记录了大量神秘的图案。这52尊混沌碑，相当于52种修炼的大道，可以直接通往巅峰，如果悟透了一尊混沌碑，那么将直接成为宇宙中真正的超级强者，即使想开辟出一个宇宙国，也是轻而易举的。”

听了黑袍使者的话，罗峰很震惊。

戎钧等天才则激动不已。

52尊混沌碑蕴含了通往巅峰的大道，悟透一尊混沌碑，就能开辟出宇宙国？

“这52尊混沌碑就是我们混沌城的第二宝。至于第三宝，在混沌城外，城门口的石碑上有详细的描述，你们自己去看就知道了。”

一群人期待万分。

第一宝和第二宝对大家的益处都很大，第三宝估计也差不到哪儿去。

“52尊混沌碑。”黑袍使者说道，“每一位进入初始宇宙的修炼者，都有一次参悟的机会，每人参悟的时间为7天。”

“7天？”一群人瞪大了眼睛。

时间怎么这么短？

“混沌碑是人类的至宝，比任何秘法都更清晰地传递了通往巅峰的大道，7天的参悟时间，对你们而言足够了。”黑袍使者说着，朝城主府正门走去，“都进来吧，观摩一下混沌碑。”

城主府占地面积很大，混沌城中连普通修炼居所的天台长宽都达百米，城主府有多大就可想而知了。

“每人只能选择一尊混沌碑进行观摩、参悟。”

黑袍使者带领罗峰他们走到一条走廊的入口，走廊两侧的墙壁上悬挂着一幅幅画。

罗峰目光一扫，就知道墙壁上一共有52幅画。

“走廊墙壁上悬挂着52幅拓印画，每一幅画对应一尊混沌碑，你们先看看这些画。虽然这些画无法将混沌碑蕴含的气息传递出来，但是能让你们勉强感受到一点。你们先看完这52幅画，而后决定选择哪一尊混沌碑吧！”黑袍使者说道。

天才们看着走廊两侧墙壁上的一幅幅画，都傻眼了。

每一幅画都是标准的10米长、10米宽，画旁边还写了名字。

“给你们半个小时。”黑袍使者站在走廊的外面。

罗峰等人只能抓紧看画。

第一幅画上有一棵古老的参天大树，树叶已经枯黄，半空中飘着枯黄的树叶。以罗峰的计算能力，瞬间判断出画上有超过1万片树叶。树枝上还剩下一些树叶，地面上则铺满了落叶。

罗峰看着看着，就感觉半空中飘落的枯黄树叶仿佛一个个士兵，组成了一个个军阵。那军阵无比繁杂，100片树叶组成了复杂的小阵，如果再加上一片树叶，就能令阵形发生变化，十分奇妙。

“一分钟到！”巴巴塔的声音在罗峰的脑海中响起，“罗峰，你只有半个小时，要看完所有的画，浏览每一幅画的时间不得超过一分钟。”

“明白。”罗峰连忙清醒过来，看了一眼画对应的混沌碑的名字——母祖混沌碑。

罗峰眉头微皱：“母祖？这画跟母祖星球有什么关系？”

他不敢多想，毕竟还有51幅画要看。

在短短半个小时内要找到适合自己的混沌碑，并不容易。而只有找到适合自己的，修炼起来，效率才会高。

这第一幅画，罗峰看了都觉得头疼。仅仅101片树叶组成的阵形就变化多端，那数万片树叶组成的阵形将衍变到什么地步，简直无法想象。

天才们都盯着那一幅幅画。之前他们还在为根据画来选择混沌碑而不爽，可是，看了一些画后，个个沉迷其中，幸好所有人都得到了智能光脑的提醒，否则可能有人半个小时就看一幅画。

“嗯？”罗峰盯着面前的一幅画。

画上只有一道道刀痕，每道刀痕给人的感觉都不一样，一共有10081道刀痕，对应的混沌碑名为心痕混沌碑。

“好，半个小时到了，告诉我，你们选择的是哪一尊混沌碑，我来记录。”黑袍使者道。

第445章

天地变色

“我选龙行混沌碑。”

“我选风影混沌碑。”

……

黑袍使者从走廊外围不断往里走，同时询问天才们的选择。

后方人群中的罗峰眉头一皱，目光扫过52幅画。说实话，其中有38幅画他都挺有感觉的，挺容易沉迷的，包括第一幅画。不过，第一幅画虽然让他沉迷，但是毕竟走的是那种复杂的衍变流……

“最适合我的？”

罗峰看向左侧远处的一幅画，又看向右侧身边的一幅画，远处的是之前看到的最喜欢的九宇混沌碑对应的画，身边的则是最后看到的心痕混沌碑对应的画。

他观看九宇混沌碑对应的画时，心里有一种欢呼雀跃感，感觉那九宇混沌碑非常适合衍神兵来施展，稍微改变，也可以悟出近身战的秘法。

而他一看心痕混沌碑对应的画，隐隐看到一套又一套刀法在心中浮现，那10081个刀痕可以说诠释出了刀法的极致。

“我到底选哪一尊混沌碑？”罗峰很是苦恼。

其实，他都想修炼。

其中九宇混沌碑更适合衍神兵，心痕混沌碑更适合刀法，当然现在他的实力还很弱，仅仅看出这两尊蕴含玄奥的大道的混沌碑的皮毛，要知道52尊混沌碑都是通往巅峰大道的。

按理说，每尊混沌碑都可悟出近战之法，也可悟出远攻之法。

“来了。”罗峰转头看去。

黑袍使者已经记录下了700多名天才的决定，走到了罗峰身侧，抬头看向罗峰。

“你选哪一尊混沌碑？”黑袍使者问道。

“我选九宇混沌碑。”罗峰回道。

黑袍使者点点头，手臂上的屏幕瞬间记录下来。

“虽然心痕混沌碑和九宇混沌碑都是我喜欢的，能使得我的近战能力快速提升，但是我最强的无疑是远攻。我之所以提升近战能力，只是因为魔杀族分身修炼了《幽影》秘典上的秘法，真正的强者不需要所有方面都强，所有方面都强，说明所有方面都强不到哪儿去。我要做的是，不断强化优点，令优点变成绝对的优势。

“而且，心痕混沌碑刚开始是从金之本源法则入门，九宇混沌碑却是从空间本源法则入门的。诸多本源法则中，毫无疑问‘时间’和‘空间’是最强的两项，要选就选强的。”

此时，黑袍使者走到了廊道尽头，记录完毕后，转过身来。

“我已经将你们的选择发送出去了，跟我来吧。”

罗峰等人跟随黑袍使者离开廊道，片刻便走到了城主府中的一个修炼场，修炼场非常空旷，长宽都有数十公里。

如果是地球上的普通人，一眼都看不到修炼场的尽头，而罗峰他们是天才，自然看得清清楚楚。

修炼场上。

1000名天才聚集在一起，黑袍使者就站在他们的前方。

“52尊混沌碑都在参悟密室中，其中12个密室中有人，其他40个密室中都没人。”黑袍使者看向眼前的天才们，“现在，我会报出那40尊混沌碑的名字……”

“延山混沌碑、心痕混沌碑……”黑袍使者迅速报出了40尊混沌碑的名字。

“选择这40尊混沌碑其中之一的，直接去前方最左侧的入口，你们会被安排进入相应的密室。”黑袍使者指向远处，淡淡地道。

修炼场尽头的左侧，有一个高近30米的入口。

“现在你们就过去吧！”

顿时，800多名天才都往入口冲去，修炼场上顿时只剩下100多名天才。

“你们先等等。”黑袍使者说道，“你们选择的混沌碑，现在正有人进行参悟，别人参悟的时候，是绝对禁止打开密室的，所以，等别人参悟结束，你们才能进入密室。当然，你们大可放心，最久也就需要等待三天而已。”

“这样吧，你们先去城主府的城楼休息一下。”黑袍使者指着前方，“就在那边，你们先去那里，也可以抓紧修炼。轮到你们时，我会通知你们。”

罗峰、戎钧等139名天才当即前往城主府的城楼。

“真倒霉！”

“52尊混沌碑，其中12尊混沌碑正有人参悟，什么时候才能轮到我们啊？”

一路上，天才们议论纷纷。

戎钧看向罗峰，笑道：“罗峰，你和我还真是难兄难弟，一起进入前10，一起倒在前5争夺战中，就连选择混沌碑都同样遇到窘境。”

“嗯。”罗峰点点头，随即问道，“你选的是什么？”

“我选的巨斧混沌碑。”戎钧回道。

“戎钧，我也选的巨斧混沌碑。”正和其他人说话的蛮卡星王子乌卡跑过来，压低声音，“罗峰、戎钧，你们可知道，巨斧混沌碑是谁留下的？”

每一尊混沌碑都是宇宙人类历史上实力达到巅峰的超级强者留下来的，故而成了人类至宝。

“是谁？”戎钧问道。

“难道跟巨斧斗武场有关？”罗峰心中一动，问道。

“对！”乌卡点点头，“巨斧混沌碑就是五大势力之一的巨斧斗武场创始人留下的，蕴含着不可思议的威力。一旦完全悟透，就能成为整个宇宙中最巅峰的存在。”

“巨斧斗武场创始人？”罗峰和戎钧彼此相视一眼。

老天，那可是宇宙人类五大巨头之一的老大。

至于这五大巨头地位的高低，从一件事就能够看出，整个宇宙有1008个宇宙国，每万年会举行两次天才战，一次是由虚拟宇宙公司举办的，另外一次是由巨斧斗武场举办的，最优秀的天才是由这两大巨头选出来的，而宇宙第一银行、宇宙星河银行、宇宙佣兵联盟却没有这个权限，虚拟宇宙公司和巨斧斗武场自然略占上风。

身为巨斧斗武场的创始人，地位自然比宇宙国主要高得多。

“嘿嘿，所以我选择巨斧混沌碑。”乌卡得意地道，“而且，选择巨斧混沌碑的界主级、不朽级强者也很多。”

“哈哈！”戎钧笑了。

罗峰撇撇嘴。

“当然，52尊混沌碑都很不一般，否则也没资格和巨斧混沌碑并列。”乌卡安慰罗峰，“罗峰，认真参悟九宇混沌碑，你还是很有前途的。”

话音刚落，乌卡就忍不住笑起来。

“你这家伙。”罗峰无奈地摇摇头。

城主府。

罗峰等人都站在城楼上，瞭望远方。

混沌城非常大，远处模糊一片，根本无法看清。主要是因为整个初始宇宙中有着大量的混沌气流，这些混沌气流令人无法看得太远。

“真舒服。”

“这初始宇宙比原宇宙要舒服多了。”

一群人议论纷纷。

罗峰也感觉到，来到初始宇宙后，从内而外，从精神到身体都很舒畅。

“这是进入了初始宇宙的缘故。”一个穿着宽松的紫金色长袍的中年人走了过来，“你们就是虚拟宇宙公司新一批的天才战优胜者？”

“嗯。”罗峰等人都点点头。

“你们之所以感到舒畅，是因为这个！”中年人指着旁边飘浮的混沌气流，“这被我们命名为‘混沌气’，和原宇宙中各种带有属性的宇宙能量不同，和那混合的宇宙本源能量也有区别，混沌气是一种能够孕养万物的奇异能量。你们在混沌气流的包裹下，当然会觉得舒服。”

罗峰等人恍然大悟。

“不过，仅仅初始宇宙中有这种能量。”中年人摇摇头，“就算你们将这种能量带回原宇宙，它也会直接分解为各种能量。”

罗峰等人正在城楼上和这个神秘强者交谈。

忽然——

“轰隆隆——”远处的混沌天地传来一阵剧烈的波动，轰鸣声令天地震颤起来。

“威特斯尔！”一声怒吼回荡在混沌城的上空。

罗峰等人被那强大的力量震慑住了，脸色煞白。

远处，一个穿着古铜色战甲的牛头巨汉挥舞着一柄巨斧，直接劈向一个正在逃跑的全身都缠绕着雷电的超级强者。

周围死一般的寂静。

罗峰等人完全被远处那两个超级强者的气息给镇住了。

“他们竟然敢在混沌城打斗！”中年人遥看远处，惊诧地道，“雷波和那个牛头人怎么这么不懂规矩？”

第446章

混沌城城主

“威特斯尔进入混沌城才几天，竟然就跟雷波动起手来了！”

“在混沌城动手，这不是找死吗？”

混沌城被笼罩在迷蒙的混沌气流中，一眼看不到尽头。城内，一座座修炼居所天台上的宇宙级强者大多都睁开了眼睛，遥看远处天际正在打斗的两人。

两人中，遭到追杀，全身缠绕着雷电的强者故意令无尽雷电贯穿混沌城的上空。

“嗷！”牛头巨汉双眸赤红，愤怒地挥动着巨斧。

牛头巨汉的对手在逃跑的同时，举起了手中的雷电长矛。

周围的空间破碎，混沌气流涌动。

“这两个人未免太强了吧……”罗峰看着远处的一幕，眼睛瞪得滚圆，“不朽级强者打斗，竟然这么可怕。”

他见过不朽级强者，大多都是在虚拟宇宙中见到的，在现实世界中倒也碰到过不朽级强者，但是那些不朽级强者都收敛了气息。

这是他第一次看到不朽级强者发怒，举手投足间，竟可让宇宙空间直接破碎。

“力量迸发？空间破碎？”罗峰抬头，看着天空中闪烁的雷电，“雷电贯穿千万里！”

翻手间即可毁灭一颗星球，这就是不朽级强者！

罗峰现在总算知道不朽级强者有多厉害了。

忽然，初始宇宙中响起了一道怒喝声。

一时间，天地一暗。

罗峰发现，原本天空中时而破碎时而闭合的空间裂缝，还有那些流转的宇宙运转法则猛地静止，连混沌气流都静止了。

远处，那两个不朽级强者也停下来了。

“轰隆隆——”他们的上方出现了一只完全由混沌气流聚合而成的大掌。

看到大掌猛地压下，那两个不朽级强者的眼中满是惊恐。

威特斯尔和雷波这两个不朽级强者在1008个宇宙国中都是颇有名气的，然而，就在这一刻，在那只大掌的攻击下，他们瞬间灰飞烟灭了。

混沌城内的超级强者只能眼睁睁地看着这一幕发生。

威特斯尔和雷波的身体化为粉末，就连灵魂也被摧毁了。

“哧哧——”

远处的空间中，那些粉末忽然猛地聚集在一起，再度凝聚成两个人，一个是雷波，另外一个是威特斯尔，两者脸色苍白。

雷波大声喊道：“城主，威特斯尔要杀我，我冤枉啊！”

“我只恨没能杀了你！”威特斯尔双眸赤红，盯着精瘦男子，低声咆哮。

“愚蠢！”雷波看了他一眼，冷笑一声。

“啊！”威特斯尔怒喝一声，又要动手。

然而，他根本动不了。

城主只需一个意念，相隔数十万里，一掌就将威特斯尔和雷波给摧毁了。现在，这两个不朽级强者勉强能够活着，却根本没有战斗力。

城主对攻击力的控制实在是可怕！

“第三执法队将威特斯尔、雷波押解出初始宇宙，将威特斯尔关押在第九星域的牢狱，将雷波关押在第二星域的牢狱。”一道低沉的声音回荡在初始宇宙中。

“是！”一阵响亮的声音在混沌城上空响起。

只见五道血色流光直接飞了过去。

面对混沌城执法队，已经遭到重创的两个不朽级强者根本没有一丝反抗之力，只能乖乖地跟随执法队乘坐一艘通体血红色的宇宙飞船离开。

宇宙飞船内部。

“威特斯尔，算你走运，这次没有死人，如果你在混沌城中杀了人，必死无疑，而不只是被关押在第九星域的牢狱了。”身穿血红色战甲，背着圆弧形刀刃的执法队队员摇头道。

“哼！”威特斯尔冷哼一声，盯着远处的雷波，“我只恨没能杀了雷波。雷波，你躲在混沌城中又怎么样，我照样能进来杀你！”

“蠢货，你还不是没能杀了我。这次我会被关在第二星域的牢狱，你则会被关进第九星域的牢狱，哈哈，我看你到时是怎么死的！”雷波猖狂大笑。

“死？不杀了你，我怎么会死？”威特斯尔咬牙切齿地道，仿佛要生吞了雷波。

“你都伤成这样了，没有百年时间，无法复原，竟然还口出狂言。”

“你们都安静点！”执法队的五个不朽级强者大声喝道。

威特斯尔和雷波这才停止斗嘴。

一切进行得极快，城楼上的罗峰等人还有些发蒙，混沌城中的千千万万强者却很平静，极少数和威特斯尔、雷波认识的强者窃窃私语，大多数强者都继续修炼去了，毕竟在混沌城中参悟的时间是有限的。

“这两个不朽级强者的身体都成为粉末了，竟然还能活着。”

“我敢保证，那两者刚才都魂飞魄散了。”

“你知道什么，那两个不朽级强者都已经炼成了不死之身，每个细胞都完全融入了精神印记，即使魂飞魄散，化为飞灰，只要有一些细胞碎片存在，就能吸纳能量和身体碎片，迅速恢复正常。”

“不死之身？”

“我听说不朽级强者中，能达到这个层次的很少。”

“那两个不朽级强者都不算什么，最后出手的城主的实力才可怕呢！城主根本没有现身，只是一个意念，就使得整个宇宙空间停止了运转，就连那空间裂缝之间丝线上的秘纹都不动了。”

天才们议论纷纷。

他们仍旧想着之前发生的事情，有些震撼和兴奋。

特别是最后城主出手，简直让所有人热血沸腾。因为所有人都看得出来，城主根本没露面，就将混沌城周围的整个宇宙空间都控制了。

这是什么概念？

使宇宙一切法则在混沌城周围停止运转，一瞬间强行中断宇宙空间运转，这是什么层次？简直不可思议！

“能当混沌城的城主，地位比宇宙国主更高。在宇宙中，最巅峰的存在的一个意念，就能令周围的宇宙空间停止运转。”

罗峰完全被震撼了。

他感觉混沌城城主仿佛宇宙的主宰！

“我跟随你的老师6000多万年，也没见过这么厉害的强者。”罗峰的脑海中传来了巴巴塔的尖叫声，“这人太厉害了！我见过一个宇宙国主出手，瞬间空间转换，令一片星域破碎，死伤无数，可是，那宇宙国主跟混沌城的城主一比，还是弱了一点，混沌城的城主绝对是最巅峰的存在，我甚至有一种感觉，这初始宇宙就是他的。”

“嗯。”罗峰点点头。

他也有初始宇宙属于混沌城城主的感觉。

“初始宇宙中就只有一座混沌城，它比很多宇宙国都要古老，混沌城的城主才是浩瀚宇宙中真正的巅峰存在。”

罗峰有信心成为不朽级强者，甚至下决心向成为宇宙国主而努力。宇宙国主能开辟一个宇宙国，亿万年可不殒身，地位极高。

整个宇宙大概亿万年才诞生一个宇宙国主，其难度可想而知。至于地位更高的混沌城城主，罗峰有种可望而不可即的感觉。

他是凡人，而混沌城城主就像老天爷，这种渺小的感觉让他怀疑，那是人能够达到的境界吗？

“宇宙国主纵横宇宙亿万年，个个都是不可思议的存在，在你老师生活的那个年代，就没听说有新的宇宙国主诞生，混沌城城主可是比宇宙国主更强啊！”巴巴塔完全震惊了。

混沌城。

罗峰等人站在城楼上，都看向天空中那一道道空间裂缝，空间缝隙之间的晶莹丝线上有秘纹飘浮，彼此纠缠，他们能隐隐感觉到各种本源法则的奇异波动混杂于其中。

他们都跨入了本源法则的门槛，很容易沉浸其中，如果是一些连本源法则门槛都没有跨进的武者、精神念师，只能傻傻地看着。

这些人都受刺激了。

他们个个都是天之骄子，是所属宇宙国的绝世天才。

可是，在这里根本不算什么。

宇宙中，每隔5000年就有一批绝世天才出现，亿万年得出现多少绝世天才啊？

原始宇宙就不一样了，自从有了人类这个族群，在浩瀚的时间长河中，仅仅诞生了几个像混沌城城主那样的超级强者。

这些天之骄子心中都憋着一股气，就算成不了混沌城城主，好歹也要成为宇宙国主。可是，理智告诉他们，就算是最厉害的绝世天才伯兰，成为宇宙国主的概率恐怕也就千万分之一，更别说他们了。

……

“韦特、罗峰……你们12人跟我去九宇混沌碑所在的修炼密室。”黑袍使者来到城楼上方，报出了12名天才的名字。

罗峰站在那里，闭着眼睛，沉浸在修炼中。得到巴巴塔的提醒，他才从修炼中脱离出来。

随即，他和11名天才一道跟随黑袍使者前往修炼密室。

第447章

参悟

城主府占地面积达方圆千里，内部有着一座座建筑。

黑袍使者带着罗峰等人在宽敞的廊道中前行，廊道的两侧有一扇扇高大的青铜色大门，每一扇青铜色大门长160米，高120米，大门上有着古朴的字迹，比如母祖、巨斧、龙行……

而且，每一扇青铜色大门前都站着一名慈眉善目的老者。

诡异的是，每一扇青铜色大门前的老者都长得一模一样。

“这里一共有52扇门，分别是52尊混沌碑密室的入口。”黑袍使者微微一笑，“前面就是九宇混沌碑修炼密室。嗯，到了。”

罗峰看着眼前的青铜色大门。存在上亿年的青铜色大门上有着两个宇宙通用语文字“九宇”，大门高120米，让人只能仰视。

青铜色大门旁边站着一名眉心有着一只竖眼的老者，和其他大门前的老者长得一模一样。

“坎德里大人。”黑袍使者躬身行礼。

“嗯。”这三眼老者看着眼前的罗峰等人，“这就是虚拟宇宙公司新招收的小家伙？”

“是的。”黑袍使者恭敬地应道，随后转身看向罗峰等人，“这位是坎德里大人，混沌碑修炼密室的守护者，52尊混沌碑的修炼密室门前站着的都是坎德里大人的分身。坎德里大人守护52座修炼密室已经超过百万纪元，是我们混沌城中受人尊敬的超级强者。”

天才们都惊呆了。

看守52座修炼密室的竟然是同一个人的分身。

作为混沌三宝之一，52尊混沌碑的重要性可想而知，而坎德里变出52个分身来守护修炼密室，他的实力得多强啊？而且，他已经守护混沌碑超过百万纪元的时间。

要知道，陨墨星主人呼延博才活了6000多纪元。

“坎德里大人。”罗峰等人恭敬行礼。

“呵呵！你们真是年轻啊！看到你们，就仿佛看到了人族的希望。”坎德里笑着点点头，“你们稍等一下，前一批参悟的人马上就出来。”

“是！”罗峰等人乖乖应道。

“混沌城不愧是宇宙人族的修炼圣地，强者如云，一下子就碰到一个守护修炼密室超过百万纪元的老怪物。”巴巴塔惊叫道，“你的老师实力比你强，活得比你久，见到的强者却没有你多。果然，圈子不一样，见到的人都不一样啊！”

陨墨星主人毕竟是独行侠，能碰到一位宇宙国主都算罕见的。而罗峰的实力虽然弱，但是进入了虚拟宇宙公司的核心层，有机会接触到宇宙中一些不可思议的存在。

“坎德里大人，坎德里大人。”一道道喊声传来。

“唰！”下一瞬，一个头上戴着金箍，脚踏战靴，全身散发着彪悍气息的猿人青年出现了。

青年向坎德里恭敬行礼，而后看了罗峰等人一眼，笑道：“坎德里大人，看来我来得正是时候，能够跟他们进去一起参悟了，如果慢一步，就得再等七天。”

“哦，你突破了？”坎德里笑着看向猿人青年。

“嗯！我成功通过了第六层的考核，又多了七天参悟的时间。”猿人青年连忙说道。

坎德里闭上眼睛，几秒钟后，睁开眼，点点头：“嗯，你的确新增了七天参悟时间。”

“新增？”人群中的罗峰心中暗自思忖，“第一次进入混沌城，可以得到七天的参悟时间。看样子，只要满足一些条件，通过一些考核，就可以再得到参悟的机会。”

至于如何再次获得参悟混沌碑的机会，罗峰他们现在还不懂，不过，很快就会懂的。

大概过了五分钟。

“轰隆隆——”青铜色大门缓缓开启，修炼密室里面混沌气流缭绕，一时间看不清内部。

“都出来吧！”坎德里看着里面，沉声喝道。

他的声音传入修炼密室中，在室内不断回荡。

很快，一道道人影从混沌气流中迅速飞出，其中有一个额头有六只眼睛的高大青年。

他不甘心地回头看了一眼，还是离开了。

“你们进去吧！”坎德里看着眼前的罗峰等人，“七天后，大门开启，你们就立即出来，明白吗？”

“明白。”罗峰等人都点点头。

“嗯！进去吧！”坎德里淡淡地道。

一群人怀着忐忑的心情，进入其中。

罗峰朝里面看去，隐隐看到混沌气流环绕着一尊巨大的石碑。

“那就是九字混沌碑？”罗峰有些期待，又有些紧张。

其他天才都是如此，唯有猿人青年非常熟练地蹿进密室深处，立即开始参悟。

靠近混沌碑，罗峰才看清，这尊混沌碑高百米，宽也近百米，上面有九幅图，边缘还有宇宙通用语文字——九字，每一幅图和之前在廊道上看到的九字混沌碑对应的画一模一样，可是，感受明显不一样。

之前罗峰看过九字混沌碑对应的画，所以对这九幅图并不陌生。

第一幅图，上面画的是零零散散的几滴雨，仔细一数，一共是9滴雨水。

第二幅图，上面画的是绵绵细雨，仔细一数，一共有36滴雨水。

第三幅图，上面画的是暴雨，大量雨滴密集，仔细一数，足足有108滴雨水。

第四幅图，上面画的是星辰，1颗行星被4颗卫星环绕着。

第五幅图，上面画的是恒星系，1颗恒星被12颗行星围绕，每颗行星周围都有着或多或少的卫星。

第六幅图，上面画的则是一条星河，不计其数的星球组成了浩瀚的星河。罗峰之前看画时，让巴巴塔数了数，却根本无法数清到底有多少星球，因为有些地方隐隐约约有很多星球，却无法看清。

第七幅图，画的是一头奇异的怪兽。

第八幅图，画的是两头奇异的怪兽。

第九幅图，画的是无数头奇异的怪兽，根本无法数清。

对于前六幅图，罗峰隐隐还能看明白，他感觉前六幅图是在阐述至高的本源大道，而后面的三幅图实在是太抽象了，他觉得那纯粹是一种奇异怪兽的画像，根本不像蕴含了什么本源法则。

不过，52尊混沌碑乃整个宇宙人族的至宝，悟通任何一尊混沌碑，成为宇宙国主，都是轻而易举的。既然无数强者公认后面三幅图蕴含了不可思议的玄妙，那么肯定是罗峰如今的实力太弱，连一点潜意识的感觉都没有。

罗峰之前看过九宇混沌碑对应的画，可是，此刻见到真正的九宇混沌碑，特别是看到第一幅图上面的雨滴时，意识瞬间完全沉浸其中。

那九滴雨水在他的意识中衍变出无限的意境。他有三个身体，而且三个身体都有意识载体，地球人分身的意识载体是识海中的灵魂，金角巨兽的意识载体是原核内的灵魂，魔杀族分身的意识载体是生命晶核。三个分身的意识是共通的。

罗峰看到了雨滴图，体内空间中的其他两个身体自然也看到了。

“嗷——”在金角巨兽的眼中，那9滴雨水仿佛化为一只只凌厉的蹄爪、一条条尾巴、一根根金角，疾速射了过来。

罗峰的魔杀族分身则手持盾牌和战刀，体内的生命核心微微旋转，完全和空间本源法则契合，在他的感觉中，那9滴雨水完全化为一招招蕴含空间本源法则的刀法。

而地球人分身看到那9滴雨水，却隐隐看到9种不同的意境化为9把金剑，不断进行组合，发起一次又一次攻击狂潮。

每个分身擅长的技能不一样，所看到的也不一样。然而殊途同归。

能成为混沌城的至宝，乃至整个宇宙人族的至宝，九宇混沌碑的确奥妙无穷，其中蕴含的气息和规则可以引导别人去参悟、提升。正因为它无比珍贵，前来初始宇宙参悟的人很多，所以才规定初次来混沌城可有一次参悟的机会，以后就得靠自己的悟性了，毕竟资源有限。

修炼密室。

罗峰等13人完全沉浸其中，根本察觉不到时间飞快地流逝了。

“轰隆隆——”青铜色大门骤然开启，而13人依旧沉迷其中，没有清醒过来。

“都出来吧！”一道声音传到所有人的脑海中，而且越来越大，不断地回荡着。

所有人瞬间清醒。

而那在所有人脑海中不断回响的声音依旧没有消失，罗峰不由得捂住了脑袋。

“嗖——”

他们连忙朝外冲去，冲出门口时，脑海中不断回响的声音瞬间消失了，他们这才感觉到舒坦。

“结束了吗？”罗峰走出门的瞬间，有些不甘心，回头看了修炼密室一眼。

然而，修炼密室中混沌气流环绕，根本看不清九宇混沌碑，此刻，他明白为什么之前一群人离开时那么恋恋不舍了。

第448章

通天桥

修炼密室前，猿人青年向坎德里恭敬行礼，而后化作一道流光离开了。

“你们12人等一下。”坎德里笑道。

“嗯？”罗峰疑惑地看向坎德里。

其他天才同样很疑惑。

坎德里微微一笑，道：“你们是第一次进入修炼密室，我得嘱咐你们几句，你们现在先去寻找一处居所，当作后面30年的修炼居所，而后你们就进入虚拟宇宙，申请进入通天桥。”

“进入通天桥？”罗峰等人都很疑惑。

“嗯！你们不要多问，进入虚拟宇宙网络，进入通天桥，到时你们就明白了。现在你们可以走了。”

见坎德里不想说太多，罗峰等人只能离开。

走出城主府后，罗峰等人分散开来，开始寻找修炼居所。

混沌城占地面积极广，除了极少数特别的建筑外，其他的修炼居所几乎是一模一样的，而且绝大多数修炼居所的门是淡白色的，这说明还没有主人。

“我该选哪座修炼居所呢？”罗峰略微思忖，“嗯，就选城主府周围的一座寂静的居所吧！”

城主府处在混沌城的最中央，城主府周围的很多修炼居所都是没有主人的，罗峰很快就选定了一座较为偏僻的居所。

他站在修炼居所的门前，手放在门上。

“嘀……”门断断续续发出声音，同时颜色逐渐变深，从淡白色最后变成深灰色，便不再变化。

“欢迎你，主人。”一道电子音响起。

“嗯。”罗峰应了一声，直接进入修炼居所。

一楼是一个超大的客厅，里面的设施很完善，而且无比先进。

下一瞬，那道电子音又响了起来：“我是智能管家，主人居住在这里的期间，由我为主人服务。主人需要什么，尽管吩咐。”

“嗯。”罗峰沿着楼梯蹿到了三楼的天台上。

天台上有一些之前的修炼者留下的感悟，不过毫无规律。虽然隐隐能够感觉到一些特殊的意境，但是罗峰见识过九宇混沌碑，对于这种毫无规律且乱七八糟的刻画，没有多大兴趣。

他如今身处初始宇宙，时间宝贵，不能浪费。

“从今天起，我就要在这混沌城开始修炼了。”

罗峰环顾四周，能看到一些修炼居所天台上的苦修者。那些修炼者长相各异，有些头发都已经很长了，很多年都没修剪过似的。

“先进入虚拟宇宙。”

虚拟宇宙，雨相山，太初区。

罗峰出现在1136号庄园中。

“殿下！”一群仆从、护卫连忙行礼。

“嗯。”罗峰点点头，而后下令，“申请进入通天桥。”

“明白！”罗峰肩膀上的虚拟助手巴巴塔立即联系虚拟宇宙总系统，并且发出申请。

很快，一道声音在罗峰的脑海中响起：“身份已确认！罗峰，你获得了进入通天桥的永久性资格，希望你努力走到通天桥的尽头。现在会将你传送到那里！”

“唰！”罗峰直接消失在庄园中。

虚拟宇宙，一个特殊的位面空间。

这个位面空间是一望无际的海洋，海浪滔滔。海洋上有一座美丽的岛屿，岛屿的边缘有52个港口，每个港口都延伸出了一座长桥，一直朝天地尽头延伸开去，仿佛要连接遥远的天边。

海浪之上，隐隐有雾气弥漫，让人无法看清海中到底有什么。雾气缠绕着长桥，一切如梦如幻。

罗峰突然出现在岛屿中央的广场上。

“罗峰！”

“罗峰，你也来了。”

……

广场上已经有9名天才，都和罗峰热情地打招呼。

罗峰一看，这9人正是之前和自己同一批去参悟九宇混沌碑的。

“你们知道这到底是什么地方吗？”罗峰好奇地问道。

“你还是问监守者大人吧！”

那9人都指向不远处，那里站着一个穿着黑色星辰袍的男子，男子有四只耳朵，却没有鼻子。

他面带笑容，走了过来：“你好，罗峰，我是通天桥位面的监守者巴芬，不过，我更喜欢别人称呼我监守者。”

“你好，监守者大人。”罗峰恭敬行礼。

“我给你介绍一下。这通天桥位面是针对混沌城52尊混沌碑而建造的。我们宇宙人族亿万年来都有人参悟52尊混沌碑，所以混沌城中形成了52个流派。比如你们都是参悟九宇混沌碑的，自然属于九宇这一流派。同样是参悟九宇混沌碑，感悟却有深浅，只有实力强者，才能得到混沌城赐予的又一次参悟九宇混沌碑的机会。”

又一次参悟九宇混沌碑的机会？

罗峰眼睛一亮。

他参悟了一次九宇混沌碑，对未来的修炼有了明确的方向，这种进步的快感的确让人痴迷。如果能再参悟一次，那是多么美好的事。

“怎么证明实力强弱呢，不是靠嘴巴说的。”巴芬微微一笑，“所以，虚拟宇宙中建造了通天桥位面，闯通天桥，走得越远，就代表实力越强。”

“这座岛屿上有52座通天桥，分别对应52尊混沌碑，你们是参悟九宇混沌碑的，所以就去闯九宇通天桥。九宇通天桥很长，而且整整有27层，你们需要一层一层往上闯。

“如果成功闯过第一层，就能获得一次参悟的机会。每多闯过一层，就能多获得一次参悟机会。”

“哦！”罗峰恍然大悟。

之前他在修炼密室前遇到的那个猿人青年，正是因为成功通过第六层的考核，而多了七天的参悟时间。

显然，每闯过一层，就增加一次参悟的机会。

“不过，通天桥很难闯。”巴芬感慨一声，“像你们这种小家伙，刚开始连第一层都无法闯过去。”

罗峰闻言一惊。

“九宇通天桥共有27层，你闯过的层数越多，代表你对九宇混沌碑的感悟越深，如果你将九宇混沌碑完全悟透了，就能闯过27层，可是，这太难了。

“不朽级强者一般都是闯到第10层。如果能闯到第18层，堪称不朽级强者中近乎无敌的存在。若能闯到第21层，就能成为宇宙国主。”

“什么？”罗峰一惊。

闯到第21层，就能成为宇宙国主?!

成为宇宙国主是很难的，由此就能想象闯到第21层有多难，而成为不朽级强者也很难，所以能够闯到第10层就很了不起了。至于闯到最高的27层，那只有悟透九宇混沌碑的天才才能做到。

“努力吧！这是一条通往巅峰的大道，一旦通过第18层，将会直接获得混沌城的永久居民资格，不需要任何额外条件！”

“哦！”罗峰再次眼睛一亮。

成为混沌城的永久居民，这个福利太吸引人了。

可是，要闯过第18层，这未免太难了。

“前面进入九宇通天桥的人失败了。”巴芬看向罗峰等人，“下一个，谁去闯九宇通天桥？”

“我来！”一个人化作一道流光，疾速飞向九宇通天桥。

仅仅两分钟后，巴芬又说道：“还是失败，下一个。”

“又失败了，下一个。”

“失败，下一个。”

……

“他们都失败了，只剩下你了。”巴芬看向罗峰。

这批去闯九宇通天桥的一共有12人，其中有两人在罗峰来之前就去闯了，现在连续有11人失败了，只剩下罗峰一人，这令罗峰压力倍增。

“通天桥确实很难闯，那些可都是天才，在天地区的就有三个，竟然没一个能闯过第一层。”

“罗峰，好好努力。”巴芬笑着看向罗峰，“到现在，你们这一批天才，之前测试过的近900人，除了伯兰，没有其他人闯过第一层。”

“什么？”罗峰震惊。

很多人是一开始就去修炼密室参悟的，罗峰则是在城楼上等了一天才去参悟，所以他们这批年轻天才已经进行过通天桥测试的有近900人是很正常的。

“伯兰的实力很强，他一口气连续闯过前两层，获得了额外两次参悟混沌碑的机会。”巴芬感叹道，“其他人都失败了，就连原始秘境的另外一名天才陇云都没能闯过第一层。”

罗峰听了，感觉压力更大了。

这批绝顶天才中，伯兰、陇云、加莱西等人都测试过了，按照进入修炼密室的时间，罗峰进入修炼密室时，选择巨斧混沌碑的戎钧、乌卡还没进入修炼密室，所以，现在没进行测试的太初区的绝顶天才，也就罗峰、戎钧、乌卡三人了。

“去吧！”巴芬期待地看着罗峰。

“嗖！”

罗峰化作一道幻影，直接朝远处的通天桥飞去。

隔得老远，他就看到通天桥前面有一块石碑，石碑上刻着“九宇”二字。

第449章

真衍王

通天桥延绵直至天地尽头，白雾缭绕，下方海浪滔滔。

罗峰跨入九宇通天桥的瞬间，脑海中响起了巴巴塔的声音：“罗峰，刚刚收到一封邮件，是虚拟宇宙公司发来的。”

“什么内容？”罗峰问道。

“是积分奖励的规则。”巴巴塔回道。

“积分？”罗峰站在通天桥上，不由得心中一喜。

虚拟宇宙公司有许多珍贵的宝物，比如五阶念力之类的兵器，只需耗费大概10积分，而生命果实是能尽情兑换的。宝贵资源的丰富程度让人咋舌，可是必须得靠积分兑换，有大量的财富都不行，虚拟宇宙公司内部只承认积分兑换。

“积分兑换有很多种方法。你现在身处混沌城，有一种方法可以得到积分，那就是闯通天桥。”巴巴塔说道，“九宇通天桥一共有27层，闯过不同的层，得到的积分也是不一样的。”

“闯过第1层，奖励积分100分。

“闯过第2层，再奖励积分200分。

“闯过第3层，再奖励积分400分。

“依次翻倍，后面紧接着就是奖励800分、1600分、3200分……”

罗峰略微一算，如果闯过十几层、二十几层，那积分可就多得离谱了。不过，闯过第21层就能成为宇宙国主，可见得到积分有多难。

“罗峰，邮件中还提到，你们是刚刚进入混沌城的新人，可以得到特殊的奖励。对于年轻的天才，虚拟宇宙公司有特别奖励规则——只要在混沌城的30年内闯过通天桥，积分奖励一律是10倍奖励。

“也就是说，在30年内，你闯过第一层，奖励1000积分；闯过第二层，再奖励2000积分……不过，这种10倍奖励只针对第一次进入混沌城的新人，待未来你们再进入混沌城，就没有这等好事了。”

罗峰点点头。

原本每通过一层的奖励积分分别是100分、200分……

现在的奖励积分是1000分、2000分……

这的确是对年轻一代天才的特别奖励。可是，正因为年轻，他们大多数对宇宙本源法则没有很深的了解，闯过通天桥的难度极大。

之前巴芬说了，虚拟宇宙公司送来的这一批天才中，近900人进行了测试，除了伯兰，其他人都没闯过第一层。想得到积分是很难的。

“闯吧！”

罗峰遥看延伸至天际的通天桥，化作流光，疾速飞去。

混沌城。

罗峰等12人算是比较晚测试的，伯兰、加莱西、艾辰等很多天才早就测试过了，而且他们对混沌城的了解更深。

“想要成为混沌城的永久居民，有好几种方法，不过，最有效的一种就是闯过通天桥的第18层。凡是闯过第18层的，都是不朽级强者中堪称无敌的存在，而且他们有资格在混沌城中开创宗派。”将莫感叹道。

“这里有52个流派，的确会衍生出很多宗派。”千水微微点头。

“能开创出一个宗派，是很了不起的。”将莫缓缓地说道，“那些人都是在各自流派拥有极高成就的。不过，想要进入那些宗派，去听那些强者讲课，需要至少闯到第三层。”

混沌城是禁止厮杀的，这是整个宇宙人族的一个修炼圣地，这里有52个流派，每个流派中都有很多强者创造出一些宗派。而能够得到城主府承认，有资格创造宗派的宗主，最起码是能够闯过第18层的。

“52尊混沌碑的深奥程度不一，以致52座通天桥的层级不同，有的通天桥才21层，有的通天桥有24层，有的通天桥有27层，最高的有32层。52尊混沌碑中，也就巨斧混沌碑的通天桥有32层。”将莫感叹道。

通天桥的层级一定程度上反映了混沌碑的深奥程度，因为所有通天桥只要能闯过第21层，就能成为宇宙国主。

“不是越深奥就越好。”千水缓缓摇头，“想成为宇宙国主是很难的。虽然52尊混沌碑深奥程度不一，但是亿万天才中都难得有一人冲到第21层。如果连第21层都没闯过，巨斧混沌碑后面的层级还有意义吗？”

“你说得对。”将莫点点头。

52尊混沌碑中，九宇混沌碑算是极为深奥的，足以排进前五名。当然，在成为宇宙国主之前，讨论哪一尊混沌碑更深奥是没有意义的。比如，九宇混沌碑上面有九幅图，而最后面三幅图，罗峰根本一点感觉都没有。他看到那三幅图，感觉不到一丝宇宙本源法则。

混沌城内绝大多数修炼居所都是一模一样的，一些特别的建筑则代表了其主人特别的地位。

九层高塔，第七层。

一个全身被笼罩在黑色纱衣中的女子盘膝坐着，下半身是巨大的蛇尾，她的面孔让人无法看清，只是一双眸子璀璨犹如星辰，让人痴迷。

“你来了。”一道沙哑的声音从这蛇尾女子口中传出。

“哈哈！”一个穿着金色战铠，面部有着金色绒毛的猿人壮汉出现在塔内。

猿人壮汉朗声大笑，道：“雾妮，你也是我九宇流派中开创了宗派的一位宗主，不管怎么样，你应该开启你的大门，讲讲课，指点指点后辈嘛。”

蛇尾女子声音沙哑地道：“真衍王，现在九宇流派诸多开宗的宗主中，你的实力是最强的，有你讲课，我就没必要讲课了。”

“哈哈。”猿人壮汉又大笑起来，“你我修炼了亿万年，埋头苦修早已经没有任何用处，偶尔顿悟才有效果。依我看，你还是别总待在这九宇楼中了，当初建造九宇楼时，说是要悟透九幅图，登顶九宇楼的黑雾王，怎么变得这么低调了？”

不朽级强者的地位有高有低。普通的不朽级强者能成为军主，统领一支军队，而强大的不朽级强者更能封侯或封王，比如真衍王、黑雾王，都是不朽级强者中的超级存在，都可以开创宗派，为后辈们讲课的。

九宇楼在混沌城中的名气也很大，因为它当年是由黑雾王建造的，而且，黑雾王建造九宇楼时说过，参悟哪一幅图就进入哪一层，显然，她已经参悟九宇混沌碑的第七幅图，所以就待在九宇楼的第七层。

“走吧，我们虚拟宇宙公司送来了一批新的天才，其中有12人选择了九宇混沌碑，我们去看看有没有什么好苗子。无论如何，我可是虚拟宇宙公司的真衍王！”猿人壮汉笑道。

“你是虚拟宇宙公司的人，而我是巨斧斗武场的人，为什么我要和你一起去？”蛇尾女子淡淡地道。

“你还真的是不给我面子。”猿人壮汉瞪了一眼。

两者虽然属于不同的势力，但是交情很深，同在混沌城中开创宗派，当年曾一起交流对九宇混沌碑的感悟，有一次两人对本源法则感悟的争论持续了18个纪元，这是混沌城中的一则美谈。

那次争论后，两者双双突破了一层。

“走吧！”蛇尾女子瞥了猿人壮汉一眼。

“哈哈。”猿人壮汉笑了。

虚拟宇宙，通天桥位面。

猿人壮汉和蛇尾女子出现在岛屿上，两者散发的威压让人畏惧。

“真衍王，黑雾王。”巴芬恭敬行礼。

“我九宇一脉的小家伙们测试结束了吗？”猿人壮汉看着巴芬。

巴芬恭敬地道：“这次选择九宇混沌碑的一共有12人，其中有11人刚刚结束测试，现在进行测试的是最后一个，也是12人中最有希望的，名叫罗峰。”

“最有希望的一个？”猿人壮汉的金色眉毛一挑。

“嗯，之前11人全部失败，都没能通过第一层。”巴芬说道。

“失败不要紧。”猿人壮汉微微一笑，“有的人是瞬间就被击败了，有的人是挣扎许久才失败，还有的人是差点就赢了，这说明实力是有差别的。你将之前闯通天桥的11人的战斗视频给我看看，等会儿再将罗峰的战斗视频给我看看。”

“是。”巴芬立即调出了11个视频。

“呼——”11面屏幕在猿人壮汉面前出现。

猿人壮汉饶有兴趣地同时观看11面屏幕，那11个战斗视频同时开始播放。

“嗯！”猿人壮汉摸了摸下巴，拽了拽自己的金色胡子，撇撇嘴。

此时，罗峰到了九宇通天桥第一层的尽头。

“任意选择一个对手！你可以选择武者、精神念师掌控者、精神念师幻术师，而后战胜你的对手，便算是通过通天桥第一层。”

罗峰前方是一团巨大的云雾，云雾中发出一道声音。

罗峰必须击败对手，云雾才会消散，他才能进入通天桥的更高一层。

“我选择精神念师掌控者！”罗峰郑重地道。

“呼！”云雾中立即飞出一团黑色液体。

这黑色液体在半空中凝聚成形，化为一道戴着黑色面具的神秘人影。

这神秘人脚踏暗云梭，背着暗金色长棍衍神兵，黑色面具下的一双幽冷的眸子盯着罗峰。

“战斗开始吧！”

第450章

第一层

“击败他，便可以进入通天桥的第二层。”那团云雾再次发出了声音。

“你跟我一样脚踏暗云梭，使用衍神兵？”

罗峰瞳孔一缩，心念一动，手中出现了六棱形的绝空盾和血影战刀样式的影金刀，同时身后的暗金色长棍立即射出一道道金光，足有54道金光。

每九道金光迅速融合，化为一把一尺多长的金剑。

“衍神兵第二重——刺天式！”

这招一般只施展出一把金剑，罗峰却连续施展出了六把金剑，一是因为他的念力从恒星级九阶突破到了宇宙级一阶，更重要的是在宇宙中闯荡的这三年，他的实力获得了惊人的提升。

“杀啊！”神秘人低吼一声，脚踏暗云梭俯冲而来，同时身后迅速形成了三把金剑。

两人都是精神念师掌控者，同时朝对方疾速冲过去，同时一方操控六把金剑，另一方操控三把金剑。

“这三年，我从没放松过，和进行天才战时相比，我可强多了，现在就让你来检验我的实力吧！”罗峰心中满怀斗志。

六把金剑彼此配合，直接袭击过去。

“铛——”半空中，六把金剑和神秘人施展出的三把金剑一次次碰撞。

“怎么回事？”罗峰心中一惊。

在来混沌城之前，他就能够同时施展出六把金剑，操控六把金剑是很轻松的。

虽然在混沌城参悟九字混沌碑的七天，他的进步很大，但还是选择只使用六把金剑，因为他很熟悉六把金剑联合攻击的方法。

“他竟然抵挡住了，我就不信了！”罗峰脸色一沉。

六把金剑仿佛配合绝妙的六名士兵，前进后退，都配合得非常完美，一次次袭击，一次次欲冲破那三把金剑的阻碍。

可是，它们最终还是失败了。

那神秘人操控的三把金剑有着一种特殊的意境，仿佛三把金剑并非单独的个体，而是一个完美的整体。

三把金剑时而好像压迫而来的海啸，时而好像高耸入云的大山，让人不可撼动。

“怎么可能？”罗峰心中震惊，“我有六把金剑，他仅仅操控了三把金剑，我怎么一点优势都占不到？”

他一次次想尽一切方法，让六把金剑精妙配合，可对手依旧远远悬浮着。

对手仅仅操控三把金剑就轻易抵挡住了他的攻击。

“蠢货，竟然连这一点都不懂。”神秘人黑色面具下露出一双眼睛，眼中有着一丝讥讽，“你竟然还妄图通过第一层，去死吧！”

“嗖！”神秘人操控的三把金剑猛地一变。

忽然三把剑微微靠拢，隐隐产生一种三者合一的感觉，好似化作一把欲斩破苍穹的巨剑。

罗峰连忙操控六把金剑去阻拦。

“轰隆”一声巨响，六把金剑全部被轰得倒退开来。

“怎么会……”远处半空中的罗峰心中震惊。

“愚蠢！愚蠢！愚蠢！”神秘人咆哮起来。

面对那化作三道剑虹袭来的三把金剑，罗峰猛地低喝一声：“起！”

“轰——”

罗峰身后升起三把金剑，之前被轰得倒退开来的六把金剑也升起来了，同时罗峰体表迸发出耀眼的金光，金光仿佛波浪一般朝四周扩散开去，而后迅速缠绕升起的九把金剑，九把金剑仿佛一个大阵的阵基。

一道道金色丝线彼此串连，金色剑气以九把金剑为中心迸发开去。

一时间，以罗峰为中心，半径300米的球形空间瞬间成了耀眼的剑气世界，无数金色剑气游荡在这个球形空间内。

衍神兵第三重——天剑式，又称剑之领域。

衍神兵一共分为九重，其中第二重刺天式仅仅是九大金色幻剑合一，凝聚成一把金剑，而第三重需要同时凝聚出9把金剑，相当于81把金色幻剑组合才能成功，难度比第二重要高数十倍乃至百倍。

罗峰能够施展成功，除了三年来其实力大涨，还有念力达到宇宙级一阶的缘故。

“哧哧——”三道金色剑虹在球形空间中仿佛陷入了剑气沼泽，被无数剑气阻挡，遭到削弱，速度不断减慢。

“我承认你的实力很强，可是，在绝对强者面前，你还是得输！”

罗峰脚踏暗云梭，闪电般冲向远处的神秘人。剑之领域以罗峰为中心，罗峰往前冲，整个领域自然也跟着迅速移动。

“破！”神秘人迅速逃逸，同时发出厉喝。

“哧！”

他控制的三把金剑竟然瞬间彼此靠拢，无数金丝彼此相连，在这三把金剑的外围交缠，从而形成一把迷蒙的金色巨剑。

迷蒙的金色巨剑迅速劈开球形空间中的剑气，带着一道迷蒙的虹光，直接刺向罗峰。

“这是什么招？”罗峰大吃一惊。

他修炼衍神兵，研究衍神兵，却根本不懂这一招。

“天剑！”罗峰低喝一声。

九把金剑形成了剑之领域，此刻已经宛如一体。

随着罗峰意念的操控，其中一把金剑仿佛一只狩猎的豹子猛然冲出，携带着剑之领域的威力，直接刺向那把金色巨剑。

一时间，整个剑之领域的无数剑气仿佛得到命令似的，全部跟在金剑的后方。

携带剑之领域威力的金剑和三把金剑融合后的金色巨剑瞬间相撞！

“轰！”金剑瞬间被轰退。

那一把金色巨剑仿佛一艘大船横冲直撞，直接撞翻罗峰的金剑，而后瞬间就到了罗峰面前。

罗峰根本来不及躲闪。

“轰！”他手持盾牌，想要卸去冲击力，却感觉那把金色巨剑仿佛一座巍峨的大山。

他全身一震，立即喷出一口血。

“难怪我施展天剑式都抵挡不住，这把剑的冲击力太不可思议了。”

随即，罗峰意识震荡，陷入昏迷。

他清醒时，已经回到了虚拟宇宙雨相山太初区的庄园中。

“殿下。”仆人们和护卫恭敬行礼。

“嗯。”罗峰点点头。

“殿下此次去闯通天桥，结果怎么样？”

庄园的管家，也是护卫队的首领，又是界主级强者的奥多里克问道。

“失败了。”罗峰摇摇头。

“通天桥很难闯，第一次失败很正常，殿下不必太在意。”奥多里克安慰道。

罗峰点点头，而后回到了书房中。

书房内。

“输了。”罗峰眉头微皱，“此次进入原始宇宙的有1000名天才，近900人进行了测试，除了伯兰连续闯过两层外，其他人连一层都没闯过。我也失败了，对此我并不意外，可是第一层考核遇到的对手同样施展了衍神兵，而且仅仅施展出了三把金剑，竟然能破了我的天剑式。”

“罗峰，我早就说过基础很重要，你施展出九把金剑组成天剑式都失败了，而人家仅仅施展出三把金剑就能赢，这就是基础的重要性。”巴巴塔没好气地道。

“不一样，他跟我施展的衍神兵是不一样的。”罗峰回忆起之前战斗的过程，“我操控六把金剑，或者九把金剑，它们都是单独的个体，就仿佛六个士兵或者九个士兵相互配合而已。可是，他施展出衍神兵，却能够使威力形成真正的叠加，宛如一体，特别是最后一招的威力极大，那三把金剑形成一把金色巨剑了。”

衍神兵第三重“天剑式”。

衍神兵第四重“大巧不工”。

第四重实际上就是大型剑阵的一种融合，化为一体，以绝对优势击败对手，被命名为“大巧不工”。

“我感觉他这一招类似于第四重。”罗峰皱眉，“不过，和第四重有所不同，第四重比它要复杂，而它仅仅是三把金剑相互融合，融合后的威力竟然这么大。”

“这是九宇混沌碑的考核……”

罗峰的脑海中掠过九宇混沌碑的第一幅图——雨滴图，雨滴图上一共有9滴雨水，七天参悟的时间，他的脑海中是有很多领悟的。

此刻，回想之前战斗的场景，再想起雨滴图，罗峰脑海中仿佛浮现出三个雨滴的融合。

“难道是……”罗峰的眼睛越来越亮。

这七天的参悟和之前三年参悟出的使用衍神兵的经验不断融合，思维进行碰撞，大量火花迸发，一个个想法不断浮现出来。

他既激动又期待！

“我明白了！我明白了！”罗峰忍不住喊道。

“尽信书不如无书！”罗峰忍不住大笑，“衍神兵是强者制造的一种兵器，如果按照最基本的方法使用衍神兵，实在是太过僵化、蠢笨，难怪他说我很愚蠢，我的确是愚蠢啊！雨滴图才是真正施展出衍神兵最强威力的方法啊！”

九宇混沌碑蕴含真正的大道，任何兵器的使用方法都能通过大道，找到最正确的道路。这次闯关虽然失败了，但是对罗峰的触动和益处比成功要大得多。

“开始吧。”罗峰已经迫不及待了。

第451章

宇宙国主

虚拟宇宙修炼场是演练的最佳场所，因为在虚拟宇宙中可以设定最佳的演练条件，而且因为是100%模拟，所以和现实世界中的修炼相比，在经验积累、感悟等方面的效果完全一样。

杀戮场的收费价格高得惊人，但依旧有无数强者进入杀戮场，而作为虚拟宇宙公司的核心成员，罗峰拥有属于自己的单独修炼场，接下来，罗峰并没有急着在混沌城观看天空中的宇宙法则运转，而是埋头将之前七天对九宇混沌碑的参悟全部消化掉。

“殿下，乌卡殿下前来拜访。”奥多里克说道。

“乌卡？”

罗峰从修炼场中出来，身体化作一道幻影，横穿数十公里，瞬间就到了庄园门口。

“罗峰，罗峰，出大事了。”一个银衣黑发少年冲了进来。

“怎么了？”罗峰笑着问道。

乌卡一脸激动，连忙说道：“你恐怕还不知道吧，昨天我们去通天桥接受测试，我们那一批有30多人，都进入了巨斧通天桥，不过，除了戎钧，包括我在内的人都没能闯过第一层。此次进入初始宇宙的一共有1000人，也就伯兰和戎钧成功了，伯兰闯过了两层，戎钧闯过了一层，其他人一层都没闯过。”

“什么?!”罗峰大吃一惊。

戎钧成功了？

之前天才战的时候，他和戎钧的实力算是相差无几的。这三年，他的两大分身和金角巨兽的修炼速度惊人，虽然他表面上没说，但是内心认定自己足以排名第二。可是，他闯通天桥的结果却是失败。

“而且，就在刚才……”乌卡显得很激动，“元辰宇宙国的国主在混沌城中出现了，并收了戎钧为弟子。”

“元辰宇宙国的国主？”罗峰震惊了。

宇宙国主统领浩瀚的宇宙国，在宇宙中算是真正的统治阶层，麾下有大批的不朽级强者。

“怎么可能？”罗峰不敢相信，“伯兰的实力那么强，都没有宇宙国主亲自收其为弟子。”

“是啊，我也不敢相信。”乌卡摇摇头，“到了宇宙国主的层次，根本没必要收弟子，他们已经是亿万年不会殒身的超级强者，坐镇一个宇宙国。就算伯兰的实力极强，成为宇宙国主的可能性都很小，所以，是不值得宇宙国主亲自收为弟子的。可是，元辰宇宙国的国主真的收了戎钧为弟子，我得到的消息无误，现在1008个宇宙国的高层都得到了这个消息。”

“这……”罗峰哑然失笑。

天上掉馅饼吗？这一批天才中，伯兰是其他天才都需要仰视的绝世天才，他都没能吸引一位宇宙国主亲自收其为弟子，反而是戎钧得到了一位宇宙国主的青睐。

“这还不是最让我惊讶的，”乌卡压低声音，“我从我父王那里得到一个消息。”

“嗯？”罗峰眼睛一亮。

“想要收戎钧为弟子的，不单单是一位宇宙国主，而是两位。”乌卡眼睛发亮，“不过，你应该知道，1008个宇宙国其实隶属于五大巨头，这两位宇宙国主一个隶属于虚拟宇宙公司，另一个隶属于巨斧斗武场。因为戎钧是我们虚拟宇宙公司的人，最后才被元辰宇宙国主成功收为弟子。”

"什么，有两位宇宙国主争相要收他为弟子？"罗峰无语。

"不管怎样，戎钧算是暂时比我们强了。"乌卡握紧拳头，"反正我不会轻易认输，我父王说了，在混沌城的30年，是我们起步的30年，也是我们将来诸多成就的一块基石。现在混沌城的修炼刚刚开始，一切还很难说。"

"嗯。"罗峰点点头。

别说戎钧了，就是伯兰，在罗峰心中都只是需要超越的第一个目标。

"你参悟九宇混沌碑怎么样了？"乌卡好奇地问道。

"还行。"罗峰说道。

"我建议你去混沌城中那些空的修炼居所天台看看，那里留下了先辈刻画的感悟。"乌卡笑着说道，"以我们的移动速度，耗费十天乃至半个月就能逛一遍，从中找到最适合我们的一些感悟。混沌碑终究太深奥，而别人的感悟或许能起到一些触动效果，这种感悟的相互碰撞，容易使我们得到提升。这可是我父王说的！"

罗峰点点头。

他在通天桥上的一次闯荡，就参悟不少，进步极大，这种感悟的碰撞的确很有效。

"谢谢。"罗峰认真地道。

"说什么谢，只有和强者竞争才有意思，对手越强，自己进步才能更快。"乌卡咧嘴一笑，"我走了，我要去找寻一些刻画，自从知道戎钧被元辰宇宙国主收为弟子，我现在可是冲劲十足。"

随即，他就消失不见了。

罗峰失笑。

看来不能小瞧任何人，能在1008个宇宙国的天才中排在前十名，谁都不能小觑。他拥有魔杀族分身、金角巨兽，难道别人就不能有一些特殊的际遇？

"七天的参悟消化得差不多了。要悟透九宇混沌碑第一幅雨滴图，绝非几天就能成的，我也得先看看前人留下的刻画。"

瞬间，他的意识离开虚拟宇宙网络，回归混沌城。而后，他在混沌城中进行了一场地毯式的搜索。

虚拟宇宙。

雷霆岛是虚拟宇宙公司的不朽级强者的集中地，是真正的高层集中地。

浩瀚无比的雷霆岛云雾缭绕，岛四周电蛇游走，如果说雨相山比一般的行星都要大，那么雷霆岛的面积就超过了百万个雨相山。

“这一批有1000名天才，闯通天桥的结果如何呢？”九剑尊者高坐在王座上，声音回荡在庞大的神殿中。

“尊者！”

下方站着一个身上满是金色绒毛的狮头壮汉，他向九剑尊者禀报：“1000名天才中，998人闯通天桥全部失败了，伯兰成功地闯过两层，戎钧成功地闯过一层。我看了他们闯通天桥的视频，太初区的其他成员表现都很好，比如罗峰、千水、乌卡都很不错，和进行天才战时相比，他们的进步都很大。”

“嗯。”九剑尊者微微点头，“只有戎钧让我震惊，其他人都还算正常。你将戎钧闯通天桥的战斗视频发给我。”

“是，尊者。”狮头壮汉当即将视频传送过去。

随即神殿内浮现出一面屏幕，屏幕上开始播放视频。视频中，戎钧仿佛蛮荒战神，身上散发出凶蛮的气息，那把巨型裂地刀简直使得出神入化，一刀刀极为凌厉，最后直接将同样使用裂地刀的对手给杀了。

九剑尊者平静地看完，微微皱眉：“你出去吧！”

“是！”狮头壮汉恭敬地退出去。

神殿内一片寂静。

九剑尊者审视着视频，喃喃道：“倒是怪事！戎钧的战斗天赋的确惊人，虽然在感悟本源法则方面不算很强，但是他能发挥出超强的战力。小小年纪就自创刀法，是个厉害的天才。可是，这也不值得元辰、古轮这两位宇宙国主都抢着要收其为弟子吧。”

“元辰、古轮这两位宇宙国主存在的岁月都非常悠久，比我都要老得多。”

九剑尊者皱眉，“他们也比我更早成为尊者，或许他们发现了我没有察觉到的东西？”

作为和元辰宇宙国主、古轮宇宙国主同样的超级强者，九剑尊者很清楚所谓的天才对于宇宙国主是没有吸引力的。除非能培养出一位宇宙国主，否则对他们自身没有多大益处。

伯兰的实力那么强，都没有谁去抢着收其为弟子。

戎钧却得到了两位宇宙国主的青睐，被抢着收为弟子。

“其中肯定有秘密。元辰、古轮这两个老家伙肯定是发现了什么。”九剑尊者又看了一遍视频。

以他这等超级强者，早就将视频内容分析得无比透彻，能发现的早就发现了。

“到底有什么秘密？”九剑尊者思忖许久，都没有想出个所以然来。

混沌城，九层塔楼的第七层。

穿着金色战铠的真衍王正和蛇尾女子谈论元辰宇宙国主收戎钧为弟子的事情。

“戎钧的战斗天赋极高。”蛇尾女子道，“他对于本源法则的感悟或许低一点，但是能爆发出极强的战斗力，是很优秀的。你们虚拟宇宙公司送来的1000名天才中，除了伯兰，最厉害的就是他了。”

“不能这么说！”真衍王摇摇头，“其实，选择九宇混沌碑的12个小家伙中，有一个丝毫不比戎钧弱，甚至比他更强一点。”

“你说的是罗峰？”蛇尾女子微微点头，“也是，那小家伙仅仅达到宇宙级一阶，竟然就能施展出天剑式，的确不容小觑。只是，他不懂变通，对衍神兵的运用还停留在最基本的层次。可他对于本源法则感悟较多，稍微调教一番，战斗力就能提升一大截。论对于本源法则的感悟，伯兰第一，罗峰倒是能排第二。”

“嗯。”真衍王点点头，“罗峰绝对是我们九宇流派的好苗子，我也得稍微指点他一下。”

“你要干什么？”蛇尾女子惊诧地道。

“怎么，那戎钧都有宇宙国主当老师了，我只是稍微指点罗峰一下。”真衍王摇头晃脑，“现在混沌城中，我的实力仅次于九宇流派的宇宙国主们，那些宇宙国主瞧不上罗峰、伯兰等人，我的眼界没有那么高，我还是瞧得上的，等罗峰闯过通天桥的第三层，就有资格来我门下听课，再过上数十万年，他说不定能成为超级不朽级强者，哈哈……”

蛇尾女子摇摇头，随即闭上眼睛。

见状，真衍王不再说话，直接消失在塔楼中。

第452章

《飘血秘法》

混沌城内，气流缭绕。

穿着摩云藤战衣的罗峰，正站在一座修炼居所的天台上，遥看远处的一座座修炼居所。近八天的时间，他都在进行地毯式的搜索，他发现混沌城有大量空的修炼居所，很多修炼居所的天台上都有修炼者随手留下的刻画。

不仅罗峰在找，乌卡、陇云、千水、戎钧等都在查找那些刻画。这一群年轻天才心里都清楚，这是他们奠定基础的30年，而进步最快的方法并不是埋头苦修。所谓磨刀不误砍柴工，选择正确的思路很重要，没必要一开始就观看宇宙运转法则，所以，他们都在查找历代前辈修炼者留下的感悟刻画。

“其中112个感悟刻画都很有感觉。”罗峰皱眉，“我该选择哪一个？”

九宇混沌碑上面的九幅图十分深奥，而其他修炼者的感悟刻画就仿佛详细解读，能够让罗峰这样的后辈更加容易、有效地参悟。

“罗峰。”一道清脆的声音响起。

罗峰转头看去，只见一个有着微微卷曲的绿色长发，面部有着绿色秘纹的柔弱女子飘然落在天台上。

女子柔声说道：“罗峰，你找到适合你的感悟刻画了吗？”

“还没有，我发现112个感悟刻画都不错，不知道选哪一个。”罗峰摇摇头，“千水，你找得怎么样？”

千水是奥古斯星球天才兄妹之一，同样是太初区的成员。

“我也在犹豫。在老师的推荐下，我现在有三个选择。”千水笑着说道，“嗯，不跟你多说了，我的老师看过你闯通天桥的视频，说你是我们这一批天才中对于本源法则的感悟仅次于伯兰的，比戎钧对于本源法则的感悟还要强一些呢。”

“哦？”罗峰眉毛一挑。

“加油！现在你领先，可不代表以后你还会领先，这是变化最大的30年。”千水说道。

“我走了。”一道绿色的人影飞向远处，消失在混沌气流中。

罗峰眉头微皱。

“你们这一批天才中，有不少人的背景都不错，都有强者在背后指点。”巴巴塔无奈地说道，“可惜，我帮不了你。”

“没事。”罗峰不在意地一笑。

忽然，巴巴塔惊叫道：“罗峰，收到一封邮件，是虚拟宇宙公司内部发送过来的。”

“哦？”罗峰大吃一惊，连忙分出一丝意识，进入虚拟宇宙网络。

虚拟宇宙，太初区，罗峰的庄园中。

书房中，罗峰坐在书桌前，看着笔记本电脑上打开的邮件。

罗峰：

我看了你闯通天桥的视频，你表现得很不错，只是你使用衍神兵时太过僵硬了。兵器是死的，人是活的。

怎么利用衍神兵呢？自然是最大化地去发挥它的威力。你现在刚刚开始研究九宇混沌碑，我建议你去购买《飘血秘法》，只需要800积分，而后你再去编号为0290028981的修炼居所的天台看看，那上面有《飘血秘法》的创造者当初留下的刻画，这应该算是我九宇流派中学习九宇混沌碑前三幅图最适合你的。好好努力，我很看好你！

真衍留

普通的一封邮件，可正因为是从虚拟宇宙公司内部发送过来的，就不普通了。因为罗峰是虚拟宇宙公司的核心成员，一般人是不知道他的网络编号的，查到了他的网络编号，还能通过虚拟宇宙公司内部网络发送邮件过来，这人显然是虚拟宇宙公司的某一位高层。

“真衍？”罗峰很疑惑，“他是谁啊？”

“我也不知道此人是谁。”巴巴塔也一脸疑惑。

“巴巴塔，给我查一下《飘血秘法》和真衍的相关讯息。”罗峰下令。

不同身份的人，权限不同，普通人在虚拟宇宙网络中只能看到一些被过滤后的消息，而一些机密，比如虫族、机械族等族群的重要讯息是根本查不到的。而罗峰现在的地位高，权限自然大得多。

“明白。”巴巴塔兴奋地应道。

笔记本屏幕上的页面立即迅速变化，出现了大量的讯息。

“这都是有关真衍的讯息。”巴巴塔道。

“哦？”罗峰盯着屏幕，他不由得吓了一跳，“《真衍秘法》是真衍王所创，在虚拟宇宙公司内部的售价竟然高达80万积分。天哪，老师的《魂印秘法》也很厉害，可是巴巴塔你对《魂印秘法》的估价才1万积分吧！这《真衍秘法》竟然这么贵！”

“真衍王？”巴巴塔震惊了，“这个真衍竟然封王了！”

“怎么了？”罗峰疑惑地问道。

“罗峰，你不懂。同样是不朽级强者，可是实力、地位的差别依旧很大，普通的不朽级强者能够当一名军主，统领由大量宇宙战士组成的一支军队，而不朽级强者中的一些超级强者，很可能被虚拟宇宙公司、巨斧斗武场封侯。

“封侯的不朽级强者算是不朽级强者中的超级强者，比如你的老师，勉强有资格封侯，而不朽级强者中的巅峰强者，以及更强的不朽级无敌强者，一般会被封王，那实力就相当可怕了。

“真衍王的一门《真衍秘法》竟然能卖80万积分，天哪，他绝对属于整个宇宙众多不朽级强者中实力最接近宇宙国主的顶尖存在，这种人的实力是非常强大的。”巴巴塔激动地道。

“哦？”罗峰心中了然。

军主、封侯、封王，这三个官职一定程度上反映了实力。

“巴巴塔，当初杀害老师的敌人的实力有多强？”罗峰问道。

刚刚还十分激动的巴巴塔闻言一怔，眼神暗淡，而后缓缓地道：“当初杀害你老师的敌人的实力很强，你的老师勉强有封侯的实力，而那敌人应该是达到了封侯巅峰，甚至勉强可以封王。”

罗峰大吃一惊。

他的老师是何等人物，也只是勉强能封侯，敌人竟然勉强能封王。难怪老师当初输得那么惨。

“那种强者在你们乾巫宇宙国都能排前三。”巴巴塔沉声说道。

“嗯？”罗峰大惊，“乾巫宇宙国可是有上万名不朽级强者。”

“1008个宇宙国中，能封王的不朽级强者极少，基本都是超级大能者，他们一般是不屑待在某个宇宙国的，大多都是在五大巨头的麾下或者特立独行。每个人都无比强大，是实力最接近宇宙国主的存在。

“一门秘法能卖80万积分，就算是在封王的不朽级强者中，真衍王也算是顶尖的。我之前看到宝库中有宇宙国主创造的秘法，也仅仅卖100万积分。”

宇宙国主创造的秘法卖100万积分，真衍王创造的秘法就卖80万积分，可以看出，真衍王的实力是何等可怕。

“哈哈……”罗峰笑了，“巴巴塔，之前你还说，谁的背后有大人物、有大背景，我罗峰没什么大背景，也没啥大人物给我撑腰，可还是能吸引高人来指点我。哈哈……”罗峰打心底对那神秘的超级强者真衍王十分感激。

这封邮件对于真衍王来说，只是随意的指点，对罗峰来说却是奠定基础时的一大助力。

“查到《飘血秘法》的讯息了吗？”罗峰问道。

“查到了。”

下一瞬，屏幕上出现了有关《飘血秘法》的不少讯息。

相较于真衍王含糊不清的介绍，虚拟宇宙网络中对《飘血秘法》的介绍详细多了。显然，真衍王的讯息保密程度极高，以罗峰的权限，也只能查到最基本的一些讯息而已。

“《飘血秘法》的创造者是练落，是九宇流派基本的秘法，主要讲述九宇混沌碑上面的前三幅图，需要用800积分兑换。

“练落在天才战中的宇宙总排名是第一，被选入原始秘境，选择九宇混沌碑，苦修数万年，创造了九宇混沌碑基础类秘法中顶尖的《飘血秘法》，成为不朽级强者后，直接被封为血衣侯，某次在宇宙秘境冒险中殒身。”

罗峰仔细阅读着讯息，只见讯息中还有关于练落的诸多事迹。

练落当初是天才战的宇宙总排名第一，一个难得的超级天才，一成不朽级强者，就直接封侯了，可惜活了不足十万年就殒身了。

“可惜。”罗峰摇摇头。

“他如果不是死得早，肯定前途无量。”巴巴塔也感慨道。

《飘血秘法》是基础类秘法，是供不朽级强者以下的人学习的，所以价格不高。可是，价格低，不代表这门秘法很差。

罗峰需要的就是基础类秘法，而《飘血秘法》受到真衍王的推崇，显然不差。

“800积分，我就差800积分。”罗峰哭笑不得，“我后悔了，之前1万积分全花光了。”

“谁让你花得那么快。”巴巴塔没好气地道。

“不是你怂恿我花的吗？”罗峰瞥了一眼肩膀上的巴巴塔，“算了，我先去编号0290028981号修炼居所的天台看看，看看天才练落当年留下的刻画。”

罗峰立即化作一道幻影，迅速飞起，在混沌城中寻找当年练落居住过的修炼居所。

第453章

震撼

虚拟宇宙，雨相山，太初区，戎钧居住的庄园的修炼场中。

“老师。”背着裂地刀的戎钧恭敬行礼。

他前方站着一个身材高大、穿着练功服的男子，看着男子，仿佛看到星空中的黑洞，自然而然心生一种敬畏之感，男子的一个眼神仿佛能贯穿宇宙空间。

他就是元辰宇宙国主，一位存在了不知道多少年，比很多行星、恒星的寿命都长久千倍乃至万倍的存在。

“嗯。”元辰宇宙国主点点头，“我现在为你演练巨斧混沌碑的第一斧！”

戎钧闻言，眼睛一亮。

元辰宇宙国主手一伸，手中自动出现了一柄巨斧，同时修炼场中成了宇宙星空的场景。

“看清楚了。”

元辰宇宙国主的眼神深不可测，他举起手中的巨斧，整个人瞬间化作一柄冲天巨斧，单单那雄浑的意志就令整个空间颤抖起来。

“呼！”

元辰宇宙国主挥动手中的巨斧，瞬间星空仿佛凝滞住了，而后直接裂开，连前方的恒星都被切割开来了。

而后，整个修炼空间一阵颤动，随即星空消散，恢复正常场景。

“嗯？”戎钧的眼睛瞪得滚圆，脑海中一次次浮现刚才那一幕。

举斧的时候，意志力凝聚到极致！

挥动斧头，空间凝滞，而后如纸张般裂开！

“巨斧混沌碑是52尊混沌碑中最深奥的。”元辰宇宙国主淡淡地道，“你悟透第一斧，闯过通天桥的第四层后，我再来为你演练第二斧！”

“是，老师。”戎钧恭敬地应道。

“嗯。”元辰宇宙国主点点头，嘴角微微翘起，似乎是笑了。

随即，他直接消失不见了。

“原来是这样，原来是这样。”

元辰宇宙国主离去后，戎钧练习了一番，激动得双眸放光。

“第一斧原来是这样施展的。”

元辰宇宙国主在演练第一斧时，故意放慢动作，而且用意志引导戎钧去感受，令戎钧最大程度地感悟这一招。

“义父，看着吧，看着图蛮到达巅峰吧！”戎钧低声喃喃。

随即，他不断地钻研第一斧。巨斧混沌碑的第一斧的确玄妙，如果悟透第一斧，他估计能轻易击败绝顶天才伯兰了，毕竟伯兰之前仅仅闯过第二层。

混沌城外。

“原来这就是混沌城的第三宝。”背着血剑的白衣青年伯兰站在混沌城门口，看着那巨大的石碑上有关第三宝的文字介绍，眼中掠过一道精光。

“老师，你让我达到不朽级后再去找你，我会以最快速度达到不朽级的，一定会！”

千万年来，历届天才战中，伯兰都能排得上第一，虽然他听说某位宇宙国主收了戎钧为弟子，但是他没有将其他人当成对手。

心中无敌，故而所向无敌！

他的对手就是自己！

“我要更快地达到不朽级，成为不朽级强者中的超级强者，然后封侯，封王。”伯兰低声道。

正因为有着至高的信念，所以他在感悟空间本源法则方面进步很大，自然对空间中的各种属性能量的感悟也极深。

其实，他完全能够研究金、木、水、火、土中的任何一种，这五种和空间本源法则是很契合的，可是，他选择的却是风，因为风、雷电、光线和时间本源法则很契合，他的野心很大，比时光界主还可怕得多。不过，论天赋，他也比时光界主洛要高得多，他有这个资本。

……

戎钧有元辰宇宙国主当老师，其本身的战斗天赋也极强。而伯兰更是从未将其他人放在心上，他的对手就是自己。

至于其他的天才，比如加莱西、乌卡、艾辰、将莫、陇云等，各有各的际遇，能够走到今天这一步，没有一个会轻易认输，他们还想着要冲击太初区和原始区呢！就拿陇云来说，他是原始区的天才，现在却被戎钧压了一头，岂会甘心？

……

混沌气流飘荡。

罗峰走在街道上，看到前方一座修炼居所的墙壁上有四个字——九宇流派，凡是墙壁上有某种流派的文字，就代表该修炼居所是属于该流派的公共修炼居所，禁止私人占用。

毕竟除了52尊混沌碑之外，混沌城中还是有很多天台的刻画非常优秀，所以这些居所都成了公共修炼居所，谁都可以来观看。

罗峰之前选了112座修炼居所，其中有103座都是公共修炼居所。

“《飘血秘法》的创始人练落原来当年就是居住在这里，之前我选的112座修炼居所中并没有这个地方。”罗峰暗自叹了一口气。

没办法，混沌城实在是太大了，修炼居所很多，短短八天的时间，罗峰进行地毯式搜索，每个天台的刻画注定没法深入研究，只能在短时间内靠直觉判定。

罗峰进入居所，很快沿着楼梯来到天台上，天台长宽都达100米，上面有一些乱七八糟的刻画，同时还有几行很奇特的文字。

“这是天才练落的修炼居所？”罗峰眉头紧皱，“真衍王推荐的就是这里？”

“唰！”罗峰跳下天台，落在门口，看了看门框上的编号，的确是0290028981号。

“号码没错，就是这里。”罗峰一跃，到了天台上。

“这天台上的刻画……”罗峰仔细地看着。

混沌城中的所有建筑几乎用的是同一种矿石，这种矿石即使亿万年都不会腐朽，很是神奇，上面的刻画经历亿万年，依旧很清晰。

“剑意？”罗峰蹲下来，仔细地体会。

那些看似随意的刻画中的确有不少是和九宇混沌碑有共通之处的。

“这刻画是有九宇混沌碑的感觉，可是，也只有一鳞半爪，不成系统，有什么用呢？可是，真衍王让我来这里……”

罗峰目光一扫，忽然看到天台边缘有几行奇特的文字。

“巴巴塔，快翻译出来，那些文字是什么意思。”

“没问题！”巴巴塔迅速将文字翻译出来。

罗峰护臂的屏幕上浮现出了翻译后的一段话：我练落感悟九宇混沌碑，历经3000年，终于创出《飘血秘法》。哈哈！《飘血秘法》一成，前三幅图对我而言再无玄妙，一切无比透彻，这三幅图乃感悟九宇混沌碑的根基，我的根基扎实，又有几人能比？其他人即使参悟了四幅图，对空间的感悟也不一定能比得上我，第四幅、第五幅、第六幅图该怎么修炼，我已有十足把握，将来必成不朽级强者，必定封王！

几行文字，一共108个字，不过，翻译成宇宙通用语后，字数略有差别。

“这么自信？”罗峰大吃一惊。

罗峰仿佛看到远古时期一名绝世天才创出《飘血秘法》后，对自己的未来信心十足，于是留下了这一段话。

“他的进步速度的确惊人，突破成为不朽级强者后，直接封侯。直到殒身时，他的寿命还不足十万年，如果再活久一点，封王应该是没问题的。”罗峰暗自点点头。

对方进步的速度极快，丝毫不比伯兰差。

罗峰站在天台上，沉默许久。

“罗峰，练落应该说得没错，前三幅图是九宇混沌碑的根基，而《飘血秘法》受到真衍王的推崇，被认为是基础类秘法中最好的。他能创出这种秘法，显然对前三幅图的感悟已经达到极高的地步。

“基础越好，后劲越强。就像你闯通天桥第一层，对手仅仅使用三把金剑，却能发挥出比你用九把金剑施展出天剑式还要强的实力。”

罗峰早就知道打好基础是很重要的，根基越扎实，成就越惊人。那练落的根基显然到了巅峰的地步。

罗峰看着那几行文字，沉默了。

“罗峰，你在看什么呢？你有没有听到我说话啊？”巴巴塔不满地道。

“别吵！”罗峰表情凝重，盯着他根本看不懂的那108个奇异的文字，“真衍王让我来看，应该就是看这108个文字。”

“啊？”巴巴塔大惊。

“我之前还没发现，可看的时间一长，就感觉到了。”罗峰死死地盯着这些文字，“每个文字的意境都略有差别，可是108个文字在一起却显得无比圆满，不仔细体会的话，根本发现不了它们的意境不同。”

罗峰的脑海中浮现出九宇混沌碑的第三幅图，那是一幅暴雨图，上面画了108滴雨水。

“太可怕了。”罗峰眼眸中满是震惊，“他竟然将暴雨图的所有意境通过108个文字表达出来了。”

虽然还看不透，但是仔细体会，再一对照就能发现不同。相较于抽象的雨滴，这些文字的笔画复杂，宛如剑招，十分形象。

“之前搜索的讯息显示，《飘血秘法》是用剑的秘法，对，每个文字都是一套剑法，108套剑法将九宇混沌碑的根基完全诠释了。”

罗峰终于意识到，当年那个叫练落的天才是何等可怕！

他顾不上惊叹，完全沉迷在对108个文字的感悟中。和之前观看九字混沌碑所得的感悟相对照，努力从中探寻108套剑法的痕迹。

第454章

混沌城第三宝

“九字混沌碑上面一共有九幅图，第一幅雨滴图上有9滴雨水，每滴雨水蕴含的意境不同。这108个文字中，有9个文字和雨滴图能对应起来。”

罗峰感觉到那9个文字和9滴雨水的意境几乎是一模一样的。

看到那9个笔画复杂的文字，他隐隐感觉到了9套剑法。

“深奥！”罗峰越参悟那9个文字，越是感觉深不可测。

每一套剑法都是一种宇宙空间的至理！

每一套剑法都诠释了宇宙空间的某一种本质！

虽然罗峰根据表面的意境能够判断出9个文字和9滴雨水是对应的，但是远远没有达到悟透的地步。

此刻，手腕空间中无聊的巴巴塔感叹道：“练落真疯狂！哪有这么感悟空间本源法则的？当年老大成为不朽级强者，也没有这么深入地研究过宇宙空间的本质。练落不愧是亿万年前天才战的第一名，修炼都这么疯狂。”

感悟空间本源法则其实没必要这么复杂。就好像地球上很多人学习使用电脑，只要学会使用方法就成，当年的练落却是将宇宙空间的本质给解析出来，并且用108个文字表达出来了。

感悟宇宙本源法则也是一样，那种模模糊糊的感悟令修炼者明白怎么做才是更好、更正确的，凭借那种玄之又玄的感觉，他们施展出的攻击蕴含宇宙本源法则，威力大增。

可是，别人如果询问那到底是什么，他们根本无法讲述出来，只能感叹只可意会，不可言传！

事实上，并非不可言传，只是很多强者乃至不朽级强者根本没弄清楚本质，当然说不清，道不明，就拿魔杀族分身来说，他凭借自己和空间的高度契合，战斗力极为彪悍，可是在对空间本源法则的理解上，他和地球人本尊是差不多的。

“真衍王不愧是堪比宇宙国主的存在，让罗峰来研究宇宙空间的本质，的确是很正确的。”巴巴塔心中暗自称赞。

它可是目睹了陨墨星主人呼延博修炼过程的。刚开始修炼速度很快，可是，越往后就越难，就越觉得空间本源法则玄之又玄，很难完全看透。

“假使从一开始就研究宇宙空间的本质，逐步深入研究，或许一开始慢得多，可到了后期，修炼进步速度会越来越快。”巴巴塔低叹一声，“难怪老大当初用了数千万年，才勉强达到封侯的实力，而那个练落修炼了不足十万年，才一成不朽级强者，就直接封侯了。”

这就是差距！

……

“我施展身法，身体一动，便能产生20多个幻身，可是为什么会产生这么多幻身，我一直不懂。”罗峰研究了许久，感到心神俱疲，从沉迷研究的状态中脱离出来后，不由得惊叹，“现在我算是明白一点点了。”

“巴巴塔，我研究了多久？”罗峰问道。

“18天。”巴巴塔回道。

“超过半个月了，我才领悟了第一套剑法的一点皮毛。”罗峰暗叹一声。

感悟宇宙本源法则和研究其本质难度明显不一样。

“以我现在感悟宇宙本源法则的速度，要研究透第一套剑法得多久啊？可惜，我没有《飘血秘法》。”

这些终究只是文字，《飘血秘法》才记载了当年练落留下的详细修炼方法。如果有了《飘血秘法》，罗峰相信自己的研究进度一定会快很多。

“就只差800积分啊！”罗峰无奈地道。

“罗峰，若是你成功闯过通天桥第一层，不就有1000积分了吗？”

“我知道。”罗峰说着，摇摇头，“不过，我现在还没有十足的把握闯过通天桥的第一层。”这些天，他之前参悟九宇混沌碑的诸多感悟已经全部消化了，对空间本源法则的感悟更深了，现在如果施展出天剑式，威力一定大得多。或许能赢，可是他并没有十足的把握。

“如果我能悟透第一套剑法，九把金剑以第一种意境为纽带，可以形成完美的整体，那威力肯定极大。”

罗峰初步研究，就明白悟透第一套剑法会给自己带来很大的好处。

他看向远处——

“修炼许久，心神疲累，去城外看看。之前那黑袍使者说混沌城有三宝，城门外的石碑上有关于第三宝的描述。”

罗峰自知现在的状态不佳，无法继续研究，所以直接朝混沌城的一个城门走去。

第三宝到底是什么呢？

第一宝，是初始宇宙中外显的运转法则。

第二宝，是52尊混沌碑。

第三宝，是什么呢？

一座古老的府邸中。

“都出去吧！”真衍王挥挥手。

“是，老师。”下方数十个不朽级强者和界主级强者都恭敬行礼，而后离开了府邸。

“罗峰竟然没有购买《飘血秘法》？”真衍王皱着眉头，同时用意识和辅助智能进行交流，“他是太初秘境的成员，应该得到了赠送的1万积分。什么？他刚开始的时候就已经用光了？”

从辅助智能那里得知罗峰之前的1万积分消费情况，真衍王有些无语。

“他竟然买了一套《幽影》秘典？”真衍王连连摇头，“他现在的实力不是很强，根本没必要购买《幽影》秘典，应该购买更加基础一点的秘法，适合自己的才是最好的。这小家伙一次性就将积分用光了，真是……”

忽然，真衍王眉头紧蹙。

“麻烦了！练落当年也是耗费数万年才解析出108套剑法，解析宇宙空间的本质可比感悟要难得多，最是考验悟性和心性，还考验对空间本源法则的感悟程度，若非绝顶天才，很难有所成啊！”

一开始就逐步解析宇宙空间本质，将来成就会很高。关于这一点，宇宙人族1008个宇宙国的超级强者谁不知道呢？可是，即使知道，这种方法依旧没有得到推广，因为这对心性、悟性的要求都极高。首先对空间的感悟得深，如果感悟不到空间本源法则，又怎么去研究呢？至于心性和悟性，不断研究时，必须时刻保持冷静，一旦心情浮躁，很可能功亏一篑，心性的重要性可想而知，而悟性更是极其重要。

对大多数强者而言，一旦选择走这条路，只会让漫长岁月荒废。练落可是亿万年前天才战的第一名，都需要数万年的时间，天赋稍差的，比如将莫、艾辰、乌卡等层次的强者，可能需要数百万年，而那些天赋一般的强者恐怕耗费1000纪元也不会成功。

“嗯，在混沌城的30年，虽然对他很重要，但是让他吃点小亏，浪费几年也没事。”真衍王喃喃自语，“就让他长点记性，明白有些珍贵的物品不能还没弄清楚最佳用途，就挥霍一空。”

真衍王不再多想，他虽然关注罗峰，但只是出于同阵营同流派的缘故，稍微指点一下就可以了，不至于为罗峰忙这忙那，罗峰现在也不值得他这么做。

混沌城，城墙连绵，一眼看不到尽头。

城门开启，时而有强者出城或者进城。

罗峰沿着城门朝外走。

“石碑呢？”罗峰站在城门口，看着苍茫荒原延伸到远处，被混沌气流给笼罩了。

忽然，他扭头便看到了左侧的一尊巨大石碑，石碑上有着密密麻麻的宇宙通用语文字，上面确实记载了混沌城第三宝的相关讯息。

“混沌真灵?! ”罗峰眼睛一亮。

石碑上的内容是：初始宇宙自然孕育出一些生物，这种生物长相奇异，被暂时命名为“混沌兽”，混沌兽的实力有强有弱，天生便知道一些宇宙本源法则，有的知道得多，有的知道得少。

击杀混沌兽，混沌兽的身体会直接腐化，成为大量的混沌气和一种碧绿色的光点，碧绿色光点就是混沌兽的核心所在。混沌兽无灵魂，只有生命光点，这生命光点被命名为“混沌真灵”。

只需将混沌真灵吸入体内，就会被自己的灵魂直接吸收，吸收混沌真灵后，灵魂会发生一些改变，和宇宙空间更加契合。

……

“罗峰！”一道声音传来。

还没看完石碑内容的罗峰当即转过头去。

远处，戎钧正从半空俯冲而下，而后落在地面上，赤脚走向罗峰，笑道：“哈哈！这些天一直没看到你出来，是准备去城外猎杀混沌兽？不过，你得小心点，猎杀混沌兽的难度很大，我们这一批天才中已经死了好些人了。”

第455章

混沌真灵

“什么？”罗峰震惊，“你刚刚说已经死了好些人了？”

“嗯。”戎钧语气凝重，“我一开始知道此事，也跟你一样震惊。不过，后来我也去城外猎杀混沌兽，就不再觉得奇怪了。你还记得吗？当初我们乘坐宇宙飞船被送到初始宇宙，那位尊者说的那句话。”

罗峰回忆起当初那一幕，点点头：“记得。”

九剑尊者将他们送来时，说希望看到他们30年后都活着。当时听到这话，罗峰就猜测混沌城中会有危险，可是，在混沌城中待了一些日子后，感觉挺安全的。

这就是一个让修炼者们静心参悟的圣地。这里禁止人类彼此厮杀。谁杀了人，必死无疑，即使没杀人，只要动手，就会遭到严厉的惩罚。而且，看到那些天台上大量强者苦修的场景，只能感觉到苦修参悟的气氛，根本感觉不到丝毫危机。

“那里是真的很危险。”戎钧郑重地道，“你别大意，那些混沌兽可一点都不好惹。这次来的1000名天才可都得到了虚拟宇宙公司的奖金和免费赠送的积分，奖金最少都是10个混元单位，积分也能兑换珍贵的物品，谁没有一点底牌啊？”

罗峰皱眉。

看来事情不妙啊！

天才们的实力都很强，却依旧死了好些人，混沌真灵是好东西，可要得到并不容易。

“最要命的是它们数量多，即使你带着热武器和先进的宇宙飞船，如果一不小心陷入包围圈，瞬间就会没命。我提醒你一句，一定要小心，这是现实世界，并非虚拟宇宙，一旦丧命，可就真完了。”戎钧又道。

“嗯。”罗峰点点头。

目送戎钧离去，罗峰心情有些复杂。

他被之前戎钧说的那番话搞得心有点乱，不由得转头继续看向石碑。

……

灵魂和宇宙更加契合，那么去感悟宇宙本源法则时就更加清晰。

界主级强者成为不朽级强者，是灵魂本质的蜕变，而吸纳混沌真灵，却是缓缓地蜕变，蜕变的幅度小，不朽级强者的灵魂已经成为永恒的存在，所以吸纳混沌真灵无效，混沌真灵只对不朽级以下的强者有效。

注意事项有三点：

其一，不朽级强者禁止对混沌兽出手。

其二，混沌兽智力低下，已被混沌城的超级强者分成三个区域，第一个区域是最靠近混沌城的，离混沌城城墙约2000公里，全部都是宇宙级层次的混沌兽，此区域为内层；第二个区域离混沌城城墙2000公里—10000公里，此为中层，生活着域主级层次的混沌兽；第三个区域是最外层，都是界主级层次的混沌兽。

混沌兽的实力主要在宇宙级到界主级，一旦发现有不朽级混沌兽，混沌城会派出强者，将其消灭。

其三，域主级强者只能在中层内猎杀混沌兽，禁止在内层出现。界主级强者只能在外层猎杀混沌兽，禁止在内层和中层出现。

看完石碑上的内容，罗峰沉默了。

“哈哈！此举明明就是培养后辈。”巴巴塔笑着说道，“这些混沌兽被分别养在三个区域，以混沌城的实力，瞬间就能杀死所有混沌兽，可是他们没这样做，而是采取放养的方式。并且，域主级强者只能在中层猎杀混沌兽，界主级强者只能在外层猎杀混沌兽，显然最内层的混沌兽是留给你们猎杀的。”

罗峰点点头。

混沌城是宇宙人族的一个圣地。这里的很多安排都是为了培养一代代强者，让人族永远强盛下去。

让年轻人冒险去和混沌兽厮杀，显然也是为了锻炼他们，温室中的花朵终究前途有限，虽然在混沌城待30年比较安全，可有点危机感是好事，有利于培养后辈们。

“混沌兽！”罗峰心念一动，体表的深红色战衣迅速延伸，形成战铠。

他整个人完全笼罩在摩云战甲中，仅仅露出一双眼睛。

“去看看混沌兽到底是什么玩意儿。”

穿着一套深红色战铠的罗峰，脚踏暗云梭，背着暗金色长棍。

混沌气流飘荡，令他无法看太远。

苍茫荒原上杂草丛生。

这片存在了不知道多少年的荒原很是奇特，就算是里面不知名的杂草，随处可见的乱石，都和原宇宙中的物质有着本质的区别。

在混沌气流长年累月的孕育下，这些乱石都有同一个特点，那就是存在的时间再久，也不会腐化。

罗峰小心翼翼地前进。

“嗯？”他的耳朵一动，立即降落，躲在一块大石头后面，警惕地看着前方。

只见远处的杂草丛中走出来一个黑影，那是一头三米多高的猿猴类的生物。

它的身体弯曲，一双长长的手臂直接落在地面上，脸上除了白色毛发外，只有一只褐色的竖眼和一张嘴巴，没有鼻子和耳朵，尾巴高高竖起，微微抖动。

“它的实力怎么样？”罗峰用意识联系巴巴塔。

“不知道。原宇宙中根本没有混沌兽这种生物，所以我无法根据它散发出来的气息判定它拥有什么层次的实力。”巴巴塔回道。

“哦。”罗峰点点头。

混沌兽在远处奔跑，那高高竖起的好似雷达的尾巴突然一顿。

它猛地掉头，看向罗峰，竖眼瞬间迸发出愤怒和杀意。

“轰！”那竖起的尾巴猛地甩动。

混沌兽瞬间化作一道幻影，到了罗峰的面前，那巨大的手掌直接抓了过来。

“去！”罗峰脚踏暗云梭，在飞退的同时，用心意操控着。

“嗖——”他的背后瞬间出现九道金光，其中六道金光直接射向杀来的混沌兽。

“嗷——”混沌兽尾巴再次一甩，产生一连串诡异的幻影，硬是避开了其中三把金剑。

“铛！铛！铛！”连续三声脆响，混沌兽的利爪一挥，直接砸飞了罗峰的三把金剑。

“天剑式！”罗峰眉头微皱。

瞬间，周围的区域笼罩在金色波浪中，九把金剑悬浮，直接形成剑之领域，和当初罗峰闯通天桥相比，现如今的剑之领域明显更加井然有序，至少那些剑气再也没有胡乱四射了。

随着一道耀眼的金色剑虹出现，其中一把金剑携带着剑之领域无数剑气凝聚的威力，瞬间刺向那头混沌兽。

“嗷！”混沌兽发出了凄厉的吼声，尾巴疾速甩动，加速要逃跑，似乎感应到这一击的威力很大。

可它逃跑的速度又怎么比得上衍神兵的攻击速度呢?

“轰！”来不及逃走的混沌兽双拳砸向那道金色剑虹。

随着一声巨响，混沌兽粗壮的双臂直接被炸裂。

那道金色剑虹直接斩杀了这头混沌兽。

“轰隆！”混沌兽直接倒地，在倒下的同时，它的皮毛和骨肉开始渐渐腐化，化为混沌气流，同时一个碧绿色的光点飘起。

“混沌真灵！”罗峰眼睛一亮，连忙操控一股念力直接去包裹那碧绿色光点。

“哧！”念力碰触混沌真灵后，混沌真灵逐渐消融。

“念力就是精神力，灵魂就是大量精神力组成的，念力能吸纳混沌真灵也不奇怪。”

罗峰连忙将消融了约一成的混沌真灵收入自己体内的原核中，他的三个分身并非核心，这原核才是真正的核心。

“轰隆隆——”周围的气流猛地震荡起来。

“嗷——”一头头弯曲着身体，面部有着白毛和竖眼的混沌兽从周围草丛中闪电般蹿出。

一眼看去，有数百头混沌兽，而且有的混沌兽的气息明显比刚才那头混沌兽要强得多。

“不好！”罗峰根本没有一点抵抗的念头。

“嗖！”一艘银白色的机械族宇宙飞船出现。

可是，这些混沌兽的速度实在太快了。

“呼！”罗峰的体表立即延伸出一根根深红色的藤蔓，数十根藤蔓猛地朝那疯狂冲来的一大群混沌兽抽了过去。

为首的一头高大的猿猴模样的混沌兽被抽得飞起，口吐鲜血，却没有死。

罗峰冲进机械族宇宙飞船中，关闭舱门。

“轰隆隆——”外面的一群混沌兽疯狂地攻击着机械族宇宙飞船的外壁。

这可是E级机械族宇宙飞船，又怎么会是这群混沌兽能撞破的。

“我算是明白，天才们个个有宇宙飞船，还有大量的财富，能弄到一些厉害的镭射武器和轨道炮，最后却丧命的原因了。”罗峰松了一口气。

如果不是有机械族宇宙飞船，他凭借摩云藤或许能逃掉，但是一定会很狼狈。

“猎杀混沌兽！是的，就是猎杀。跟猎人一样，悄悄地行动，瞬间击杀混沌兽，吸纳其混沌真灵后立即远遁。”罗峰心中暗自思忖，“之前它发出怒吼声，已经吸引了它的同伴，我就不该跟它战斗，而应该立即逃走。”

第456章

岁月如水

混沌城上空，一艘银白色的机械族宇宙飞船出现，而后消失。

这一幕没引起任何人的注意。

在黑龙山星域，机械族宇宙飞船很罕见、珍贵，可是，对于混沌城这种宇宙人族的圣地来说，这根本不算什么。来到混沌城的很多不朽级强者的财富都远超呼延博。

一艘机械族宇宙飞船而已，实在是太常见了。

罗峰降落到自己的修炼居所的天台上。

“混沌真灵……”罗峰眉头一皱，清晰地感应到体内的原核发生了变化。

原核内，由罗峰灵魂实质化后演化形成的旋涡星系正缓缓旋转。璀璨的旋涡星系一共有八条旋臂，达到宇宙级一阶时，旋涡星系的核心就有一小块黑暗区域——微小的黑洞。

现如今，金角巨兽已经达到了宇宙级九阶，罗峰的灵魂自然也达到了宇宙级九阶。达到宇宙级九阶的灵魂实质化后，旋涡星系的核心有了一个超大的黑洞，而且那八条旋臂内也有着微小的黑洞，八个小黑洞都在缓缓地吞噬周围的星辰尘埃。

中央的黑洞和八个微型黑洞这九个黑洞的形成，代表着宇宙级九阶，而宇宙级九阶要跨入域主级，必须九个黑洞融合，而后吞噬整个星系，发生根本的蜕变。

宇宙级到域主级这一关是很难的！

“咻咻——”碧绿色光点落在旋涡星系中，被迅速拉扯，而后直接被星系中央的黑洞给吞噬了。

旋涡星系外围无法触及的地方产生了一丝丝薄雾，笼罩整个旋涡星系，旋涡星系似乎也发生了一些变化。

“有变化。”罗峰闭上眼睛，心静如水，感应着那宇宙本源法则的波动。

相比之下，金角巨兽感应金之本源法则的波动比较清晰，魔杀族分身感应空间本源法则的波动也很清晰，地球人本尊感应本源法则的波动却非常模糊，仿佛隔着一层层雾气。

此刻——

“进步了，都进步了。”罗峰的脸上露出惊喜之色。

他体内空间的浩瀚金属大陆上，宛如黑色山脉的金角巨兽仰头发出兴奋的咆哮声。

旁边幻化出近千个幻身的黑衣罗峰停了下来，兴奋地道：“竟然都进步了。”

是的！三大身体感应本源法则的波动都清晰了一些。

金角巨兽之所以感应金之本源法则的波动比较清晰，主要是因为它的尖角、颈部、身躯、翅膀、尾巴、蹄爪上的披甲似的金色秘纹，这些金色秘纹和金之本源法则隐隐沟通，所以金角巨兽比较擅长金之本源法则。

同一个道理，魔杀族分身则是凭借体内那10081个切面的生命晶核上的金色秘纹产生波动，沟通宇宙空间本源法则，甚至和空间波动产生呼应，所以，他擅长感悟空间本源法则。

原核内的灵魂核心发生蜕变，比如地球人本尊识海内的灵魂，魔杀族分身的核心“生命晶核”都有了一丝蜕变。

原核灵魂是三者共同拥有的，也是三个身体的核心。一旦进步，三个身体都会进步。原核完好的话，任何一个身体被毁灭，都能再生。即使三个身体都被毁，只要原核没事，依旧会供应源源不绝的能量，重塑三个身体，这就是天赋分身的厉害之处。

可是，这有利也有弊，一旦原核完蛋，三个身体即使相隔亿万里，也会同时死去！

这就是罗峰的命门。

“这东西竟然能够让灵魂发生蜕变，不愧是混沌城的第三宝。从学徒级修炼到界主级，灵魂只是不断地变强，本质上没有发生蜕变，只有从界主级到不朽级，才会有根本性的蜕变。

“现在靠着混沌真灵竟然可以提前发生蜕变，虽然蜕变的幅度不大，但是只要量多，益处还是极大的。”

想到这里，罗峰无比激动。

论战斗力，地球人本尊是最弱的，金角巨兽和魔杀族分身才是真正的撒手锏。很显然，灵魂的蜕变对那两大分身是有益的。

“来吧！混沌兽！”罗峰眼中涌现出战意。

这样的宝贝不多弄一点，实在太亏待自己了。

罗峰再度离开混沌城，走入笼罩在混沌气流中的荒原。

“这里被混沌气流笼罩，探测器发射的信号受到影响，否则就能靠巴巴塔探测了。”罗峰心中暗道。

如果能有仪器探测周围，提前预警，就不会有那么多天才丧命了。

不管怎样，要杀混沌兽，只能靠自己。

五分钟后，半蹲在草丛中的罗峰警惕地盯着远处出现的混沌兽。

那是一头超大型的混沌兽，体长三十余米，仿佛一个山丘在缓缓移动，它的头皮发亮，好似合金，同时头部长着两根朝外的弯曲的尖角，一双眼睛几乎都是眼白，中央有着绿豆般的瞳孔，四只粗壮的蹄子正踏着地面缓缓走来，耳朵竖着，显然时刻保持警惕。

“根据它的气息判断，应该比之前我遇到的第一头类似猿猴的混沌兽要弱。”罗峰眼神冷厉，“天剑式！”

他背上的暗金色长棍中瞬间就飞出81道金光，每9道金光迅速合拢，化为一把一尺多长的金剑。

9道金色剑光迅速升起，同时伴随着翻滚的金色气浪，直接形成剑之领域。

“轰！”金色剑虹射向混沌兽的头部。

“嗷——”混沌兽猛地扭头，发出一道怒吼声，低头就准备用它全身最锋利的尖角顶住朝自己射来的金色剑虹。

“哧！”蕴含剑之领域无穷威力的金剑微微一拐弯，擦着尖角，直接刺向混沌兽的头部。

混沌兽宛如合金铸就的头部异常坚硬，“哧哧”的声音响起，金剑勉强刺入头部。

“轰隆！”混沌兽轰然倒地。

随着碧绿色的混沌真灵飘浮起来，它整个身体迅速腐化，成为大量的混沌气流。

“嗖！”罗峰脚踏暗云梭，念力包裹着那颗混沌真灵，随即化作一道流光，消失不见了。

数秒钟后——

“轰隆隆——”数十头庞大的混沌兽冲了过来，令大地都震颤起来。

然而，短短的工夫，罗峰已经到了数百公里之外。

他躲在乱石后面，感受着灵魂吸纳混沌真灵后的那种舒畅感，露出一丝笑容：“很好，就该这样猎杀混沌兽。最多发起两次攻击，不管成与不成，立即远遁。而且，和混沌兽交战时，刚好试验一下我的一些感悟。”

……

猎杀混沌兽的行动终于开始了！

随着不断猎杀，罗峰发现，石碑上提示的内层区域中的混沌兽都达到了宇宙级，实际上超过六成的混沌兽都达到了宇宙级一阶，其他为宇宙级二阶到九阶，而且天生擅长一些宇宙本源法则。

它们唯一的弱点是智力低下，碰到陷阱，都会中计。

在猎杀的过程中，罗峰偶尔能碰到宇宙级九阶水准的混沌兽，幸好摩云藤已经达到了宇宙级九阶（摩云藤长期服用澜可果实的缘故），否则罗峰就危险多了。

三个月后。

“两把金剑合为一体，原来是这样的。”

施展出剑之领域的罗峰终于成功将其中两把金剑用金丝串联了起来。

两把金剑形成了迷蒙的金色巨剑，这把迷蒙的金色巨剑在剑之领域的辅助下，威力强得可怕。

瞬间，金色巨剑就击杀了一头混沌兽。

“共通！纽带！那种宛如一体的感觉……”

罗峰记住了那种玄之又玄的奇妙感，说不清道不明。当然他心里很明白，之所以说不清道不明，是因为自己没有解析出宇宙空间法则的本质。他正在研究的《飘血秘法》的第一套剑法，目前只是了解了一点皮毛。不过，虽未解析，至少会用了。

“先要学会施展，至于解析本质，慢慢来。”罗峰心中期待无比，“我现在能双剑合一，这两把金剑在剑之领域的辅助下，应该能敌得过通天桥第一层中的对手的三剑合一吧？”

对手虽然能够使出三剑合一，但是没有施展出剑之领域。

“不急！说不定是我的实力不够，所以对手才没施展出剑之领域。”

罗峰一点也不急，他可以在混沌城中待30年，正好给自己打基础，没必要急躁，脚踏实地是最好的。

八个月后。

“三剑合一！”

罗峰不断挑战混沌兽，对于怎么将宇宙本源法则的感悟运用到衍神兵上领悟得越来越透彻，也终于能够遵循那玄之又玄的奇妙感觉，将三把金剑联合起来，形成无比惊人的攻击力。

虚拟宇宙，通天桥位面。

岛屿上，穿着黑色星辰袍的巴芬惊讶地看着眼前的白袍青年。

“你要闯第三层？”巴芬惊呼出声。

当初那一批天才抵达混沌城不久，伯兰就一次性连闯两层，这在混沌城的历史上也是极其罕见的，没想到，不到一年，伯兰又来了。

“嗯。”伯兰微微点头。

“去吧，祝你成功。”巴芬笑道。

“嗖！”伯兰直接朝岛屿边缘的某个港口飞去。

那港口延伸出一条一眼看不到尽头的通天桥，通天桥前的石碑上刻着两个字——宇宙。

52尊混沌碑对应52座通天桥，其中巨斧通天桥有32层，是最高的；宇宙通天桥则有30层，排在第二；九宇通天桥总共有27层，也算是极高的，足以排进前五。

52座通天桥中，层数最少的都有21层。

其实，论层数是没多大意义的，因为能通过21层，就能成为高高在上的宇宙国主，可罗峰他们这一批天才中，能有一个成为宇宙国主吗？

第457章

攀比

“嗖！”伯兰疾速冲进了通天桥中。

片刻后——

“嗯？”巴芬的脸上露出惊讶之色，“通过了，他竟然成功通过了?! 他才来混沌城没多久，竟然就通过第三层了。”

虽然刚开始进步比较容易，越往后进步越难，可是伯兰竟然进步如此大，未免太强了。

戎钧仅仅通过第一层，其他天才全部失败了，伯兰却闯过了第三层。

……

混沌城内的宇宙修炼者们主要分成52个流派，其中人多势众的数巨斧派。

很多有点背景的修炼者都知道巨斧混沌碑是巨斧斗武场的创始人所造，而且52尊混沌碑对应的通天桥中，巨斧通天桥是层数最高的。

巨斧流派的人最多，而宇宙流派的人最少。

那究竟何为宇宙？四方上下为宇，古往今来是宙，宇代表空间，宙代表时间。

这一流派被称为宇宙流派，就是因为其兼修空间、时间这两大宇宙本源法则，所以非常难。这两大宇宙本源法则是最难的两种，能感悟其中一种就已经极难，更别说感悟两种了。可是，一旦真的感悟出了两种，实力会非常强。

“闯过第三层？”

“闯过第三层，不就能来听老师讲课了吗？”

“听说闯过第三层的是最近一届天才战中的第一名，可他来到混沌城还不到一年，这简直太不可思议了。”

“以往每一届天才战也会产生1000名天才，他们会在混沌城苦修30年，然而，最终能闯过第三层的屈指可数。这个伯兰领先其他天才太多了。”

通天桥的第三层就是个坎。一旦闯过第三层，意味着参悟混沌碑入了门，才有资格去听一位位宗主讲课，比如真衍王等，都是开宗讲课的超级强者。

闯过第十八层，即直接成为混沌城的永久居民，能在混沌城中开创宗派，为后辈子弟讲课。

虚拟宇宙，雨相山原始区的修炼场。

穿着牛角战盔，手持巨斧的陇云看着护臂上的屏幕，很是震惊：“第三层！伯兰竟然通过了通天桥的第三层?! 他为什么进步这么快？”

陇云握住斧柄的右手不由得用力，面目狰狞：“可我为什么连第一层都无法通过，我和伯兰的实力差距为什么这么大？”

这一届天才战中，陇云是和伯兰同时进入原始秘境的天才。

进入混沌城不久，伯兰、戎钧先后展露锋芒，当时陇云就很不服气，因为他才是原始秘境的成员，天才战的第二名。

可是，现在太初区的戎钧能够通过第一层，他却没有，所以他一直在努力修炼。

就在前几天，他还尝试过闯通天桥。可是，依旧失败了。

不承想，现在伯兰竟然通过第三层了。

“我和他的实力差距真的很大。”陇云蹲下身子，懊恼地看着地面。

……

“什么？伯兰闯过第三层了？”

此消息几乎同时传到了戎钧、罗峰、将莫、乌卡等人的耳中。

“伯兰都闯过第三层了，我就不信，我还是连第一层都通不过。”乌卡挥舞着拳头，而后意识连接虚拟宇宙网络。

加莱西的意识也连接虚拟宇宙网络。

“我们和伯兰的实力差距不可能这么大。”将莫和千水这对兄妹也选择尝试去闯通天桥。

“本来准备等能够四剑合一，有十足的把握，再去闯通天桥，没想到伯兰的进步这么快，那我现在也去试试吧！”

罗峰受到了刺激，一咬牙，也去闯通天桥。

这群天才都在混沌城中修炼，当然暗地里免不了较劲儿。

刚来到混沌城时，伯兰就闯过了第二层，大家都接受了这个事实，毕竟伯兰本来就很强。

可是，八个月后，伯兰竟然闯过了第三层，要知道他之前是无法闯过第三层的，这说明伯兰在这八个月内的进步不小。须知，通天桥是一层比一层难。

伯兰的实力进步极大，刺激了这群骄傲的天才，顿时，一百多名天才听到消息后不久，都选择去闯通天桥。

虚拟宇宙，通天桥位面。

那被云雾笼罩的美丽岛屿上，巴芬依旧穿着那身黑色星辰袍。

此刻，一个又一个年轻人出现在岛屿上。

“人真多！”罗峰出现在岛屿上时，一眼就看到了乌卡和来自天地区、末世区的十余名天才。

“九宇通天桥，罗峰。”巴芬微微一笑，“去吧，现在九宇通天桥上没人。”

罗峰不由得露出一丝笑容。

“加油，罗峰。”乌卡挥舞着拳头大喊。

“你也一样。”罗峰咧嘴一笑。

“告诉你们一个消息，和你们同一批来到混沌城的天才加莱西刚刚通过了第一层。”巴芬朗声说道，“继伯兰、戎钧后，他是第三个成功通过第一层的。”

刚准备飞向通天桥的罗峰愣住了。

周围的天才都愣住了。

当初天才战开始时，幻魔加莱西的呼声非常高，甚至很多人都认为加莱西能冲到第二，可是，最后加莱西败给了罗峰，没能进入前十，所以进入了天地区。

虽然他被分配到了天地区，但终究是有实力的，这次他就直接通过了第一层。

“加莱西竟然闯过了第一层?! ”天才们再次被刺激了。

“加莱西！”罗峰低哼一声，化作一道流光，直接飞向远处的九宇通天桥。

混沌城，其中一座修炼居所。

陇云站在天台上，漠然地看着远处的天空，喃喃道：“加莱西仅仅是天地区的成员，而我是原始区的成员，可是他闯过了第一层，我却没有闯过……”

他的心情前所未有的乱，根本无法静心修炼。

痛苦，愤怒，不甘……

各种情绪充斥着他的心。

“冷静！我应该保持冷静！”陇云冷厉的眼神渐渐内敛，“我不该让原始秘境成员的身份成为我的枷锁！我应该忘掉自己的身份，努力修炼！是的，就跟过去一样……”

陇云本来就是一个低调、沉稳的人，只是地位迅速提升，他成了高高在上的原始秘境成员，连其护卫队的首领都是不朽级强者，不朽级强者都得称他为殿下，这让他的心态发生了变化。

“不管怎么说，现在闯过第一层的才三个人，我落后得还不多！”

“伯兰，戎钧，加莱西！”

陇云的眼神中充满斗志。

“嗯？”忽然，陇云眉头一皱。

他的意识立即连接虚拟宇宙网络，接收最新的邮件。

“罗峰刚刚成功通过了第一层！”

邮件的正文就只有一行字，这封邮件是兰斯洛发来的。

“罗峰？”

陇云的眼睛瞪得滚圆，脑海中浮现出那个疯狂的黑发青年。

当初决选出前五名的那一战异常激烈，他的对手正是罗峰，他击败了罗峰。准确地说，罗峰不是输在他的手里，而是输在不断缩小的战斗空间。

“我一定得通过第一层！”

陇云没有其他想法，只有一个念头——努力！

……

“加莱西和罗峰都通过第一层了？”

雨相山，天地区中的一座别墅内，端着酒杯的古思罗猛地捏碎手中的酒杯，猩红的果酒流过他的手指，落到地面上。

古思罗，堪称完美的天才。他在天才战试炼空间中的总排名是第二，之后决选前十时，他和戎钧厮杀，那一场是当时十场擂台战中耗时最久的，最后他输给了戎钧，只能无奈地进入天地区。

古思罗和加莱西当时并称极具悲剧色彩的超级天才，一个输给戎钧，一个输给罗峰，都进入了天地区。

“加莱西和罗峰都通过了，为什么我失败了？”古思罗紧紧地握着玻璃碎片，玻璃碎片瞬间化为齑粉。

天才都是骄傲的，仅仅一届天才战是没法让所有天才服气的。即使当初在天才战中失败了，也不代表其实力会一直弱。

在混沌城的30年，才是提升实力的好时光。在这30年中，他们都拼命修炼，都想超过其他天才。

虚拟宇宙，太初区，1136号庄园，3层小楼。

书房内。

“这次倒是直接通过了第一层。”罗峰的心情极为愉悦，迅速地打开笔记本。

刚才通天桥第一层的战斗并没有他想象中的糟糕，那个同样脚踏暗云梭，使用衍神兵的对手，并没有施展出天剑式，仅仅是靠着三把出神入化的金剑和他一战。

他虽然也能让三剑合一，但还是没有对手施展得那般出神入化，幸好有剑之领域的辅助，使他的剑威力大增，直接击杀了对手。

至于通天桥第二层，他也去试了试，可是一招就被对手给杀了。

罗峰点开宝库文件夹，而后选择了秘法类。

“太麻烦了。”他等不及慢慢找，直接输入“飘血秘法”这四个字。

“嘀！”笔记本电脑的屏幕上出现了《飘血秘法》的相关讯息。

800积分可以兑换《飘血秘法》（原始秘境七折、太初秘境八折、天地秘境九折、末世秘境全价）。

“很好！”罗峰的脸上露出笑容，“买了！”

第458章

一剑飘血

罗峰轻轻一点击，用积分兑换了《飘血秘法》。

“交易成功！

“扣除640积分，剩余360积分。

“请稍等，马上会有人将《飘血秘法》送到你的手里。”

屏幕上显现出了一连串提示文字。

不同于购买兵器、生命果实之类，必须在现实世界中交货，购买秘法是直接在虚拟宇宙中交货的。秘法毕竟是知识的一种传播，虚拟宇宙是100%模拟的，是最有效、最快捷，也是最安全的知识传递渠道。

在现实世界中交货，还需要验明身份，而在虚拟宇宙中交货是不一样的，整个交易处于虚拟宇宙系统的监督下，秘法就是由虚拟宇宙系统卖出的，交货当然无比安全。

“罗峰，你有通话申请。”巴巴塔道。

“快接！”

罗峰心念一动，面前出现了一面屏幕，屏幕中出现了一个貌美的妇人，正是雨相山太初区管理各种琐事的界主级强者福斯夫人。

屏幕中的福斯夫人微微一笑，道：“罗峰殿下，刚刚收到《飘血秘法》，需要罗峰殿下亲自来接收。”

“好，我这就来。”罗峰笑道。

虚拟宇宙中的交易果真快捷，在现实世界中交货，单单在宇宙中飞行就需要很久。

“嗖！”罗峰飞出庄园，脚踏暗云梭，化作一道流光，疾速朝太初区的入口飞去。

眨眼的工夫，罗峰就已经抵达了。他一眼就看到太初区的入口站着福斯夫人。

他当即俯冲而下。

“罗峰殿下。”福斯夫人笑着迎上去。

“福斯夫人，东西呢？”罗峰环顾四周。

“稍等。”福斯夫人看向旁边的建筑物，笑道。

这时候，一名女仆手拿银色手提箱跑了出来，而后恭敬地递给福斯夫人。

“罗峰殿下，这是我们太初区刚刚收到的《飘血秘法》。”福斯夫人将手提箱递了过去。

“谢谢。”罗峰当即接过。

这段日子，他算是真正见识到了秘法的重要性。之前他有陨墨星一脉的传承，也有金角巨兽的传承，从来没在意过自己没有秘法。可是，研究九宇混沌碑，不管是陨墨星一脉的传承，还是金角巨兽的传承记忆，都帮不到自己。而且，他一开始就将积分都消耗光了，这八个多月来，他潜心研究第一套剑法，但仅仅了解了一点皮毛。

“积分非常珍贵，想要赚取积分很难，一开始我们获得的积分，可以让我们打下坚实的基础。巴巴塔，当初你蛊惑我购买秘法，真是愚蠢！”

罗峰在太初区的高空中缓缓飞行，在回来的途中，他忍不住向自己肩膀上的巴巴塔抱怨。

“这可不能怪我！”巴巴塔一脸无辜，“我哪里知道混沌城的情况是这样？我只知道一个道理，尽早用积分去购买秘法，就可以尽早提升实力。”

“别狡辩了！我吃过这次亏，以后得到一些珍贵的宝物，绝对不能轻易用掉，好钢得用在刀刃上。”罗峰摇摇头。

幸好之前他闯过了通天桥的第一层，又因为自己是新人，第一次进入混沌城，待在混沌城的30年中，闯通天桥，能得到10倍奖励的积分，所以得到了1000积分。

若非新人，闯过通天桥的第一层，只有100积分，闯过第二层才得到200积分，闯过第三层才得到400积分……依次类推，可见想得到积分是多么难。

罗峰坐在书桌前，将笔记本电脑放到一边，而后将手提箱放在书桌上，啪嗒一声打开了。

“啊！”罗峰眼睛一亮。

只见手提箱内有一本本黑色封面的书，每一本书上都有“九宇”和“飘血”这样的金色宇宙通用语文字，并且还有第1册、第2册、第3册……第110册的编号。

“这手提箱内竟然有110本书。”罗峰惊叹。

因为各种修炼秘法十分深奥，所以想要用文字描述并不简单，秘法字数一般都非常多。当初罗峰研究《魂印》秘籍，单单阐述修炼魂印秘法之前的一些基础准备，就写了整整一册。

金角巨兽的传承记忆中有诸多秘法，很多秘法用宇宙通用语文字描述，都有千万字，乃至上亿字。

“《飘血秘法》是基础类秘籍，都有110本了。”罗峰十分激动，随即拿起第1册。

黑色封面的中央有着最显眼的“九宇”二字，旁边有稍小一号的字“飘血”，最左侧的下方则是练落的名字。

罗峰打开书，直接浏览起来。

“九宇混沌碑概论？空间本源法则体悟？飘血秘法的修炼？”

他看了一下目录，大吃一惊。

第一本秘籍就有数十万字，可是，并没有描述108套剑法，其作者练落描述的是他自己对九宇混沌碑、空间本源法则的认知以及修炼自己所创飘血秘法的一些经验。

总的来说，《飘血秘法》的第1册算是整本秘籍的总纲。

“我明白他的思想，先体会他的修炼之路，再去研究108套剑法，才会更有效。”罗峰顿时开始认真阅读起来。

宇宙空间本源法则博大精深，想要完全悟透几乎是不可能的事。无数星球上有着无法计算的人口数量，一代又一代人出生、成长、死亡……一代又一代轮回，一千年、一万年、一千万年……经历了亿万年，无限庞大的星域终于诞生一位宇宙国主。

想成为宇宙国主，必须是时间尊者或者空间尊者，由此可见，要完全悟透宇宙空间本源法则有多难。

九宇混沌碑是能让人成为空间尊者的至高的修炼大道，深不可测，对应的通天桥有27层，单单闯过21层，就能成为空间尊者，成为宇宙国主。若是真的悟透九宇混沌碑，那就算是站在浩瀚宇宙无数族群的巅峰了。

九宇混沌碑上面一共有九幅图，按照《飘血秘法》第1册上的描述，只要悟透七幅图，就能成为空间尊者、宇宙国主。

第一幅是雨滴图，第二幅是细雨图，第三幅是暴雨图，这三幅图算是不断地深层次地细化并研究宇宙空间本源法则，看起来非常复杂，实际上如果剖析其本质，是很简单的。

第一幅图到第三幅图，就是将宇宙空间本源法则剖析出来，分解出108种不同的奥秘。也就是说，宇宙空间本源法则就是由108种奥秘不断地进行各种复杂组合，最终形成的一个博大精深的本源法则。

第四幅是星辰图，第五幅是恒星系图，第六幅是星河图。第一幅图到第三幅图，是一种剖析，而第四幅图到第六幅图，就是一种体系的组合，让这些根本的因素不断地进行组合、扩充，逐渐完善，不断扩张，直至最后形成完美的宇宙空间本源法则。第七幅图上面画的奇异怪兽代表着最完整的宇宙空间本源法则。悟透前七幅图，就能成为空间尊者，成为宇宙国主。

“原来是这个道理，我明白了。”罗峰顿悟。

他看了第1册中的九宇混沌碑概论和练落对宇宙空间本源法则的体悟，不由得有些兴奋。

“普通强者感悟宇宙空间本源法则，就是不断地修炼，日积月累，实力逐渐变强。可是，无规律地学，终究繁杂，而且低效。应该先剖析，再组合，然后有规律地去学习……”罗峰心中暗道。

道理很简单。宇宙本源法则可比语言复杂数倍。不朽级强者的灵魂计算能力丝毫不比智能差，可是依旧有很多人亿万年都无法突破成为尊者，就是因为宇宙空间本源法则太复杂了。

二进制就能形成网络世界，而108种玄秘可解释为108进制，组合成的宇宙空间本源法则是何等玄妙！

第459章

枯坐十年

《飘血秘法》就是一种剖析出宇宙空间本源法则的本质，并以剑法演练出来的秘法。

《飘血秘法》的第1册是总纲，第2册到第109册就是剖析108种玄妙的修炼方法，第110册是108套剑法的归纳。

练落在书中写道：

剖析本质是很难的。宇宙空间本源法则以完美的形态在运转，至于其本质，需要修炼者不断剖析。即使是九宇混沌碑上面的前三幅图，也只是将108种奥秘蕴含于108个雨滴中，如此手段，我做不到，我只能用一套套剑法来诠释这108种奥秘，要领悟是极难的。

这108种玄妙中，前9种是最容易的，中间的27种很难，这27种加上前9种，组成了第二幅细雨图。最后72种是最难的，这72种结合前面的36种，形成完美的暴雨图。

前九套秘法虽然最容易，但若是没有绝顶天赋、悟性、心性，是很难修炼成功的。

当年我在混沌城中参悟3000年，最终创出了《飘血秘法》，若是在原宇宙中，需要数万年。

我给后来的修炼者留下两点提示：

其一：若是在混沌城修炼20年，都没有领悟出第一套剑法，就放弃修炼飘血秘法，和其他修炼者一样慢慢感悟吧，这条路不适合你。

其二：若是在原宇宙中修炼200年，都没领悟第一套剑法，一样的，还是选择放弃吧。

看到这秘法第1册最后的两段话，罗峰眉头一皱。

之前在那修炼居所的天台上，他看到练落留下的那一大段话提到过参悟3000年，意思自然是在混沌城内参悟了整整3000年才终有所成。

在混沌城内参悟，可以观看天空中外显的宇宙本源法则，效率要高得多，即使如此，都需要这么长的时间。

“20年？20年没有领悟第一套剑法，就放弃修炼飘血秘法吗？”罗峰的脸上露出一丝无奈的笑容，“论天赋和悟性，魔杀族分身都极高；论心性，我或许比大哥、二哥要稍差一点，可是，至少我时刻都能保持冷静。天赋、悟性、心性，这三者都算得上很不错吧。”

在浩瀚的宇宙中，地球人本尊的天赋或许不错，却达不到练落在秘法中所描述的绝顶境界。

而魔杀族分身可就强大了，这可是宇宙无数族群中最强的暗杀族群，宇宙空间的宠儿，其天赋是人类族群在宇宙空间本源法则方面最强的。

魔杀族的人修炼宇宙空间本源法则，感悟起来是最快的，再配合罗峰的心性，条件当然好。

混沌城，混沌气流环绕。

罗峰站在一座修炼居所的天台上，遥看城外。

“修炼飘血秘法，首先要从剑法入手，不过，倒也不难，我能迅速练成剑法。”罗峰暗自思忖。

《飘血秘法》的第1册里面有很多剑法招式的详解，通过无比复杂的剑法，逐渐让人去体会意境，最后领悟出代表第一套玄妙剑法的根本意境。

剑和刀都是可以用来近战的武器，剑注重刺，刀则注重劈。不过，罗峰用的影金刀是采用血影战刀的样式，血影战刀长108厘米，刀刃长80厘米，刀宽5.3厘米，和当初地球武者使用的血影战刀大小略有不同。单单看血影战刀的外形就知道，这是一种注重突刺的刀。一些剑比罗峰的刀更像野蛮战刀。罗峰长期使用影金刀，现在转而用剑，倒也不难。

“我这三个身体中，毫无疑问魔杀族分身用剑的近战天赋是最强的。”罗峰心中暗道，“那么，就开始吧！”

他直接盘膝坐下，仰头看着混沌天空中裂缝处的晶莹丝线和那些流转的秘纹，那种玄妙的感觉让人沉醉。

和混沌城中成千上万的宇宙级强者一样，罗峰也开始参悟。混沌真灵对灵魂有效，可是，越往后修炼，效果越差。他之前修炼了八个多月，一开始混沌真灵让灵魂不断蜕变，可随着蜕变的次数不断提升，混沌真灵的效用不断锐减，特别是最近两个月，这种提升几乎无法察觉了。

也对，如果能无限制地提升，靠着混沌真灵，就能让灵魂蜕变成不朽级了。可惜，天下没有这么好的事。

“难怪一个个强者都坐在那里参悟，只有新来的去城外击杀混沌兽，原来对于很多域主级强者、界主级强者而言，他们吸收的混沌真灵已经饱和了，难怪城外的那些混沌兽到如今还有那么多幸存。”

天台上，罗峰仰头观看宇宙，不断细心体会宇宙本源法则的运转规律。

体内世界。

魔杀族分身幻化为黑衣罗峰，手持一把暗红色战剑，这把剑是巴巴塔利用一些机器和合金，在它的储物空间中直接制造出来的，没有任何特殊效用，只是一把普通的合金战剑，样式是完全依照《飘血秘法》上的要求来打造的。

黑衣罗峰体内那颗有着10081个切面的生命晶核上面覆盖着复杂的金色秘纹，金色秘纹闪烁着光芒，隐隐产生一丝丝波动，和宇宙空间的波动呼应。

“嗖——”上千个幻身出现，剑法绚丽。

魔杀族分身天生就是使用近战兵器的，特别又是蕴含宇宙空间本源法则意境的剑法，他施展起来更是顺畅。

“不对！应该这样。”

“是的，很好。”

黑衣罗峰和罗峰本尊是同一个核心灵魂，二者自然是同时观看那空间裂缝的宇宙本源法则，而后施展剑法对照。

罗峰的地球人分身则时而根据九宇混沌碑的参悟去对应，时而去虚拟宇宙中观看秘籍。

……

时间一天天过去。

虽然罗峰闯过通天桥第一层，又得到了一次参悟的机会，但是他并没有立即去参悟。按照《飘血秘法》上的描述，每一次参悟机会必须把握好，不能浪费时间，必须先将上一次的体会全部悟透，而且最好继续思考，心中有了许多疑惑，这时候再去观看九宇混沌碑，很容易一下子恍然大悟。

这样一来，效率才高，毕竟参悟九宇混沌碑的机会是有限的。

2275年6月9日，罗峰得到《飘血秘法》，开始了在混沌城的修炼。

9月，古思罗闯过通天桥第一层，数日后，陇云也通过了通天桥第一层。

2276年1月，罗峰进入城主府，开始参悟九宇混沌碑，耗费七天时间，不仅将之前心中研究第一套剑法时的诸多疑惑解开了，而且还顿悟了，原来九宇混沌碑完全是将人代入宇宙空间本源法则中。

2276年到2277年，太初区的乌卡、千水等天才都通过了通天桥第一层。

听起来，乌卡、千水等人的进度似乎很慢。实际上，初始宇宙中的时间流速很慢，外界都过去三年多了，混沌城才过去一年而已，所以，乌卡、千水等人只比罗峰晚了不到一年。

第二年，第三年，天地区、末世区的很多天才相继闯过通天桥第一层。

1000名天才中，有800多名幸存者，他们来到混沌城的第四年年底，这一批幸存的天才都闯过了通天桥第一层。

……

混沌城内，天才们刚开始很活跃，一个个经常去城外猎杀混沌兽，后来他们发现混沌真灵的效果越来越差，也就不愿浪费时间去杀混沌兽了，只偶尔出去用混沌兽检验自己的一些感悟，大多数时候都是坐在天台上。

原宇宙中。

2282年8月，罗峰的大儿子罗平结婚了，并且在同一年有了孩子，这一年，罗平已经22周岁了。

罗峰很惊讶。

自己竟然成了爷爷！

2286年，地球基地市开始扩建，此时距离金角巨兽一役已经过去20多年了。

20多年来，地球的高层没有限制老百姓生孩子，反而依旧和过去一样鼓励生育。过去人类族群存在不安全因素，人当然是越多越好。

而现在，地球开始和宇宙接轨，地球人发现宇宙浩瀚，很多族群的人口数以亿万计，相比之下，地球人太少，因此自然要鼓励生育。以地球突飞猛进的科技，让更多人吃饱是很容易的。

2288年，地球人生存的范围更大，在陆地上的优势越来越明显。实际上，地球人是故意没有将那些怪兽灭绝。对于地球人而言，现如今的怪兽是武者们很好的试炼对象。

2289年，罗峰的小儿子罗海进入宇宙闯荡，大儿子罗平则过着普通人的日子。

罗海一直非常崇拜罗峰，向往在宇宙中闯荡，罗峰没办法，只能安排罗海暂时去乾巫道场。

2292年，地球人在诸多海域的大型岛屿上建造城市。

2299年，火星改造计划启动。

当然，最让罗峰震惊的是，2303年，他的孙子，也就是罗平的儿子，竟然也结婚了。

如果罗峰在混沌城待30年，原宇宙就过去了100年。100年内，恐怕他都有曾孙、曾曾孙了。

“难怪那些存在亿万年的古老族群的人口数以亿万计，这种繁衍速度的确太快。”罗峰无奈地道。

当地球过去30年时，混沌城才过去10年。

地球上，岁月变迁，沧海桑田。

而遥远的混沌城中，罗峰仅仅静坐了10年。

第460章

珑玉王

混沌城作为整个宇宙人族的圣地之一，存在了亿万年。近十年，混沌城几乎没有任何改变，依旧被混沌气流笼罩，无数修炼者在天台上参悟。

如果有摄影机记录下十年前和十年后的景象对照，可能会发现混沌城中的大半修炼者整整十年都没有移动过。

“来了。”

“嗯。”

混沌城上空悬浮着两道极具威严的人影，其中一个猿人穿着金色战铠，双眸仿佛能看透空间，他身侧的人则穿着一身白色战袍，略显消瘦，面色苍白，头上有两根黑色尖角，奇特的是他一直闭着眼睛。

“轰隆隆——”远处出现了一艘通体呈碧蓝色的弧形宇宙飞船。

“真衍！瞳难！”一道清脆的声音响起。

只见一个穿着碧蓝色战铠，有着飘逸紫色长发的美丽女子从舱门内走出，随后宇宙飞船直接消失了。

“珑玉！”真衍王笑着打招呼。

那闭着眼睛的消瘦男子也笑着喊道：“珑玉，好久不见。”

“你们一直在混沌城静修，连虚拟宇宙都很少进，而我一直待在原始宇宙中，怎么跟你们见面？”珑玉笑道。

珑玉整个人好似碧玉雕刻，有一种清透感，仿佛她根本不存在于这个时空。

“走，去我那里聚聚。”消瘦男子笑道。

片刻后，一座奇异的建筑出现在他们眼前，光明和黑暗似乎在这里无比和谐。

真衍王、瞳难王、珑玉王这三位在虚拟宇宙公司都具有极高地位的超级强者围坐在一起。

“啧啧！真好喝！”珑玉端着晶莹的酒杯，喝了一口酒。

这杯酒中隐隐有星辰在流转，美丽异常。

“哈哈，我也是沾了珑玉的光啊，能喝到‘五色星辰’。”真衍王一口将杯中的酒灌下肚，而后惬意地摸了摸嘴巴上的绒毛，啧啧称赞，“瞳难这个瞎子很小气，他和我在这里待了上亿年，才给我喝过一次。”

“这酒很贵的！”瞳难王没好气地道，“你刚才喝的那些就价值3万混元单位。”

“别小气，再来点，当年你在宇宙秘境可是赚了很多，才喝这么一点酒，你就心疼了？”真衍王嗤笑一声，当即去抓那个酒瓶。

通体黝黑的酒瓶就摆在桌上，瞳难王也没阻拦，任由真衍王拿了过去。

“啧啧！”真衍王瞥了珑玉王一眼，“珑玉，还是你的面子大啊！”

珑玉王微微一笑。

作为寿命无限的超级强者，在时间的长河中，他们的亲人早已死去，所以他们都没有亲人了。

对他们而言，经历一次次生死战斗的朋友就相当于亲人。

他们曾经是一个小队的，一次次经历劫难，早已成为生死好友，感情极深。特别是瞳难和珑玉，两人更是有着特殊的情愫，不过他们一直没有捅破那层窗户纸，虽然都明白对方的心思，但是一直保持着距离。他们也习惯了这种感觉，既是朋友又好似伴侣。

“你这次来有何贵干？”瞳难王问道。

“奉尊者令。”珑玉王笑道。

“九剑尊者？”真衍王惊讶地道，“九剑尊者让你来干什么？”

“九剑尊者很看重这一批新人，他们要在混沌城中待30年，而现在已经过去10年，一定程度上能够看出他们将来的成就。”珑玉微微一笑，“九剑尊者只有到最后一天才会过来接这批新人，至于平常的观察任务，自然是交给手下完成，所以我来了。”

“哦。”瞳难王点点头，“也对，这批新人是九剑尊者接引来的，将来如果其中出现了超级强者，那可是要归到九剑尊者麾下的。”

“对。”珑玉朗声笑道，“这批天才最后可能有几个会成为不朽级强者。他们的天赋极高，加上虚拟宇宙公司长期的重点培养，一旦成了不朽级强者，绝非普通的不朽级强者。九剑尊者当然很关注未来要成为他属下的人。”

无论是天才战，还是强者战，虚拟宇宙公司都会派出一位尊者去主持，那一届的天才最后成为不朽级强者的，就会自动归入该尊者的麾下。如果不是这个原因，以尊者的身份，岂会专门送一批新人去混沌城，最后还要亲自去接？

“这批新人的实力很强，特别是那个伯兰，半年前已经闯过通天桥的第四层。”瞳难王端起酒杯，轻轻饮了一口，“其他的天才中，有七名天才闯过通天桥的第二层，其他都闯过了通天桥的第一层，这七人分别是古思罗、陇云、加莱西、涛、千水、乌卡、戎钧。”

“戎钧在第四年闯过了通天桥的第二层。”真衍王笑着说道，“涛是在第七年闯过通天桥的第二层，古思罗、陇云、加莱西都是第八年闯过通天桥的第二层，乌卡、千水都是第九年闯过通天桥的第二层。”

珑玉笑道：“我知道，论实力，伯兰第一，戎钧第二，涛、古思罗、陇云、加莱西、乌卡、千水这六人的实力差距不大，那个擅长使用血斧的涛实力稍微强一点。对了，之前表现一直很不错的罗峰呢？”

“不清楚。”瞳难王摇摇头，“真衍肯定知道，他一直在关注那小子。”

珑玉王当即看向真衍王。

“罗峰……”真衍王摸摸下巴，又摸了摸头，“怎么说呢，他刚来时，表现很好，可是，十年来，这小子仅仅数次去城外猎杀混沌兽，其他时候都坐在天台上参悟，而且一次都没去闯通天桥。”

"哦？"珑玉王微微点头，随即一笑，"我这次来混沌城，是亲自来观察他们的，第一个目标人物是伯兰。"

"九剑尊者也夸赞过伯兰，通天桥是一层比一层难闯，难度是呈几何曲线不断增加的。我本以为他要到第20年才能闯过第四层，没想到，仅仅10年的时间，他就做到了。"珑玉王感叹一声，"第二个目标人物是戎钧，他是这批天才中实力排在第二的，估计就在这几年，他就能通过通天桥的第三层。"

"嗯！"

"对！"

瞳难王、真衍王都点点头。

"来到混沌城的第四年，他就闯过了通天桥的第二层。今年他已经尝试过两次，离闯过通天桥的第三层不远了。"真衍王朗声大笑，"而且，他得到了元辰宇宙国主亲自教导，进步怎么会慢？"

虽然在夸戎钧，但是真衍王心中有些不爽，因为戎钧和伯兰都不是九宇流派的。

"我推荐罗峰研究《飘血秘法》，难道是我弄错了？剖析宇宙空间本源法则的本质非常难，难道我耽误了他？"真衍王有些担心。

选错修炼之路，就是浪费时间，假设这条路不合适，那么罗峰就浪费了宝贵的10年。

珑玉王受九剑尊者之命，来到混沌城现场观察罗峰等人。

以珑玉王的实力，站在远处，悄悄观察，那批新人谁也察觉不了。

"伯兰的实力真强，不愧是这么多年来都能排在第一的超级天才。"

珑玉王隐藏在混沌气流中，观察着远处荒原中正在练剑的伯兰，只见伯兰的眼神坚定，仿佛外物根本无法影响他。

……

"戎钧是个天生的战士，不过，他到底什么地方吸引了两位宇宙国主呢？"

珑玉王站在空中，俯瞰远处的一座修炼居所的天台，只见一头乱发，赤脚的戎钧正在缓缓演练招式，时而抬头看天，观察宇宙空间本源法则的运转。

……

“陇云，嗯，此人很沉稳，若是能坚持苦修，将来前途无量。”

……

“乌卡不愧是蛮卡星的一代天才，战斗天赋感觉比戎钧差不了多少。”

……

珑玉王悄悄地观察一名名天才，心中暗自做出了评判，准备回去后，将这些汇报给九剑尊者。

“这就是罗峰？”

珑玉王走在混沌城中的一条巷子内，看着不远处一座修炼居所的天台上一个穿着深红色战甲的黑发男子，他正闭着眼睛，一动不动，安静地参悟着。10年的时间，他的短发已经变长，而且完全披散开来。

“难道他在领悟之路上出了岔子？”珑玉王暗道。

宇宙级强者感悟宇宙本源法则，有时候会走错路，有时候走错路还不自知，很多年后才明白。在浩瀚宇宙中，领悟时出岔子，是各个族群的强者都常常出现的情况。

其实，不怕走岔路，就怕走了岔路还不自知。

“这可是最关键的30年啊，小家伙，祝你好运！”

珑玉王转过头离开了。

修炼居所的天台上。

罗峰盘膝静坐，谁也不知道，他体内世界的魔杀族分身在不断地修炼。整整10年，魔杀族分身几乎就没停止过修炼，罗峰沉浸在剖析宇宙本源法则本质的快感中，几乎感觉不到时间流逝。

“轰！”罗峰周围的气浪震荡，灰尘飘散。

随后，他睁开了眼睛。

紧接着，他站起来遥望远方，只见混沌城依旧和过去一模一样，时间没有在它身上留下丝毫痕迹。

“我这次修炼了多久？”罗峰问道。

“这次的修炼时间比前几次都要长，三年零九个月。”巴巴塔回道。

“嗯。”罗峰轻轻一挥手，在空间中留下一道手掌幻影，微微一笑，“我原本打算，若20年内修炼不成功，那就放弃。还好，我仅仅花了10年时间就将第一套剑法完全领悟了，至少有资格修炼飘血秘法了。嗯，该去通天桥闯一番了。”

第461章

罗峰的刀

虚拟宇宙，通天桥位面。

身穿铠甲，脚踏战靴的罗峰出现在岛屿中央。

通天桥位面的监守者巴芬惊讶地看过来，笑道：“10年了，你怎么一次都没来闯通天桥？你的其他同伴可是每年都要来闯几次。”

“我一直在修炼，不想分心。”罗峰笑着走过去。

“嗯！”巴芬看着眼前的罗峰，感觉他似乎不一样了。

“我要闯九宇通天桥，现在能进去吗？”罗峰问道。

“可以，现在九宇通天桥上没人。”巴芬笑道。

“谢了。”罗峰步伐一动，瞬间就到了九宇通天桥上。

“罗峰确实不一样了。”巴芬嘀咕道。

……

九宇通天桥第一层罗峰早已通过，所以直接飞到通天桥第二层的尽头，那里有一团巨大的云雾。

而后，云雾中传出了一道声音：“选择你的对手，你可以选择武者、精神念师掌控者、精神念师幻术师当对手，只要战胜对手，你便算是闯过通天桥的第二层。”

“我选择……”罗峰从半空中缓缓降落，坚硬的靴子踩在桥上，“武者！”

“嗖！”巨大的云雾中飞出一团黑色液体，黑色液体在半空中迅速凝聚成一个穿着黑色战衣，戴着面具的神秘人。这神秘人背着两把战刀，身高比罗峰略高一点，可整个人散发着一股精悍的气息，正冷冷地看着罗峰。

“哧哧——”罗峰右手抚摸过脑袋，手掌上的剑气迸发，掠过头发，直接将一头长发给削成了三寸短发。

“我还真不习惯长发。”罗峰轻声笑道。

“哼！”神秘人看着罗峰，“使出你的兵器。”

“好！那我就满足你。”罗峰微微一笑，双手中瞬间出现了兵器，左手掌套进六棱盾牌绝空盾中，右手则抓着血影战刀。

是的！罗峰准备凭借自己的刀法来闯通天桥的第二层。悟透宇宙空间本源法则的第一种玄妙后，不管用刀法、剑法，还是衍神兵，都能威力大增。

这就是道。

道悟出来后，能迅速融合到不同的兵器和战斗方式中。

“哼！”黑衣人猛地一蹬脚下的桥面，闪电般冲向罗峰，同时拔出了身后的两把战刀。

“来吧！”罗峰的双眸中涌现强烈的战意。

“嗖！”他直接一个前冲，在原地留下一道身影，另外一道身影出现在神秘黑衣人的面前。

“葬身！”罗峰低喝一声，右手中的血影战刀已然到了黑衣人的面前。

“好快！”黑衣人一惊，连忙挥出双刀，交叉硬扛。

黑衣人被劈得直接单膝跪在通天桥桥面上，而后朝后方滑落。

“嗡——”黑衣人和桥面来了一次激烈的碰撞，令桥面都隐隐震荡起来。

“好重的刀！”黑衣人心中暗惊，随即猛地跃起。

黑衣人腾空而起，半空中瞬间出现了六个幻身，六个幻身都持着两把战刀。最诡异的是，六个幻身竟然施展出了不同的刀法意境，同时攻向罗峰。

“哈哈……”罗峰冲了过去，“天涯路！”

他手中的血影战刀在半空中留下一道缥缈的幻影，掠过那六个幻身，令六个幻身都直接倒飞，同时其中五个幻身崩溃，只剩下一个真身。

“恨难休！”罗峰大喝一声。

瞬间，他出现在倒飞的黑衣人的上方，右手手臂猛地变粗，将战衣的袖子都撑了起来。战衣勾勒出他饱满的肌肉，显得无比霸道。

这一刀直接劈在黑衣人勉强架住的两把战刀上。

“轰隆！”黑衣人被劈得往下坠落，而后砸在通天桥桥面的边沿，吐出一口鲜血，最后掉落到下方雾气弥漫的海中。

“我就不信了！”黑衣人低吼着，从海中冲天而起。

罗峰则从桥面上直接俯冲而下，大笑道：“那我就打得你信！”

弄影！

残梦！

恨难休！

悠悠！

葬身！

天涯路！

罗峰仿佛化身鬼魅的武者，一次次出现在黑衣人面前，而且刀法超绝，或是疯狂凶悍，或是飘忽不定，或是变幻莫测……各种刀法交替使用，让黑衣人毫无反抗之力。

“我凭着这六招就能赢他，但得多花一点时间。”罗峰心中暗道。

他使用的正是魔杀族分身过去一直在研究的幽影七绝刀这门绝招。

幽影七绝刀一共有七式刀法，分别是“残梦”“弄影”“悠悠”“葬身”“昙花”“天涯路”“恨难休”。当然，这些招式的名字是罗峰用宇宙通用语翻译后定的，也算是用C国文字诠释招式的意思。

这七式刀法不分强弱。有的适合一人对战多人，有的适合暗杀，有的适合近身战，有的适合力量型的强者，而且意境各有不同。

修炼幽影七绝刀这门绝招，不同的人侧重点不同。

罗峰最喜欢的是“昙花”这式刀法，取昙花一现的意思。当初魔杀族分身研究《幽影》秘典时，便重点修炼了昙花这一招，这属于暗杀绝招，适宜和对手近距离厮杀，有一种在刀尖上跳舞的快感。在宇宙中，强者的速度极快，所以就算是武者，也不会时刻保持近身战斗。

而昙花就是近身战的招式，刀剑交错，昙花一现，便取对手的性命。

因为长期研究昙花这一招，所以罗峰悟透宇宙空间本源法则的第一种玄妙后，就将第一种玄妙融入昙花招式中，所以幽影七绝刀的其他六式刀法还没来得及和第一种玄妙契合。

之前罗峰纯粹是仗着自己进行了10年潜修，在本源法则感悟方面有优势，压制住了对手。

罗峰从半空降落，落在通天桥的桥面上。

“想杀我，没那么容易。”略显狼狈的黑衣人手持两把战刀，也降落在桥面上，却戒备地看着眼前的黑发青年。

“我接下来施展的刀法名为昙花。”罗峰笑着看向黑衣人，“你死在这一招之下，是你的荣幸。”

黑衣人冷哼一声。

“幽影七绝刀——昙花！”

罗峰瞬间冲向黑衣人，原本他正手握着血影战刀，瞬间变成反手握着。

只见一道弧形的刀光陡然亮起。

“啊！”黑衣人眼睛瞪得滚圆，凄厉地大喊，“不！”

黑衣人双手上的战刀瞬间化为无数刀影，将自己给包围了。

“铛！”刀光撞击在刀影上。

“抵挡住了。”黑衣人心中一松，随即疑惑起来，“怎么这么轻？”

这时，随着那道突然亮起的弧形刀光，罗峰鬼魅的身影到了黑衣人的面前，两人之间的距离不超过两米。

罗峰鬼魅的身影略一移动，弧形刀光再度亮起，直接从战刀的缝隙中划过，快得让黑衣人来不及反应，就刺穿了其喉咙。

黑衣人眼睛瞪得滚圆，还没来得及说话，就当场丧命了，而后身体化为黑色液体，融入白色雾气中。

“这招的速度就是快。”罗峰将手中的血影战刀放在面前，轻轻吹了口气，将战刀上的血珠吹落，眼眸中有着一丝笑意，“昙花一现，沿着空间震荡波纹那最本质的弧线，这一刀才是真的快准狠！”

悟透宇宙空间本源法则本质的第一种玄妙，罗峰这一刀才配得上“昙花”这个名字。至于其他六式刀法，暂时只是徒具其形。

“第三层！”罗峰看到面前的白雾消散，延伸至上方的第三层。

“第三层的难度较大，我不能太张扬，刀法毕竟是魔杀族分身擅长的，在闯第三层时最好用衍神兵。”罗峰心中暗道。

地球人本尊最强的依旧是念力兵器，随即他迅速冲天而起，朝通天桥第三层的尽头冲去。

混沌城，瞳难王的府邸。

真衍王、瞳难王、珑玉王三人围坐在一起。

“你怎么就要走了？”真衍王惊诧地道。

“我来混沌城近20天了，该观察的都观察了。伯兰和戎钧是最优秀的，其他几名天才各有特色。”珑玉王笑着说道，“我也该回去面见尊者了。”

瞳难王微微皱眉。

“啊?!”真衍王忽然眉头一皱，惊呼出声。

“怎么了？”瞳难王和珑玉王都疑惑地看过来。

“罗峰那小子闯过通天桥第二层了。”真衍王脸上难掩笑容，“此事就发生在刚才。”

珑玉王点点头，笑道：“罗峰毕竟是那些天才中的佼佼者，早就该闯过通天桥的第二层了，虽然现在比其他人落后，但是也只落后一点点。乌卡、千水都是第9年才闯过通天桥第二层的。”

“不一样，他可是凭借近身战闯过通天桥的第二层！”真衍王连忙说道。

“近身战？”瞳难王和珑玉王都大吃一惊。

术业有专攻，精神念师掌控者和武者专攻的不一样，强者都专心钻研一项，而罗峰这名天才武者也是精神念师掌控者。

“单单靠近身战就闯过通天桥第二层？这样看来，罗峰的近身战斗能力不比乌卡、陇云等人弱。”珑玉王眼睛一亮，“走，赶紧去通天桥位面看看。”

“走。”瞳难王也道。

珑玉王暂时不走了。

“哈哈！我当初就看好他，他的实力不一般啊！”真衍王朗声大笑，心中则嘀咕，“这小子的近身战斗能力竟然比得上陇云、乌卡等人，真不错。”

“嗖——”

这三个超级强者的意识瞬间进入虚拟宇宙网络的通天桥位面。

第462章

边打边学

虚拟宇宙，通天桥位面。

美丽的岛屿上同时出现三人，都是来自虚拟宇宙公司的超级强者。

“真衍王，瞳难王，珑玉王。”巴芬连忙恭敬行礼。

“罗峰在通天桥第三层的战斗开始了吗？”珑玉王问道。

“即将开始，他刚刚抵达通天桥第三层的尽头。”巴芬回道。

整个通天桥位面的监守者是巴芬，所有挑战者在通天桥上的情况，他是最了解的。即便是真衍王、瞳难王等超级强者，也无法直接探察别人在通天桥上的战斗情况，一切得靠巴芬。

“播放他闯通天桥的视频。”珑玉王郑重地道。

“是！”巴芬一挥手，面前顿时出现了一面十余米长、近八米宽的屏幕，屏幕上出现了图像。

罗峰正站在通天桥上，看着眼前的白雾。

“战斗要开始了。”珑玉王眼睛一亮。

“看他的样子，挺有信心的。”真衍王微微一笑，“这次应该不会进行近身战。”

“嗯！”瞳难王附和道。

三大超级强者都通过屏幕观战。

珑玉王身负九剑尊者的命令，来看看这一批天才谁更有前途。

瞳难王是跟随珑玉和真衍二人过来的。

真衍王才是真的关心罗峰，他想知道这个九宇流派的天才实力究竟如何。

“让我看看你这10年的进步吧，那我就能知道推荐你修炼飘血秘法是不是正确的了。”真衍王心中暗道。

通天桥第三层的尽头。

“我选择……”罗峰看着眼前的一团云雾，“精神念师掌控者。”

通天桥尽头的那团巨大云雾和前两层的一样，随着黑色液体飞出，直接幻化成一个黑衣人。

黑衣人脚踏暗云梭，背着暗金色长棍，面具下的眼睛锁定罗峰：“你想闯过第三层？”

“没错！”罗峰咧嘴一笑。

下一瞬，他身体周围出现金色气浪，背上的暗金色长棍射出一道道金光，瞬间凝聚成九把金色气浪环绕的金剑。

这九把金剑宛如根基，彼此呼应，令无数剑气喷发。

衍神兵第三重是天剑式，又称剑之领域。

和之前相比，罗峰已经能够游刃有余地操控剑之领域，使剑之领域中的力量合为一体。

“天剑式？”黑衣人冷笑一声。

其周围也迅速出现金色气浪，仅仅刹那，同样的剑之领域就形成了。

“砰！砰！”两个圆球形状的剑之领域每一次碰撞，都令无数剑气彼此冲击。

“别以为闯过第二层，就能轻易地闯过第三层。”黑衣人遥遥站在半空中，嗤笑道，“第三层可比第二层难多了！去！”

他遥指罗峰，顿时剑之领域中的八把金剑合拢，金丝流动，化为一把迷蒙的巨大金剑。

“哧！”罗峰的剑之领域瞬间被破开了，那把金色巨剑宛如破浪前行的大船。

“去！”罗峰也大喝一声。

他周围的九把金剑顿时靠拢，大量复杂的金色丝线串在一起，迅速组合，形成了金色巨剑。

随着一阵轰鸣声，罗峰操控的金色巨剑和黑衣人的金色巨剑在半空中交击，只是眨眼的工夫，便交战数千次。

“你凭八剑合一就想击败我？”罗峰看着远处半空中的黑衣人。

“哈哈，别急！”黑衣人发出了张狂的笑声，“既然你急着寻死，那我就成全你。”

顿时，黑衣人的最后一把金剑也融合到金色巨剑中，令那迷蒙的金色巨剑陡然变大。

罗峰和黑衣人都施展的是九剑合一，可是，两把金色巨剑是有区别的，罗峰的金色巨剑的体积略大一点，而黑衣人操控的金色巨剑更加完整，那些贯穿的金丝更多。

“你输定了。”黑衣人双眸中充满战意。

“轰！”两把金色巨剑再次撞击。

罗峰操控的金色巨剑被震得后退，黑衣人立即操控着自己的金色巨剑刺向罗峰。

“果然厉害！”罗峰眼睛一亮，脚踏暗云梭，一闪身，瞬间周围出现100个幻身。

这些幻身的身法如鬼魅，每一次闪躲都快得惊人。

“嗖！”黑衣人的金色巨剑根本追不上罗峰的真身。

与此同时，罗峰还操控着金色巨剑去拦截黑衣人。

“轰！轰！轰！”

一次次交手，罗峰似乎一直处于下风。可是，单单靠身法，他竟然避开了金色巨剑的攻击，简直不可思议。

美丽的岛屿。

真衍王、瞳难王、珑玉王在通过屏幕观看直播的时候，都笑了。

“哈哈，这小子竟然将闯通天桥当成学习的机会了。”真衍王大笑。

“嗯。”珑玉王连连点头，“他的身法达到了万线流的第三层百线流，但单单拥有百线流身法，根本不可能这么轻松地一次次躲开衍神兵的攻击，显然他已经触摸到宇宙空间本源法则的根本了，每次身影变动，都能直达本质。”

“对，他已经真正入门了。”瞳难王也点点头。

“的确，他已经窥探到了一丝宇宙空间本源法则的根本。”真衍王笑着点点头。

他们三人是何等人物？他们可都是已经封了王，直接获得了混沌城永久居民身份的超级强者。

如果说罗峰窥探到了一丝宇宙空间本源法则的本质，那么他们都已经悟透宇宙空间本源法则或者宇宙时间本源法则的根本，离完全掌握只差一点点了，自然能够轻易看出罗峰此时的成就。

“窥探到一丝宇宙空间本源法则的本质，只要不殒身，日后成就不会差。”珑玉王笑道。

“你看，他这身法用得多好，那弧线多么干脆、精准，就是沿着空间波动的弧线啊！”真衍王夸赞着，“就算是那个伯兰，时间和空间兼修，能瞬间施展出近万个幻身，身法弧线也没这么完美和精准。”

“嗯。”珑玉王笑着点点头。

罗峰施展着百线流身法，按照自己对宇宙空间本源法则本质的一点掌握，每一次看到对方的金色巨剑袭来，都能沿着最精妙的线路躲开，仿佛在海中顺着暗流以最省力气的方式游动。

“他施展的九剑合一跟我的九剑合一的确有区别。”

罗峰靠着天剑式和身法抵挡，同时仔细观察对手是怎么施展衍神兵的。

“首先，他操控的九把金剑结合得更紧密，也就是说，他对于雨滴图的整体感悟略强于我；其次，九剑合一后，他的攻击轨迹飘忽不定，九种意境不断变幻，所以我单单靠九剑合一根本阻拦不住他。”罗峰心中暗道，“很显然，他的九剑合一更玄妙，九把金剑分别代表雨滴图的不同意境，意境交替，玄妙由心，而我还无法做到这一点。我唯一的优势是已经窥探到一丝宇宙本源法则的本质，好了，结束吧！”

半空。

黑衣人很是愤怒，大吼道：“你有本事的话就别躲，总是躲着，有什么意义？”

“那……”罗峰突然停下，幻身全部消失了。

“嗯？”黑衣人见状大喜。

“去死吧！”罗峰冷冷地道。

他操控的金色巨剑不再像之前那般笨拙，而是瞬间划出一道玄妙的弧线，以不可思议的速度瞬间就到了黑衣人的面前。

这实在是太快了！

“什么……”黑衣人惊讶地发现对方的金色巨剑竟然瞬间朝自己杀过来了。

“铛！”他勉强操控身后的暗金色长棍去抵挡金色巨剑。

那金色巨剑略一转动，锋利无匹的剑锋旋转着，划过黑衣人的脖颈。

“剖析本质，花费的时间或许很长，对悟性等的要求或许更高，可威力比这些浅薄运用法则的招式要大得多。”罗峰的脸上露出一丝笑容。

他遥看前方，云雾已经消散，出现了通天桥的第四层。

“呼——”罗峰清楚地看到，灰色的气流笼罩了通天桥。

“《飘血秘法》上面提到，通天桥每三层是个坎，没想到，从第四层开始，连景象都不一样了。”

罗峰笑笑，直接冲天而起，冲进了上方呼啸的灰色气流中。

美丽的岛屿中央。

“这么轻松?!”珑玉王惊诧地道。

“他不该这么轻松的，不过是窥探到一丝宇宙空间本源法则的本质，不该这么轻松就击败第三层的对手。”瞳难王也很惊讶。

“是意识。”真衍王眼睛一亮，“他的意识强度比宇宙级一阶的天才们要强数倍，正因如此，所以他操控念力兵器时，威力比你们预料的要大得多。”

罗峰的意识也就是金角巨兽的意识，他的意识强是正常的。

真衍王、珑玉王、瞳难王三人议论的时候，旁边的巴芬却是心中一动：“上面有吩咐，要刺激这批天才，让他们相互竞争。嗯，看来我该将这个消息告诉戎钧、加莱西、伯兰等天才了。”

巴芬将罗峰闯过通天桥第三层的消息发送给了正在苦修的天才们。

戎钧、加莱西、伯兰、千水、涛、古思罗、乌卡等天才都在同一时间收到了这个消息。

第463章

大巧不工

太初区专属于戎钧的修炼场，这是模拟出来的一座繁华的城市。

一座摩天大厦的天台上。

“我来到混沌城已经十多年了。”赤着脚，头发乱糟糟的戎钧，手持裂地刀，站在摩天大厦的顶端，俯瞰下方的城市。

那是一座他非常熟悉的城市，承载着他的美好回忆。

“父亲……”戎钧低声呢喃。

“我还要多久才能成为不朽级强者，才能恢复图蛮之名，才能斩杀那个浑蛋？”戎钧低声说道，“父亲，我很难受。”

他的眼眸中隐隐有泪花。

“忍！我会忍！我一定要成为虚拟宇宙公司同辈中最优秀的。现在我的实力比伯兰弱，但是50年，100年，1000年后，我的实力一定会超过他，直至有一天，拥有亲手击杀那浑蛋的实力，我会去他所在的帝都星，闯进他的神国，毁掉他的一切，让他后悔莫及！”

他紧握拳头，泪水在眼中打转。

仇恨刻入了他的灵魂，每过一段时间，他就忍不住要发泄。

戎钧一挥手，模拟出的场景全部消失，超大的修炼场显现出来。

“老师给我演练第一斧，我只要闯过通天桥第三层，就能去其他巨斧混沌碑的前辈门下听课，进步速度一定会有所提升。”戎钧心中暗道，“以我的实力，最近一两年应该就能闯过通天桥第三层，现在我的目标只有一个，超越伯兰！”

至于其他人，对他而言根本没有威胁，因为他进入混沌城的第四年就闯过了通天桥的第二层，这种闯关速度远远超越其他人。

“嘀！”一道电子音响起。

“嗯？”戎钧疑惑地看向手臂上的屏幕，只见屏幕上出现了一封新邮件。

“哦，是监守者巴芬发来的邮件，难道又有人突破了？其他人比我要晚一些闯过通天桥的第二层，而第三层比第二层要难得多，他们不可能比我早闯过第三层。难道是伯兰？可是，伯兰半年前就闯过第四层了，越往后，难度呈几何曲线飙升，至少需要10年，他才有希望闯过第五层。”

想到这里，戎钧心中更加疑惑，低喝一声：“打开。”

邮件自动打开了，里面只有一句话：近十年来，罗峰第一次闯通天桥，刚刚连续闯过第二层和第三层，现在正在闯第四层。

戎钧看到这句话，顿时瞪大了眼睛。

“什么？罗峰已经闯过第三层了？”戎钧不敢相信，“我比他要早一些闯过第一层和第二层，还聆听了老师的教导，他怎么可能比我更早闯过第三层？”

“疯子！他是个疯子！”戎钧的眼中满是震惊。

天地区。

全身笼罩在黑袍中的加莱西出现在一座别墅的花园中。

“竟然有邮件?!”加莱西手指指向半空，半空中出现一面屏幕，屏幕中出现一封邮件。

他手指轻轻点击，便打开了邮件。

邮件的内容很简单：近十年来，罗峰第一次闯通天桥，刚刚连续闯过第二层和第三层，现在正在闯第四层。

加莱西惊呆了。

……

“怎么可能呢？”旁边的一座别墅内，涛看着眼前的屏幕，低吼道，“疯子，那个疯子近十年来第一次闯通天桥，竟然一下子就闯过了第二层和第三层，还真是疯子！”

……

“不可能！”长相俊美，有着一头绿色长发，脸上有着秘纹的太初区成员将莫惊讶地看着眼前的屏幕，“我连第二层都没有闯过，他，他竟然闯过第三层了！”

……

“不可能！罗峰怎么可能进步这么多？我们天地区有近百名天才，和罗峰的实力差距没那么大。怎么会这样？”

在此之前，这批天才中，只有伯兰闯过了第四层，而戎钧等七人闯过了第二层，其他人都只闯过了第一层。

闯过第二层的七人中，陇云是原始区的，而涛、加莱西、古思罗是天地区的，属于太初区的仅仅有戎钧、千水、乌卡。也就是说，当初进入太初区的将莫、兰斯洛、艾辰等天才都仅仅闯过第一层。

这群暗地里争强好胜的天才，突然得到罗峰闯过第三层的消息，都惊呆了。

此时，罗峰已经开始闯通天桥第四层。

狂风呼啸，灰色气流笼罩着通天桥的桥面。

罗峰站在桥面上，战盔下的双眸遥看桥尽头的一道龙卷风。

龙卷风中传出一道声音。

“选择你的对手！武者、精神念师掌控者、幻术师，你可以任意选择一个当对手，若是击败了对手，就可以去闯第五层了。”

“精神念师掌控者。”罗峰直接回道。

“嗖！”龙卷风中突然飞出一道人影。

他身穿银白色的战衣，脚上穿着白色战靴，脚踏暗云梭，背着一根暗金色长棍，脸上戴着银白色面具，正遥看罗峰。

“按照《飘血秘法》中的描述，越往后，闯通天桥的难度是不断飙升的，而且飙升的幅度很大。”罗峰暗自思忖，“不知道这第四层到底有多难。”

因为《飘血秘法》中有关于通天桥的一些简单描述，所以罗峰心中有底，之前闯第三层时，他是有一定信心的，至于闯过第四层，他没有任何把握。

可是，即便再没把握，他也得闯一闯。

“银衣人，我希望你能拿出最强的实力。”罗峰道。

“最强的实力？”银衣人脚踏暗云梭，声音低沉，“我只懂得一招，你如果抵挡得住，那我就输了。”

“你只懂得一招？”罗峰闻言一怔。

“接招吧！”银衣人遥指罗峰，大喝一声。

同时，他背上的暗金色长棍射出无数金色小剑，大量金色小剑在银衣人面前悬浮起来，同时被蕴含着宇宙空间本源法则之力的金丝连接起来。

“1600把金色小剑。”罗峰目光一扫，很快就说出了准确的数字。

他的灵魂意识到了此等程度，令罗峰感到吃惊。

“衍神兵一共有10081把小剑，达到衍神兵第九重，就能让所有小剑组合起来，发出最可怕的攻击。”罗峰心中暗道，“他施展出了1600把小剑，应该是达到衍神兵第四重。”

衍神兵第三重“天剑式”，是9把金剑悬浮，每一把金剑都是由81把小剑组合而成，所以衍神兵第三重一共使用了729把金色小剑。

衍神兵第四重“大巧不工”，需要用1600把金色小剑组合成一根近十米高的粗壮金柱。在达到宇宙级一阶时，若施展出第四重大巧不工，就能纵横宇宙，难遇敌手。

……

银衣人面前的1600把金色小剑彼此之间略有距离，无数复杂的金丝相连，金柱的表面形成复杂的图案，好似图腾金柱。

“难怪只有这一招。”罗峰瞪大了眼睛，“第四重竟然这么难，要形成图腾金柱，对空间、金这两大法则的要求都极高，无异于将剑之领域完全整合在图腾金柱的内部，用图腾金柱随便一砸，便能发挥出不可思议的威力。”

“接招！”银衣人低喝一声。

“我倒要看看这一招的威力到底有多大。”

罗峰脚踏暗云梭，施展出百线流身法。他的身法已经可比鬼魅，在闪躲的同时，迅速施展出天剑式“九剑合一”。

那把金色巨剑瞬间画出一道曲线，直接刺向银衣人。

罗峰窥探到了宇宙空间本源法则的本质，攻击速度极快。

之前他使用幽影七绝刀这门绝招的昙花这一式刀法闯第二层时，对手只能靠两把战刀去抵挡，还算是走运，碰到罗峰只使出一把战刀。

可是，紧接着罗峰一记刺刀，看似简单，却快得让对手反应不过来。

闯第三层时，他的刀法同样很快，加上意识强度的优势，力压对手。

“轰隆隆——”巨大的图腾金柱直接滚了过来。

周围的空间隐隐遭到压迫，这一刻，图腾金柱滚动时仿佛压迫的是空间。

图腾金柱实在太大，略微一滚动，便跨过一大截空间距离，碰到了罗峰的金色巨剑。只听得砰的一声，金色巨剑被撞得溃散，分解成九把金剑。

“呼——”半空中的图腾金柱一个扫荡，对空间造成极大的压迫，令罗峰的身法受到了影响。

“太快了！”罗峰根本躲闪不及，图腾金柱便撞到他的身上了。

闯第四层，失败！

通天桥位面，岛屿的中心。

真衍王、珑玉王、瞳难王都看着眼前悬浮的屏幕。

“罗峰失败了，这是很正常的。”真衍王道。

“嗯。”瞳难王点点头，“衍神兵一共有九重，可分成三个阶段，分别是第一重到第三重，第四重到第六重，第七重到第九重。第三重处于第一阶段，而第四重的威力明显大增，他此次失败很正常。”

“他在混沌城中修炼才10年，不能要求太高。”珑玉王微微一笑，“仅仅10年，就窥探到了一丝宇宙空间本源法则的本质，意识强度又那么大。罗峰是我这次来这里的意外收获，他的实力比戎钧要强。”

“依我看，他将来说不定能超越伯兰。”真衍王直接说道。

珑玉王和瞳难王闻言，都笑了。

“哈哈！还早得很，别太得意，伯兰一开始就领先罗峰很多。”瞳难王道。

“反正我很看好罗峰。”真衍王说道。

就在这时，岛屿中央出现了一个人影，正是戎钧。

紧接着，涛、乌卡等人接连出现了。

第464章

跨入域主级

真衍王、瞳难王、珑玉王见一群天才都来到了这座岛屿，不由得笑了。

与此同时，他们直接离开虚拟宇宙，消失不见了。

“巴芬先生，”乌卡大声问道，“罗峰真的闯过第三层了吗？”

其他天才都看着巴芬。

“嗯。”巴芬笑着说道，“是的，此事就发生在刚才。”

“那他闯过第四层了吗？”戎钧问道。

顿时，其他天才都屏息以待。

罗峰闯过了通天桥的第三层，就已经足以让他们仰视。假设罗峰闯过了第四层，他们估计会崩溃。

他们和罗峰之间存在实力差距，但是也不该这么离谱吧！

“没成功。”巴芬回道。

“还好。”

天才们顿时松了一口气。

这样一来，他们至少还有追赶罗峰的勇气。

可是，不少天才心中都很无奈。

他们个个都是宇宙中的超级天才，现在竟然被罗峰逼得生出一种追不上的紧迫感。

“来到混沌城之前，他和我的实力差距并不大，现在我连第二层都没闯过，他却闯过了第三层。”将莫握紧拳头。

混沌城。

罗峰直接从天台上一跃而下，落到巷子里。

“罗峰，你连续闯过第二层和第三层，获得6000积分，又获得了两次参悟混沌碑的机会，你准备怎么分配？”罗峰的脑海中传来巴巴塔的声音。

“我闯过了第三层，那么就有去混沌城各个强者门下听课的资格。”罗峰的脸上露出了笑容，“至于6000积分，不能乱用，因为我是新人，所以才得到了10倍的积分奖励，若是将来离开了混沌城，得到积分会很难，所以必须省着点用。”

“我已经快10年没去参悟九宇混沌碑了，心中有诸多疑惑，今天就去用掉一次参悟的机会。”罗峰走在巷子里，很快就来到主街道上，“至于第二次参悟的机会，不急，以后再说。”

城主府占地面积非常大，他很快就来到城主府的门前，轻车熟路地走到那宽敞的密室走廊，沿着走廊往前走，可以看到两侧有一扇扇巨大的青铜色大门，他找到写了“九宇”二字的青铜色大门。

“坎德里大人。”罗峰恭敬地向大门前的三眼老者行礼。

“嗯。”坎德里笑着点点头，随即微微闭眼，片刻后睁开眼睛，“不错，进步不小，你现在有两次参悟的机会。”

“我准备使用一次参悟的机会。”罗峰郑重地道。

“你的运气很好，现在密室里面没人。”坎德里笑着指向身后巨大的青铜色大门。

只听得轰隆隆的声响，青铜色大门缓缓开启，混沌气流缭绕，让人看不清里面的一切。

罗峰一脸喜色，道：“多谢大人。”

“嗖！”他当即冲进修炼密室。

修炼密室内，混沌气流环绕着一尊巨大的混沌碑。

“每次参悟机会都很珍贵，混沌城人很多，一般需要排队等待才能进来，今天我的运气很好，很快就进来了。”

罗峰直接冲到九宇混沌碑前面，目光落在上面的雨滴图上。

雨滴图中的9滴雨水都蕴含着不可思议的魔力，直接将罗峰的精神意识完全引入其中。

这一刻，罗峰三个身体的意识都沉浸在对雨滴图的感悟中。

每一个雨滴都在脑海中衍变出诸多意境，唯有第一滴雨水对他而言已经没有了玄妙。

他已经完全窥探到了第一滴雨水的本质。

雨滴图一共有九种意境，一般修炼者参悟雨滴图，只要明白那个意境，自己就能施展出来，而罗峰需要做的不仅如此，他要看透其本质。

就比如一份试卷，有正常的考题和附加题，将正常考题都做对，能得100分，而将正常考题和附加题全部做对，能得150分。

现在罗峰对于雨滴图的其他八滴雨水的感悟大概达到了90分的层次，唯有对第一滴雨水的感悟达到了150分的层次。

“现在我要做的，不是急匆匆地研究细雨图，而是将自己对于雨滴图9滴雨水的感悟都达到完美的地步。”罗峰很清楚自己该做什么。

……

罗峰的精神意识处于九宇混沌碑的引导下，他对雨滴图的大量感悟不断浮现于心，悟到妙处，他不由得露出了笑容。

“出来吧！”一道声音传入他的脑海。

声音刚开始并不大，可在脑海中不断回荡、叠加，让他直接从那种玄妙的境界中清醒过来，只能咬牙朝外飞去。

“可惜，又到时间了。”

修炼密室外，已经有三个人在等着了。

“可惜，如果能待得更久一点就好了。”罗峰走在城主府外的街道上，心中有些不甘。

参悟九字混沌碑的感觉实在太美妙了，平常参悟会不时因为心神疲累而醒来，此次参悟根本感觉不到丝毫疲劳，甚至不需要主动去参悟，只需被九字混沌碑引入其中，就能感悟很多。

“现在对于雨滴图其他八种意境的参悟，我应该都合格了。”罗峰心中暗道，“之前如果算是90分，现在应该能算100分了。不过，我的目标是九种意境都达到150分。”

罗峰仰头看天，深吸一口气，好久没有这么轻松过了。

“嗯？”罗峰眼睛一亮。

“终于，终于要突破了吗？”罗峰化作一道幻影，冲回距离城主府不远的自己修炼居所的休息室中。

罗峰的体内世界。

浩瀚的金属大陆上，金角巨兽和旁边的魔杀族分身黑衣罗峰都惊喜地看着天空。

“终于要突破了！”

“终于要突破到域主级了！”

从宇宙级九阶跨入域主级，正常进化大概需要500年，有时候会多消耗100年，有时候会少消耗100年，并非绝对的数字。

而罗峰凭借最佳金属组合，以最高效率推动体内世界扩张，令效率提高了56倍。

按理说，罗峰进入混沌城将近8年的时候，就应该突破了，可现在整整晚了3年，原因有二：一是金角巨兽进化的确要多消耗一点时间，二是因为罗峰这10年都在参悟，三个身体经常是一进入参悟，再次醒来已经过去一两个月，乃至三四个月了，而体内世界是要吞噬金属的。

体内世界一般最大限度吞噬一次，可以维持一两个月的时间。可是，如果罗峰一次参悟就消耗三四个月，醒来后再让体内世界吞噬金属，最多也就吞噬一两个月的金属消耗量，这就令进化速度减慢了。

……

罗峰参悟法则是非常重要的事情，巴巴塔不敢在关键时刻随意打扰他，自然就造成这样的后果。

而且，不管是罗峰，还是巴巴塔，心里都很清楚，在混沌城的30年是非常重要的，必须全力以赴。

至于金角巨兽迟两三年才进化，那是小事。

……

无数金色雾气融入金属大陆，金属大陆不断扩张，大量的陆地板块生成，整个大陆经过许久才完全生成。

一切都沉静下来。

体内世界终于成功进化了，从之前长宽都达到9000公里，直接跃升到长宽都达到10万公里。

罗峰体内的原核中，旋涡星系美丽灿烂，而旋涡星系的核心就是那巨大的黑洞，八条旋臂上有八个小黑洞。当体内世界蜕变成功后，旋涡星系也发生了惊人的变化。

“轰隆隆——”

中央的黑洞和旋臂上的八个小黑洞的吞噬力量猛地飙升，周围的星辰被疯狂吞噬，特别是中央黑洞不断变大，渐渐地，连旁边的八个小黑洞也受到引力的影响，不断向它靠近。

中央的黑洞吞噬一切，变得越来越大，八个小黑洞接连被吞噬。

片刻后，旋涡星系也消失了，只剩下唯一一个超大的黑洞。

超大的黑洞突然朝内部塌陷，整个黑色区域在原核内部以肉眼可见的速度迅速缩小，这一幕让人心惊。

眨眼的工夫，整个黑洞就塌陷而后消失了，同时原核中央出现了一颗灰色圆球。

“噗！”灰色圆球仿佛蛇蜕皮似的，一层灰色外壳直接脱落，这层灰色外壳竟然不断地膨胀，变得越来越大。

灰色外壳不断变大，直至和原核一样大，而后，这个灰色外壳竟然和原核完全融合，令原核发生了一些特殊的变化。

原核发生了变化，体内世界的金角巨兽和魔杀族分身也同时开始进化。

第465章

进化

金角巨兽缓缓展开鳞甲翅膀，它的整个身躯开始发生惊人的变化，大量金色雾气从高空直接降落，笼罩在它的鳞甲表面，不断被它的鳞甲吸收。

只见那一片片密集的黑色鳞片缓缓变大，它的骨骼在变粗、变长，变得更加密实，蹄爪变得更加粗壮、锋利。

随着它的身体不断变大，金色秘纹宛如披甲笼罩住它的全身。不单单是外表，金角巨兽内部的变化更加惊人，它的每一个细胞和每一块骨骼的本质和构造都发生了蜕变。

从宇宙级到域主级，那是身体素质的跃升！

"呜！"金角巨兽仰头，发出畅快的吼声。

旁边不远处，一颗表层有着无比繁杂的金色秘纹，隐隐散发着金色光芒的黑色生命晶核正在不断地旋转。

这才是魔杀族分身的真面目！

魔杀族分身是以生命晶核的形式存在的，生命晶核发出能量，可以任意变化出魔杀族分身想要的模样，所以，魔杀族分身进化，实际相当于生命晶核发生蜕变。

生命形态不一，进化过程也不同，血肉类生命主要是肉身和灵魂同步进化，而能量生命是生命核心的进化，魔杀族的核心就是生命晶核，随着修炼者不断修炼，生命晶核会吸收能量，逐渐改造自身，就仿佛人类肉身的进化。不过，魔杀族修炼和进化同样存在瓶颈，需要意志、生命晶核、原力等诸多因素合力才能突破。

可罗峰的魔杀族分身和普通的魔杀族族人不一样，因为他的魔杀族分身的核心并非生命晶核，即使魔杀族分身被毁掉，也能再度恢复。

罗峰的三具肉身都不算重要，他的核心是原核，原核不灭，他便不会死，原核一灭，三具肉身都会毁灭。

现在他的原核灵魂已经突破到域主级一阶，所以三大身体都能修炼到域主级一阶，唯一麻烦的是身体限制，地球人身体进化很慢，而生命晶核为其提供了无限的能量，加快了他的进化，金角巨兽的进化是最快的。

“叮——”数个小时后，旋转的黑色生命晶核隐约发出一道声响。

整个生命晶核缩小了一圈。

“呼呼——”

生命晶核中涌出大量黑色气流，而后变成一人。

正是黑衣罗峰！

混沌城，罗峰修炼居所的休息室内。

“域主级强者?！”罗峰眼睛一亮，“难怪被贩卖的奴隶中没有域主级强者。”

从宇宙级跨入域主级，星系被黑洞完全吞噬，超大黑洞塌陷形成奇点，也就是罗峰的原核中出现的灰色圆球，罗峰此刻便算是踏入了域主级。

奇点虽然极小，但是非常重。

按理说，奇点吞噬了无数星系，其内部会逐渐孕育出一个世界，这种孕育会贯穿域主级一阶到域主级九阶的整个过程。当孕育成功时，会发生根本性的蜕变，那时便是界主级强者！

界主级强者体内自成一个世界，挥手间就可以运用世界之力，并且界主级强者体内的世界是可以供人生存的，还可以储物，跟真实的世界一样。

金角巨兽幼时，便拥有体内世界。可是，但凡可以放进体内世界的生命、物品都会被消化掉，如果放进来的生命、物品太多，消化不掉，就会将整个空间给撑爆。

金角巨兽体内世界会不断成长，直至达到界主级，体内世界才会有根本性的变化，那时，才能将人类和物品放进去，现在只能把罗峰自己的身体装进去。

“金角巨兽的天赋惊人，传承记忆极多，寿命是人类界主级强者的10倍。可是，历代金角巨兽想达到不朽级是很难的，大多到死最高达到界主级巅峰。”

刚才原核内部蜕变到域主级时，罗峰才明白其中的原因。

须知，界主级强者要成为不朽级强者，就要让体内世界突破桎梏，和宇宙夹缝中的一些空间碎片进行融合，形成真正稳定并强大的空间——神国。

这里的桎梏其实就是奇点。奇点会随着实力大增而不断凝聚，越来越坚硬，所以很难突破，而金角巨兽突破的难度要比人类高十倍，乃至百倍。因为金角巨兽天生就有一个奇点——原核，金角巨兽一出生，体内的原核就诞生了体内世界，所以罗峰这次达到域主级，体内的星系形成黑洞塌陷成为奇点时，奇点却开始脱壳，融入原核。随着时间流逝，奇点会和原核完全融为一体，因为，它们本来就是一样的。

融合之后，原核变得更加坚硬，比普通人的奇点要坚硬得多。

“域主级一阶的金角巨兽，体内空间的长宽就达到10万公里。”罗峰感慨一声，“若是达到界主级，那还得了！”

体内空间大，是好事，但也意味着承载体内空间的原核更坚硬，待罗峰达到界主级九阶，面对无法撼动的原核时，就知道历代金角巨兽是何等无奈了。

“突破桎梏，体内世界和外界空间合二为一，形成神国，这只是成为不朽级强者的最后一个条件，前面还有诸多条件。”罗峰摇摇头，“我现在只是域主级强者，离成为不朽级强者还远得很，慢慢修炼吧，创造《飘血秘法》的练落可是只用了不足10万年的时间，就成为不朽级强者，而且封侯。我拥有人类界主级强者的10倍寿命，难道还成不了不朽级强者？”

这么一想，罗峰笑了。

生命只有一个核心，只有一个体内世界，而罗峰的三个身体共一个核心和体内世界。

一荣俱荣，一损俱损！

“主人，有人来访。”修炼居所内响起了一道电子音。

“嗯。”罗峰当即起身，走出休息室，来到客厅门口。

他打开门，发现门外站着一个穿着黑袍的高挑女子，她的眼珠呈紫色。

“黑袍使者？”罗峰心中暗道。

“罗峰，恭喜你闯过通天桥的前三层。”黑袍使者微微一笑，“在混沌城，只要闯过通天桥的前三层，就意味着在混沌碑的参悟方面入门了，有资格去听一些开宗立派的超级强者讲课，这是混沌城九宇一脉的18个开宗强者的一些资料，你可以去任何一人的门下听课。”

话落，她递过一本大概一指厚的黑色封面的书。

“谢谢。”罗峰接过书。

“提醒你一下，虽然你可以去任何一人的门下听课，但是，这是你第一次听课，选择听谁的课是非常重要的。”黑袍使者郑重地道，“所有情况都记载在书中，我就不多说了。”

“嗯。”罗峰点点头。

随即，他目送这位城主府使者离去。

听课？现在还不急，毕竟他苦苦参悟10年，一朝连续闯过通天桥的两层，加上刚刚突破到域主级，这种喜悦的心情，当然很想和家人分享。

他的眼眸中有着一丝期待：“好些日子没见家人了，该陪陪家人了。”

虚拟宇宙网络，乾巫大陆。

乾巫大陆的梦卡城是一座超级大城，比黑龙山岛屿都要大10倍。

平海公司是梦卡城内一家规模比较大的公司，在梦卡城内排到了前100名。

办公大楼第86层，会议室。

“你好，很高兴能见到你，罗夫人。”

“我也很荣幸，能够见到虚拟宇宙公司驻乾巫大陆的博特莱司长。”

穿着红色唐装的徐欣，正和一个有着尖鼻子的高大男子握手。

会议桌两侧分别坐着两方的高层。

“准确地说，是博特莱副司长。”男子笑着说道，“哈哈，这次会谈相信罗夫人应该不会有压力，你的丈夫是我们虚拟宇宙公司核心成员中的高层，你的平海公司成为我们旗下的一个子公司，好处很多啊！”

徐欣微微一笑，道：“我的丈夫虽然是平海公司的大股东，但是公司的一切由我决定。”

“嗯，罗夫人有什么想法，尽管说，一切都好谈。”

“首先，这家公司必须由我掌控。”徐欣郑重地道。

“罗夫人，”博特莱淡淡一笑，“你应该知道，虚拟宇宙公司对诸多有潜力的公司进行收购，前提是必须形成绝对控股，最低也要拥有51%的控股权。”

“我明白。我的意思是，平海公司必须由我来管理，你们不得插手平海公司的任何经营业务，只能分享红利。”徐欣说道。

“哦！”博特莱微微点头，“继续说。”

“我们平海公司有三大业务，主业务是连锁餐厅经营和金融投资，还有就是房地产。我老公的弟弟罗华搞投资很厉害，连宇宙第一银行都曾经派人来挖他过去。主业务的营利能力你应该清楚。”

“平海公司的金融投资能力我很清楚，这也是我们给予你们净资产6倍报价的缘故。”

“不，我需要12倍！”徐欣看着博特莱，“博特莱先生应该明白，我们平海公司的连锁餐厅是不可复制的。”

“12倍？绝对不可能。”博特莱摇摇头。

“博特莱先生……”徐欣正要继续说下去。

“嗯？”忽然，她低头看向手腕，手腕上的小型屏幕显示收到信息，她的脸上不由得露出一丝笑容，“你终于知道回家了。”

第466章

家

片刻后。

平海公司的高层热情地将来自虚拟宇宙公司驻乾巫大陆投资部的一群人送走。

“罗夫人的意思，我很清楚，不过，想要得到净资产12倍报价是绝对不可能的，还请罗夫人做好心理准备。至于罗夫人给我的报表，我会带回去，给司长亲自过目。”

“谢谢。”徐欣笑道。

随即，博特莱直接朝外面走去，他的身后跟着数名手下。

公司外面停着一艘呈流线型的宇宙飞船，宇宙飞船的舱门口恭敬地站着八个穿着战斗装备的独角大汉。

博特莱带着手下直接上了宇宙飞船，随即那群独角大汉也进了宇宙飞船，舱门关闭，宇宙飞船很快就飞走了。

“徐姐，我们餐厅的原材料采购……”站在徐欣身侧的短发女子说道。

“我还有事，公司的这些事情由你来解决。”徐欣打断她的话，吩咐道。

“是。”短发女子应道。

徐欣朝空中一招手，长着翅膀的天马顿时拉着一辆马车降落下来。

徐欣直接跳上去，道：“去传送点。”

“驾！”车夫一抖缰绳，天马立即腾空而去。

虚拟宇宙，黑龙山岛屿，九星湾小区。

“爸，现在九星湾小区东半边的地都归我们了，我请了地球上最好的设计师，借鉴宇宙中的诸多建筑，设计并建成了新的居所。”一个清秀的男子指着周围宛如宫殿一般的建筑说道。

“嗯，不错。”罗峰点点头。

“罗平，你妈还没回来吗？”罗峰问道。

“我已经通知她了，只是，她现在的公司总部在乾巫大陆，每天都要去公司，爸你又很少回来，所以她干脆将网络上线地点固定在公司。”罗平回道。

一般情况下，在虚拟宇宙中有房产，上线可以固定地址，徐欣就将地址固定在了公司。

“固定在公司？”罗峰有些惭愧。

他的确是很久才回来一趟。

罗平指着远处一座座豪奢的府邸，对罗峰道：“爸，因为你住在这里，所以九星湾小区的地价飙升，这里原先的住户几乎都将地卖给了一些有地位的大人物。而那些大人物之所以买下这里的地，也是想离你近一点，毕竟你在我们黑龙山星域算是有头有脸的大人物。”

“哦？”罗峰很是惊讶。

也对，论地位，罗峰现在比黑龙山帝国的皇帝都要高一等。即使是黑龙山帝国背后的不朽级强者，也得给罗峰面子。

在浩瀚宇宙中，小小星域就是小旮旯。一群有权有势的大人物想要和罗峰住得近，也不奇怪。

“罗平先生！”

远处一个牵着宠物兽的光头在两名仆人的跟随下，正闲逛着，看到罗平，热情地打招呼。

“巴克森。”罗平笑着回礼。

这光头的头部有着鳞片似的头皮，他看到罗峰，神色大变：“罗平先生，这位是……”

“这位是我的父亲。”罗平笑道。

“啊！您就是罗峰大人。”光头连忙恭敬行礼，很是激动，“罗峰大人，很荣幸能够见到您，我是八年前搬到这里的，我一直很崇拜罗峰大人，没想到，我今天能够看到您，真是我的荣幸啊！”

罗峰微微一笑，道：“你好，巴克森。”

“啊！”巴克森顿时兴奋得满脸通红。

“爸，妈妈回来了！”罗平指向天空。

罗峰抬头看去。

半空中，徐欣坐在天马拉着的马车上，缓缓降落。

“徐欣。”罗峰连忙跑过去。

马车上的徐欣低头看着罗峰，眼中有一丝泪花，待马车快降落到地面时，她直接一跃而下。

“你还知道回来啊！”徐欣娇嗔地看着罗峰。

“呃……”罗峰有些惭愧。

“多久了，你都多久没回来了？”徐欣盯着他。

罗峰不好意思回答。

“十几年了！你十几年没回来了！”徐欣没好气地道，“我知道你在混沌城中要潜心参悟，可是，偶尔回来看看孩子们，看看我，看看爸妈，就不行吗？”

“对不起。”罗峰轻声说道。

是啊！他已经十几年没见过家人了。

他在混沌城最近一次参悟消耗了三年零九个月，而初始宇宙那边的时间流速慢，那边过去三年零九个月，原宇宙已经过去十几年，而虚拟宇宙的时间流速和原宇宙是保持一致的。

“十几年啊！”徐欣紧紧地盯着罗峰。

“好了。”罗峰伸出手，一把抱住徐欣，“我保证，以后每年都尽量回来一次，除非发生特殊的事情。”

“嗯。”徐欣点点头。

她也只是想提醒提醒罗峰而已，这么多年，不管是地球，还是罗家，都发生了惊人的变化。比如地球人在整个银河系都变得很有地位了，罗家的发展也越来越好，大家很清楚这一切都是因为罗峰。

罗峰是宇宙人类五大巨头之一的虚拟宇宙公司的核心成员。

“走吧，我们回家。”罗峰说道。

“嗯，回家。”徐欣点点头。

一家三口直接走了回去。

徐欣瞥了一眼仍留在原地的巴克森，低声说道：“那个巴克森，拥有三万多颗生命星球领地，表面上傻乎乎的，实际心狠手辣。”

“哦？”罗峰惊讶地看了过去。

那个光头竟然拥有三万多颗生命星球领地，岂不是比当初的诺岚山家族还要强大得多？

“在我们家门口，他当然得低调，得讨好你。”徐欣眼眸中掠过一丝不屑，“罗平，以后这种人少接触。”

“对，你妈说得对。”罗峰点点头。

地位不同，眼界自然也不同。

当年罗峰还只是地球上的小人物时，对他来说，诺岚山家族是不敢招惹的大势力，而巴克森这种人更是可怕。

可是，现如今罗峰的护卫队首领都是界主级强者，巴克森又算什么？

“爸、妈，三教九流的人物都得认识一下嘛。”罗平笑道。

“你跟你弟弟还真是不一样。”罗峰不由得感叹道。

“老三！”一道响亮的声音从不远处传来。

“二哥？”罗峰眼睛一亮。

距离上次回到九星湾小区，已经过去十几年了。

这次回到家中，罗峰发现罗家已经算得上是大家族了，连孙子辈很多都成家立业了，现如今罗家在银河系中的很多事务都是由他的妻子徐欣和大儿子罗平处理，至于小儿子罗海，完全就是个武痴。

罗海追求人体极限，想成为宇宙中的超级强者。

他这样做是为了什么？一是为了实现自己的梦想，二是为了守护家人和家乡。

罗峰在家里待了三天，而后意识就回归了混沌城。

此次回家，唯一令罗峰感到失望的是，没能见到洪。

听雷神说，洪似乎在进行非常重要的训练，屏蔽了所有邮件和通话申请，根本联系不上。

平海公司第89层。

徐欣站在落地窗前，俯瞰着这座美丽的城市。

“咚！咚！咚！”一连串敲门声响起。

“进来。”徐欣淡淡地道。

只见一个身材窈窕，穿着工作服的短发女子走了进来。

短发女子微微一笑，问道：“徐姐，这三天过得怎么样？”

“还不错！”徐欣顿时笑了。

“徐姐，这是博特莱发来的文件。”短发女子说着，将文件递过去。

“哦？”徐欣连忙接过。

虚拟宇宙公司分商部和武部，当然，商部和武部的高层都属于核心层成员，而核心层的高层才是真正的统治阶层。

商业是虚拟宇宙公司很重要的一块业务。不过，在虚拟宇宙网络世界中，就算是虚拟宇宙公司，也没有将所有商业都自己来做，因为他们很清楚垄断会遏制经济发展，也会遏制现实世界中的大量资金流入。

营造一个公平的环境，才会让现实世界中的许多超级势力愿意投资，否则，那些巨头和超级势力怎会愿意投资？

于是，虚拟宇宙中有了各种各样的公司、集团，彼此竞争，而一些非常有潜力的公司一般会受到大势力的收购。

“徐姐，宇宙第一银行也愿意收购我们公司，而且给出的条件非常好，为什么你直接拒绝了呢？”短发女子问道。

“我们不愁发展资金。”徐欣低头，翻阅着手中的文件。

“既然这样，又为什么愿意和虚拟宇宙公司商谈？”短发女子很是疑惑。

徐欣闻言一怔。

“我不懂。”短发女子真诚地道，“徐姐，我跟随你近40年了。我们平海公司是一步步发展起来的，根据我们C国文化特色，创出了连锁餐饮，餐饮行业的许多人员都在地球接受了培训，我们尽量设置行业壁垒，令外界无法模仿，我们平海餐饮的品牌早已经打响，而且大量的资金和罗华先生负责的金融投资部形成产融结合，我们赚的现金在罗华先生那里获得二次增值，这种赚钱的速度极快，我们的资产无比优异。此外，因为罗峰大人的关系，乾巫宇宙国对我们很保护，而且支持，我们公司的发展绝对没有任何问题，根本没必要分出股份给别人。”

“是啊。”徐欣点点头。

来到虚拟宇宙打拼近40年了，平海公司相当于她的另外一个孩子，岂会舍得拱手送给别人？

“不过，不一样的。”徐欣轻声说道，“虚拟宇宙公司和宇宙第一银行不一样。”

“哪里不一样？”短发女子很是不解。

“因为我的丈夫也是虚拟宇宙公司的核心成员。”徐欣转过头，透过落地窗，看着外面的天空，“他很优秀，在地球上就很厉害，可是，他因此离我越来越远，他十几年才回来了一次。”

短发女子张了张嘴，没说出话来。

罗峰是地球人的骄傲，可是，对罗峰的家人而言，他在家的时间很少，的确冷落了家人。

“我不怨他！我为他感到骄傲！”徐欣看着窗外，脸上露出一丝笑容，“只是，我不想离他越来越远，我想站在他的身旁，尽量靠近他。”

“徐姐……”短发女子想说什么，却不知道该怎么说。

“如果平海公司成为虚拟宇宙公司旗下的子公司，我也算是虚拟宇宙公司的内部成员了。”徐欣笑着说道，“只要我将子公司经营到一定的程度，我就可以被吸纳成为核心成员，到时候，我也能进入雨相山。”

“核心成员？”短发女子大吃一惊。

她怎么都没想到，徐欣的目标竟然这么大！

“我最盼望的一件事，就是在雨相山和罗峰相见。”徐欣轻声说道。

第467章

拜师

混沌城，一座不起眼的修炼居所的休息室内。

罗峰坐在椅子上，正低头看着之前黑袍使者送来的书。

书中有这么一段话：能够闯过通天桥第18层的，都是我宇宙人族中真正的精英，是不朽级强者中的宗师，他们可以直接获得混沌城永久居民的资格，并且可以在混沌城内开宗立派，收徒讲学，是受人尊敬的。而来到混沌城的修炼者们，但凡闯过通天桥第三层，就可前往听课，而且可以听任何一位宗师讲课。但是，如果想要成为某位宗师的徒弟，第一次听课时，就必须选择到那位宗师的门下听课并表示尊敬，而后要求拜师。如果得到那位宗师的认可，那就算是拜师成功了。

……

看完这段话，罗峰总算明白当初黑袍使者为什么说第一次听课很重要了。

“拜师？”罗峰眉头微皱。

“拜师好啊，罗峰，能在混沌城内讲学的，可都是不朽级强者中的宗师，个个都是封王的。”巴巴塔激动地大喊，“在你还很弱小的时候，能有一个超级强者教导你，是很重要的。如果没有真衍王之前提醒你，让你去学《飘血秘法》，你恐怕会和普通修炼者一样走弯路。”

“我已经有老师了。”罗峰心中有疙瘩。

“没事！”巴巴塔不在乎地道，“宇宙中的强者寿命无比悠久，修为达到行星级时，或许会拜一个老师，修为达到宇宙级时又拜一个老师，等成了界主级强者，又拜一个老师。实力不同，眼界不同，需要的老师也不同，一个强者有数十位老师很正常。”

“哦！”罗峰轻轻点头。

……

在宇宙中就是这样，能在宇宙巅峰天才战中排到前1000名，有几个没有老师啊？然而，这群天才如果得知宇宙国主想要收他们为徒，肯定会很兴奋。当初戎钧得到元辰宇宙国主的青睐，成为其徒弟，就惹得很多人眼红。

……

“我选择谁好呢？”罗峰看着书中的九宇一脉18位宗师的资料。

这些都是宗师，而且都是不朽级强者中的宗师！

相较于罗峰原先的老师陨墨星主人，他们的实力要强得多。陨墨星主人勉强能封侯，而这些宗师在封王强者中都算是很强的，他们门下的很多弟子都是不朽级强者。

“选择谁呢？”罗峰嘴里嘀咕着，很快就看完了18位宗师的资料，“混沌城内，九宇一脉一共有18位宗主，其中有4位属于虚拟宇宙公司，分别是炎龙王、真衍王、千幻王、剑煌王，听起来个个都很可怕。”

“炎龙王？我看过他出手！”巴巴塔激动地大喊，“当年我和你的老师进入宇宙秘境，历尽艰险，闯入了笼罩在寒冰流中的一颗星球，我们当时亲眼看到，炎龙王直接化身为恒星，将数十个不朽级强者包裹其中，焚烧成灰烬。”

“化身恒星?!”罗峰一怔。

“嗯，他比真正的恒星还可怕。按理说，不朽级强者要毁掉一颗恒星是很容易的，可是炎龙王所化的恒星的温度比真正的恒星要高得多，一招就灭了数十个不朽级强者，其中有两个是人族中的不朽级强者，还有机械族等其他族群中的不朽级强者，炎龙王是个非常可怕的人物。”

“哦？”罗峰一惊。

“就算是当年杀了你老师的那个浑蛋，也抵挡不了他的一招。没想到，他现在在混沌城中潜心讲学了。”巴巴塔感慨道。

“炎龙、千幻、剑煌、真衍。”罗峰看着四人的资料，眼眸中有着一丝渴望。

混沌城内的修炼者大多分成五大派系——虚拟宇宙公司、巨斧斗武场、宇宙第一银行、宇宙星河银行、宇宙佣兵联盟，只有极少数修炼者是独来独往的，不属于任何势力，没有什么背景。

一座府邸内。

“哈哈，剑煌，你可别太自信。”真衍王朗声大笑。

“你也不看看……”一个穿着紫色战铠，时刻背着一把金色战剑的男子朗声大笑，“你们三个，一个是猿人，一个是龙人，还有一个整天阴森森的，就只有我剑煌和地球人的长相最相似，他不选我，还能选谁啊？”

“剑煌，拜师可不是看长相的！”一个头上长了两根龙角，脸上布满赤红色龙鳞，眸子好似两颗缩小的恒星的男子说道。

“炎龙，论实力，我也不比你弱吧！”剑煌王朗声笑道。

“剑煌太得意了，我看这次他会失算。”一个看不清长相的黑袍人坐在那里，“不过，这个罗峰的确算是我们九宇一脉上亿年来难得一遇的好苗子，竟然能够在10年内就悟透《飘血秘法》中的第一套剑法，天赋很高啊！”

“所以，他应该拜我为师，我就是用剑的。”剑煌王笑道。

他们四个都是九宇一脉的，又都是虚拟宇宙公司的成员，而且都是不朽级强者中的宗师级人物，都在混沌城中讲课，所以关系很好。

每过一段时间，他们四个就会聚在一起，相互论道，甚至切磋。

至于罗峰，堪称九宇一脉中的黑马。每一批天才中都有最耀眼的天才，比如这届的伯兰，堪称千万年来最优秀的，而罗峰一开始并没有受到这四人的重视。

之前罗峰连续闯过通天桥的第二层和第三层，显然是仅仅10年时间就悟透了《飘血秘法》的第一套剑法。

他的天赋极高，别人不清楚，钻研九宇混沌碑的这四位宗师可是很清楚的。

罗峰能够学当初的练落研究宇宙空间本质，如果不是拥有绝顶天赋、心性、悟性，是不可能做到的。20年内，如果悟不透第一套剑法，就意味着没有希望，罗峰却在10年内就悟透了。

“伯兰主要是一开始实力领先太多，如果不计算刚开始领先的幅度，单单论进步速度，罗峰丝毫不亚于伯兰。”千幻王夸赞道，“或许，上亿年中会出现几个能媲美罗峰的苗子，可不一定会选择我们九宇一脉。”

“上亿年来，罗峰是我们九宇一脉难得一见的超级天才啊！”炎龙王慨叹道，“这样的超级天才不好好培养怎么行呢？”

四人都很欣赏罗峰，这种难得一见的精英弟子让他们喜欢是很正常的，因为这般惊才绝艳的天才如果不殒身，将来封侯乃至封王，都是有很大希望的。如果能培养一个封王的弟子，他们自己的地位也会提高，师徒关系是很牢靠的关系。

“剑煌，现在你说这些都没用，看着吧，看看到时候他会选谁当老师。”真衍王摸了摸下巴上的金色绒毛，嘿嘿笑道。

“那就走着瞧！”剑煌王信心满满地道。

旁边的炎龙王和千幻王都笑了。

数日后，虚拟宇宙，一个特殊的位面空间。

一座威严的神殿悬浮在云层中，真衍王直接出现在神殿前方的广场上，广场上站着不少护卫，护卫的身高参差不齐，却都是猿人。或是黑毛猿人，或是金毛猿人，或是长臂猿人，只是毛色、身高、体形有所区别。

“哼！”真衍王脸色阴沉，大步走向神殿。

“殿主！”

“殿主！”

护卫们恭敬行礼。

真衍王直接冲进神殿，只见神殿的王座上坐着16个猿人。

这些猿人看到真衍王冲了进来，脸色微变。

“怎么回事？”真衍王冲进神殿，扫视这16个猿人，低吼道，“这次进入鸿盟的名单中，我卡混斯族怎么只有一个名额？”

“真衍，你在混沌城不管事，这是其他殿主一起商量，最终做出的决定。”一个身高足有12米的黑毛猿人的说话声回荡在巨大的神殿中。

“放屁！”真衍王指着眼前的巨型猿人，大声喝道，“我们猿人族的圣殿有18位殿主，现在圣主不管事，所有事情由我们18位殿主决定。我也是殿主之一，平常我是懒得管，可是再怎么样，你们也别太过分，你们金刚族都占了四个名额，我卡混斯族就一个。”

“真衍……”那身穿黑袍的猿人低吼一声。

“闭嘴！”真衍王扫视周围的人，“我一般懒得理会这些事，可也别拿我当傻子。你们若是真不爽，我不介意去现实世界中和你们大战一场，直接将你们给封印了！”

其他殿主都不敢吭声。

真衍王可是猿人族中仅次于圣主的超级强者，是最接近尊者的存在，一般很少插手猿人族的事。

“一句话，我不想欺负人，可你们也别拿我当傻子，再有这事儿，我就不是在虚拟宇宙中和你们理论一番了，而是直接到你们的住处，和你们决斗。哼！”

说完，真衍王直接离开了。

猿人在宇宙人族中占有很大的比重，猿人族有着上万族群，猿人族圣殿中的便是所有猿人族群的最高层。

“真衍竟然连这事儿都管，他不是在混沌城中一心修炼，想成为尊者吗？”一个双瞳火红的瘦小的猿人殿主沉声说道。

“看来真衍一直关注着卡混斯族啊！”

这些殿主都很无奈。

第468章

二级子公司

虚拟宇宙，乾巫大陆，平海公司第86层会议厅。

一方是平海公司的高层，一方是虚拟宇宙公司驻乾巫大陆投资部的高层。

徐欣和博特莱正在交换文件，在文件上签上自己的名字。

“合作愉快！”

“合作愉快！”

徐欣站起身来，端起酒杯，笑道：“签约成功后，喝酒庆贺，这是我们地球人的习惯。博特莱先生，你也尝尝我们平海公司最新研制出的美酒吧！”

“哦？”博特莱笑着接过，“干杯庆贺？这倒是新颖！”

双方手下的人也都端起酒杯。

“嗯，真不错！苦涩的味道在口中回味，好奇妙。”博特莱连连点头，“我喜欢这种酒。”

徐欣微微一笑：“我也喜欢，它不仅口感好，还能带来大量的利润。”

“的确如此。”博特莱笑了。

宇宙中的科技发达，仿制出地球上的一些餐饮并不难，可是在虚拟宇宙中是有专利保护的。当初徐欣将地球上的很多文化和物品，以最快的速度在虚拟宇宙网络中进行大规模专利注册，即使其他公司眼馋，也不得抄袭，否则就得赔偿巨额专利使用费。

“以后平海公司就拜托罗夫人了。”博特莱笑着说道，“如果这项收购失败，我可是得负很大责任的。”

“尽管放心。”徐欣笑道。

“哈哈，平海公司有如此优秀的管理层，我当然放心。”博特莱微微一笑，“那就期待平海公司尽早升为二级子公司，最好能在1000年内完成。”

“我的目标是在100年内完成。”徐欣笑道。

“哦！”博特莱顿时眼睛一亮，“可以，100年内，越早越好。”

“请博特莱先生先去休息，我们已经准备好庆功宴。”徐欣说道，随即安排人将虚拟宇宙公司驻乾巫大陆投资部的高层们带去休息。

会议室内顿时只剩下徐欣和短发女子。

“徐姐，成功了。”短发女子兴奋地道。

“以10.2倍价格，让对方获得51%的股权，还行吧。”徐欣微微一笑，“算上这笔大投资，我们平海公司的总净资产已经达到32882混元单位。”

当初罗峰得到奖金1000混元单位，就将其中300混元单位给了弟弟罗华，让他去投资，又给了徐欣200混元单位。

不过，后来徐欣的平海公司赚取了大量利润，存在银行的利息太低，不如也让罗华去进行金融投资，所以罗华也入股了平海公司，成为平海公司一个很重要的部门——金融投资部的负责人。

当时，股权是这么分配的：罗峰占50%的股权，罗华占25%的股权，徐欣占25%的股权，平海公司合并时，总资产就达到近600混元单位。

罗峰在混沌城10年，而原宇宙过了30多年。

30多年来，徐欣掌管整个公司，罗华则负责金融投资，使公司总资产从近600混元单位上升到近3000混元单位，看似增幅很小，仅仅几倍。

实际上，这样的收获在宇宙中已经算非常好了，因为越是巨额投资，想要赚钱就越难，大投资很容易吸引各方金融巨头的注意，一不小心，吃亏是很正常的。

30多年，赚了这么多，难度可想而知。很多不朽级强者的寿命达亿万年，他们用财产去投资，想要使财产增加一倍，都是极难的。

因为虚拟宇宙中有很多古老的存在，寿命达亿万年，加上虚拟宇宙系统的调节，使得货币几乎没有通胀。假设有1混元单位，到了1亿年后，购买力几乎没有多大变化，这就导致超大额的金融投资想要赚钱是非常难的。即便是平海公司，也是靠迅速扩张的连锁餐饮和金融投资结合，才能做到这一步。

……

股权再次分割，平海公司之前的股东仅仅占49%的股份，虚拟宇宙公司占51%的股份，实际上，罗峰、罗华、徐欣这三个股东的财富都获得了巨额增值。虽然股份少了，但是平海公司的净资产从之前的近3000混元单位，增加到了近33000混元单位。

罗峰、罗华、徐欣三人加起来，股权资产超过16000万混元单位。

“虚拟宇宙公司旗下的子公司分为三级子公司、二级子公司、一级子公司、特级子公司。”徐欣看着手中的文件，“净资产达到1000混元单位，就是三级子公司；净资产达到10万混元单位，就是二级子公司；净资产达到1000万混元单位，就是一级子公司；净资产达到10亿混元单位，就是特级子公司。”

三级子公司的经理人依旧算是外围成员，二级子公司的经理人就能成为核心层末世秘境的成员，一级子公司的经理人则是天地秘境的成员，特级子公司的经理人是太初秘境的成员。

徐欣看着文件，眼睛一亮。

“我们公司现在的净资产有近33000混元单位，离10万混元单位的差距并不算大。”徐欣低声说道，“我们争取在60年内达成目标！”

“60年？”旁边的短发女子惊呼出声。

越是巨额资产，越难赚钱。

在两三年内，罗华能轻松地将1亿宇宙币增加至10亿宇宙币。可是，如果是1亿混元单位，就是给罗华百万年，乃至千万年的时间，想要翻10倍，那根本是做不到的。

如果真的能增加到10亿混元单位，虚拟宇宙公司会立即将他当成超级强者重点保护，甚至会安排不朽级强者来保护他，因为他有这种赚取财富的能力，比封王的不朽级强者还要可怕。

“嗯，60年。”徐欣微微点头。

“60年就升成二级子公司，这太难了。”短发女子连连摇头。

“努力吧！”徐欣微微一笑，心中暗自思忖，“这边过去60年，他应该刚好在混沌城修炼结束了吧，在他修炼结束之前，我应该能够在雨相山见到他，估计到时候他的表情会很精彩。”徐欣的眼眸中有着期待。

混沌城。

“就是这里！”罗峰走到一座府邸的门前。

此刻，三三两两的修炼者都走进了府邸。

“今天是真衍王讲课，听说是讲解九宇混沌碑上面的前三幅图。”

“嗯，虽然我现在参悟到第四幅图了，可每次听基础讲解都有一些收获。”

“我也是。”

“不愧是宗师啊！”

罗峰跟着一个个界主级强者，乃至不朽级强者进入了府邸。

那府邸门口的信号探测仪扫过罗峰，并没有阻拦他，显然他拥有听课的资格。

长宽有数十公里的广场上已经聚集了数百名修炼者。

“人真多。”罗峰坐在角落。

“年轻人，你是第一次听课？”旁边一名秃顶老者笑吟吟地道。

他一眼就看出，眼前的人修为仅仅达到宇宙级。

“是的。”罗峰点点头。

“你的修为才达到宇宙级，就能来听课，看来你是从天才战中选出来的，而且是天才战中数一数二的吧！”秃顶老者笑道。

这时，广场上聚集的修炼者已经超过了1000人。

“轰——”一股无形的威压瞬间覆盖整个广场。

广场上聚集的上千名修炼者全部安静下来，以表示对宗师的尊敬。

只见一个穿着金色战甲的魁梧猿人走向广场，一闪身，就到了数公里之外，他的后面跟着数十名修炼者。

“瞬移！那就是瞬移！”

“跟在真衍王身后的都是他的徒弟，如果我们能成功拜师就好了。”

“那是要看能力的，没有能力，真衍王怎么会收你？”

罗峰屏息看着。

远处，真衍王盘膝而坐，他的两旁坐着数十名徒弟。

其他没能拜师的人只能来听听课。

“我今天要仔细讲讲九宇混沌碑上面的前三幅图，这三幅图是基础。”

真衍王伸出手指，遥指半空，半空中竟然出现了一些复杂的秘纹，就好似金角巨兽鳞甲上面的秘纹：“第一幅图表明了宇宙本源法则运转，应该是如此……”

半空，那些复杂的金色秘纹流转，仿佛机械轮子似的，蕴含着神秘不可测的宇宙本源法则之力。

“好神奇。”罗峰目瞪口呆。

……

讲课时，真衍王描述得很清楚，可一群修炼者听起来依旧觉得玄之又玄。

个人的体悟不同，感受也不一样。

三天后。

“好，今天讲课到此为止。”真衍王淡淡地道。

“多谢老师！”上千名修炼者恭敬行礼。

这时，一个黑发青年走了出来，直接朝人群最前面走去。

顿时，上千名修炼者的目光都落在他的身上，有修炼者惊诧地道：“难道这小子要拜师？”

坐在最上面的真衍王脸上露出一丝笑容。

……

混沌城中的另外一座府邸。

“罗峰还真去拜真衍为师了！”

正在静修的剑煌王不由得摇摇头，显得很是无奈。

第469章

悠悠30年

对于眼前不朽级强者中的宗师真衍王，罗峰是心怀感激的。

“当初我刚来混沌城时，只是个小人物，有幸得到真衍王的指点，走上了正确的修炼之路。或许对他而言，只是随意指点，可对我而言，怕是能够影响到之后的亿万年。”罗峰心中暗道。

他当即跪下，按照混沌城的规矩，在上千名修炼者的注视下，恭敬行礼：“恳请老师收我为徒。”

上千名修炼者都看向真衍王。

真衍王到底收不收罗峰为徒呢？

“哈哈……”真衍王看着罗峰，朗声笑道，“从今天起，你就是我真衍王的弟子！”

下方一阵哗然。

“随我来。”真衍王起身，带着身后的一群徒弟离去。

罗峰也跟随而去。

“天哪，真衍王真的收罗峰为徒了。”古思罗眉头微皱，“现在罗峰和伯兰都有不朽级强者中的宗师当老师，戎钧更是有宇宙国主当老师，他们的实力本来就很强，现在又有老师在一旁指点，进步肯定更快！”

想到这里，古思罗一咬牙：“我必须得抓紧时间，尽早闯过通天桥第三层，这样才能尽快拜师。”

戎钧专属修炼场。

“疯子，果然不能小觑。”满身是汗的戎钧沉声说道，“我的对手不单单是伯兰，还有罗峰。”

……

“什么？真衍王收了罗峰为徒？”乌卡很是惊讶。

然而，他也只能低吼一声，发泄一下，而后努力修炼。

……

天才们都感觉到了压力，因为要拜不朽级强者中的宗师为老师并不容易。首先，要闯过通天桥的前三层。一般来说，每一届天才战中选出的1000名天才在混沌城中待够30年，能闯过通天桥前三层的不超过10个。

即便闯过通天桥的前三层，也未必能成功拜师，毕竟那些不朽级强者中的宗师很少收徒。

时间飞快流逝。

天才们都没有松懈，特别是前面还有目标人物需要追赶，他们爆发出了惊人的潜力。

1年，2年，3年，4年，5年……

来到混沌城的第13年，戎钧闯过通天桥的第三层。

来到混沌城的第19年，罗峰闯过通天桥的第四层，同一天，伯兰闯过通天桥的第五层。

他们的战绩遥遥领先其他天才。

来到混沌城的第21年，乌卡闯过通天桥的第三层。

来到混沌城的第25年，陇云和加莱西都闯过了通天桥的第三层。

来到混沌城的第28年，千水闯过通天桥的第三层。

转眼，30年过去了。

混沌城，真衍王的府邸中。

“罗峰，还有10天，你就要离开混沌城了。”真衍王笑着看向罗峰，“离开后，修炼时如果遇到什么难题，你可以问我。至于一些世俗的事，我希望你自己解决。如果遇到真正无法解决的大难题，再来找我，明白吗？”

“是，老师。”

罗峰依旧穿着深红色战衣，笔直地站在那里。

相较于真衍王等超级强者，他显得很瘦小，可是那股隐隐收敛的凶悍气息让人心惊。

和30年前刚来混沌城时相比，他已经褪去了稚嫩，有的是一种凶悍。

那是感悟宇宙本源法则，和自身性格融合后，形成的一种特殊气质。

“嗯。”真衍王满意地点点头，“去吧！”

罗峰重重地跪下。

真衍王摇头笑道：“起来吧！”

“多谢老师这些年的教导。”罗峰感激地道，“徒儿一定不会辜负老师的期望。”

此刻，他的心中充满感激。

眼前这个浑身长着金色绒毛的大汉，虽然地位极高，但是平常对待徒弟很是亲切。

他们可是在一起生活了20年啊！

对于之前的老师，也就是陨墨星主人呼延博，罗峰尽管心怀感激，可是毕竟没有真正与他相处过。可在混沌城，他和真衍王相处了20年，20年下来，师徒之情自然很深厚。

“哈哈，不辜负我的期望？”真衍王摸了摸下巴上的毛，笑了起来，“我对你的第一个期待是进入原始秘境，第二个期待是成为不朽级强者而且封王。明白吗？”

“是！”罗峰坚定地回道。

“哈哈！数年来，我收徒近百，真正踏入不朽级，而且封王的，也就只有你的三师兄。”真衍王笑眯眯的，“我现在寄予厚望的就是你了。”

罗峰点点头。

真衍王一共收徒92人，已经有23人殒身，现在跟随其待在混沌城的仅仅35人，其中有一些封侯了，封王的仅仅一人。

封王的正是罗峰的三师兄，名叫“饕君”，是拿卡蒙族的超级强者，很久以前就拜在真衍王的门下。

现如今，饕君是一群师兄弟的偶像。

饕君的封号是“嗜血王”，名气比真衍王还要大，当然，真衍王是堪比宇宙国主的存在，实力比饕君要强得多。

“去吧！去吧！”真衍王笑着摆摆手。

“是。”罗峰起身离去。

走出真衍王的府邸，罗峰回头看了一眼，心情有些复杂。

“上次是离开地球，这次是离开老师。”罗峰苦笑一声。

“你还年轻，等你修炼千万年后，你就会习惯了。”他的脑海中传来巴巴塔的声音。

“好了，修炼千万年，那是以后的事。到如今，我活了不足百年，没必要考虑那么久远的事。”

他缓步走在街道上。

“30年，一晃而过。还好，比起刚来到混沌城时，我的实力已经强多了。”

地球人的身体因为一直没修炼，所以保持在宇宙级一阶。不过，等出了混沌城，只要去生命之潭，很容易就能达到宇宙级九阶。实际上，罗峰没有遇到修炼瓶颈，完全能够一次性突破到域主级。

魔杀族分身和金角巨兽的级别一样。来初始宇宙之前，罗峰就准备了体内世界在域主级时需要的大量金属，所以保持了正常进化的速度。

在混沌城待了30年，前面的10多年，罗峰突破到了域主级一阶。

而域主级一阶到三阶，需要150年。

四阶到六阶，需要600年。

七阶到九阶，需要3600年。

域主级九阶突破到界主级，需要5000年左右。

在域主级使用的最佳金属组合，只能将进化效率提高到52倍，在混沌城的20年，差不多相当于正常进化超过1000年，所以现如今金角巨兽和魔杀族分身都已经达到域主级六阶。

“我如果去生命之潭，进化到宇宙级九阶就要停止，如果进化到域主级……那就麻烦了。”罗峰心中暗自思忖，“按理说，域主级一阶是可以直接强行进化到域主级九阶的，可是我和别人不一样，我的提升是受体内世界限制的。”

体内世界达到域主级六阶，那么提升到域主级六阶之前都没有瓶颈，可是，体内世界没有提升，身体和灵魂想要提升，根本做不到。

“金角巨兽和魔杀族分身达到域主级九阶时，我再让地球人分身直接提升到域主级九阶。”罗峰心中暗道，“在混沌城中，还是对宇宙本源法则的感悟进步最大。”

他参悟九宇混沌碑，再加上真衍王的教导，以及对《飘血秘法》的参悟，进步的确很大。

前10年，罗峰悟透了《飘血秘法》上的第一套剑法。入门是最难的，后面参悟要相对容易一些，因为有了经验、诀窍，再加上有老师的指点。更何况，108套剑法中，雨滴图上的9套剑法本来就很简单，仅仅花费3年时间，罗峰就悟透了第2套剑法，又花费近3年的时间，悟透了第3套剑法，越往后修炼，效率越高。

在混沌城的第28年，罗峰悟透了第9套剑法，自此，对于罗峰来说，九宇混沌碑上面第一幅图雨滴图已经没有任何秘密，因为他完全悟透了。

前九套剑法学起来比较容易，中间27套剑法就难多了，更别说最后72套剑法了。

到现在，罗峰快要离开混沌城了，依旧没有悟透第10套剑法。

“虽然没有悟出第10套剑法，可对于第二幅图细雨图的参悟，我比3年前进步很多。”罗峰心中暗道，“还有10天就要离开混沌城了，离开之前，再闯一次通天桥，看看能否闯过第五层，如果能闯过第五层，还能再参悟一次混沌碑，带着最后的参悟离开混沌城，之后再慢慢消化这些。”

一艘宇宙飞船正在初始宇宙不稳定的混沌气流中飞行着。

宇宙飞船内部。

“禀尊者，这一批来到混沌城的1000名天才中，现如今还有816名天才活着。”穿着碧玉铠甲的珑玉王说道，“其中最优秀的当属伯兰，伯兰闯过了通天桥的第五层。其次就是罗峰，他闯过了通天桥的第四层，而后就是五名闯过通天桥第三层的天才，其中表现最令人惊异的是罗峰，他在来到混沌城的第19年就闯过了通天桥的第四层，遥遥领先其他人，实力和伯兰是最接近的。”

其他十余个不朽级强者都恭敬地站在一旁，九剑尊者坐在王座上认真地聆听着，微微点头，轻声道：“伯兰？罗峰？”

“轰隆隆——”宇宙飞船继续往前飞行。

九剑尊者乘坐宇宙飞船，前往混沌城，就是要接回罗峰等人。

第470章

激动

平海公司第86层会议厅。

“徐姐，应该没事吧？”短发女子看向徐欣。

“没事。”徐欣坐着，看似平静。

罗峰在混沌城中待了30年，而在原宇宙中的地球人度过了约100年，岁月似乎很长，可是在浩瀚宇宙中是极短暂的，特别是在拥有永恒之体的徐欣身上没有留下丝毫痕迹，她的容貌和百年前相比几乎没有变化，只是，她的眼神、气质显然成熟多了，就仿佛经历时光磨砺后的玉石，散发着魅力。

“不知道来不来得及。”徐欣闭着眼睛，心中默默念叨，“罗峰马上就要离开混沌城了，希望最后几天检验合格。”

“咚！咚！咚！”一连串敲门声响起。

“进来。”徐欣睁开眼睛，眼神深邃，尽显睿智。

这是掌握一个超大的集团，长期管理上亿员工自然形成的气度。

门被推开了，穿着正式的博特莱副司长陪着一个银发绿瞳的中年女子，他们的身后还跟着8名手下，一群人一道进入了会议厅。

“你查验得怎么样？”徐欣笑着起身。

“哈哈，我就知道罗夫人不会让我们失望。”博特莱笑道。

中年女子则面带笑容，道：“罗夫人，经过我们审核部认真验收，你们提供的半年度报表完全真实，误差小于0.01%。”

徐欣的脸上顿时露出激动之色。

“徐姐，我们成功了。”旁边的短发女子激动地欢呼道。

“恭喜你，罗夫人！”中年女子笑着伸手，“握手是你们地球人的礼节吧？”

“谢谢，谢谢。”徐欣强忍激动，和对方握手。

可她的双眸中有掩饰不住的泪花，她一直等待着这一天。

“罗夫人，”博特莱副司长微微一笑，“按照半年报表，平海公司现如今的净资产约100012混元单位，按照我们虚拟宇宙公司关于旗下诸多子公司的分级制度，平海公司的净资产已经达到了二级子公司的门槛，所以我们会直接提交申请，一天内，平海公司的级别会发生变动，罗夫人也将获得相应的权力。”

“是的。”中年女子点点头，“待会儿总部会直接派人过来安排罗夫人进入核心层的事宜。”

“恭喜！恭喜啊！”博特莱副司长朗声笑道，“罗夫人进入核心层末世秘境，而罗先生在核心层太初秘境，你们夫妻二人都进入了我们虚拟宇宙公司的核心层，这是一桩美谈啊！”

徐欣听了，脸上有着抑制不住的兴奋。

“谢谢，我们公司已经为大家准备好了宴席……”徐欣连忙说道。

“罗夫人，”中年女子打断她的话，摇头笑道，“我们要立即回去，将此次的审核情况向上方回禀，并且提交你们平海公司的分级申请，所以就不逗留了。”

“子公司级别上升之事的确很重要，我们不敢逗留。”博特莱副司长也说道。

片刻后，虚拟宇宙公司一方的人离开了，会议厅内只剩下徐欣和她的助手。

短发女子激动地欢呼起来：“徐姐，我们成功了！在罗峰先生回来之前，终于将公司规模做大，净资产达到跨入二级子公司的水准。天哪！这实在是太不可思议了！”

“嗯。”徐欣连连点头，脸上露出激动之色，“只要努力，还是能做到的。”

“成功了。”徐欣转头，看着旁边的落地窗，窗玻璃隐约映出了她的身影。

和当年地球上遭遇金角巨兽劫难时相比，她的容貌几乎没有改变，依旧那么漂亮，身材依旧那么好，百年来身居高位，她已经很少这么激动了。

此刻，落地窗玻璃映出的那个女子，却仿佛第一次约会的少女，十分激动。

“不知道他在雨相山看到我时会是什么表情。”徐欣心中暗道，眼眸中有一丝期待。

罗峰又在混沌城待了近20年，原宇宙过去了60多年。徐欣将之前融资后达到3万多混元单位的超大集团公司运转60多年，总净资产达到了10万混元单位，其中有罗华的功劳，可是徐欣这个掌舵人更是功不可没。

60多年，赚取6万多混元单位，这种赚钱速度，就连陨墨星主人也远远不及。

当然，徐欣之所以能走到这一步，起始资金起了很大的作用。因为罗峰将大笔资金给了徐欣和罗华，平海公司刚整合时，总资产就达到近600混元单位。

近600混元单位算得上是巨额财富，就算是黑龙山帝国皇帝，也无法一次性拿出这么多。

因为罗峰，平海公司的起始资金有近600混元单位，而后靠着徐欣的管理能力和罗华的投资能力，超大规模的资金缓缓增长，进入良性循环后，吸引了虚拟宇宙公司的投资，使得资金规模有了大提升，而后继续增长。

100年的时间，平海公司的总净资产终于超过10万混元单位，这是令很多不朽级强者都震惊的巨额财富。

混沌城。

罗峰盘膝坐在自己修炼居所的天台上，他看似在参悟，实则意识进入了虚拟宇宙网络的修炼场，正在进行一次次演练。

“明天下午九宇混沌碑参悟密室将轮到下一批修炼者参悟。”罗峰早就去那里探察过，“那我明天上午就闯通天桥的第五层，现在是最后修炼的时间，我尽量将这些年的参悟融合，从而将衍神兵的威力提高到极致。”

参悟很重要，能够将参悟的内容发挥出来也很重要。

“嗯？”天台上的罗峰睁开眼睛。

“速来见我！”一道声音直接在罗峰的脑海中响起。

声音一次次回响，所有天才都接到了通知，全部停止了修炼。

“九剑尊者?! ”罗峰连忙冲天而起。

“唰——”

只见气流飘荡在混沌城的各个区域，一道道人影冲天而起，几百道人影全部朝着同一个方向飞去。

混沌城的上空，一艘近千米长的幽蓝色大鱼飞船仿佛混沌中的怪兽，从混沌空间中飞了过来。那股让人不由得臣服的气息，正是从幽蓝色大鱼飞船中传出来的。

“咔！”大鱼飞船腹部的舱门开启，十余道人影飞出，为首的便是穿着青色战袍的九剑尊者。

原本悬浮在半空中的大鱼飞船直接消失了。

而此刻，罗峰等天才和近100个不朽级强者早已齐聚混沌城的上空，恭敬地等待着。

“拜见尊者！”一群不朽级强者恭敬地行礼。

“拜见尊者！”罗峰等天才都恭敬地行礼。

“哼！”九剑尊者宛如天神，冷漠的眸子扫向下方悬浮着的一大群人。

混沌城中的修炼者们都感觉到了很大的压力，甚至不敢抬头去看。

“太可怕了。”罗峰的额头渗出了冷汗。

“没想到九剑尊者发怒这么可怕。”罗峰心中暗道，“当初在虚拟宇宙中第一次见到九剑尊者，威压还不算强，或许是因为虚拟宇宙仅仅蕴含九剑尊者的意识。上次他来到这里时，一直收敛自己的威压，没想到，稍微一释放，威压就这么强……”

周遭死一般的寂静。

在场的人完全不敢吭声。

“混沌城是我给你们安排的最安全的一个地方。”九剑尊者站在空中，宛如天神，俯瞰着下方的人，“此次来的有1000名天才，已经有近两成丧命了，真的让我很失望。”

罗峰等人只能乖乖地听着，不敢说话。

“还有10天，你们就要离开混沌城了。”九剑尊者淡淡地道，“到时候就没现在这么安全了，在混沌城这么安全的地方，都有近两成天才丧命，待你们回到原宇宙，恐怕只需要100年，就会有更多人丧命，到时恐怕会只剩下500人。”

“你们都给我抓紧最后10天的时间，该闯通天桥的就去闯，该参悟混沌碑的就赶紧参悟。等离开混沌城，下一次再来这里就是很久以后的事了。”九剑尊者说着，挥挥手，“都去吧！”

“是！”一大群人恭敬应道。

随即，他们都分散开来，朝混沌城的各个方向飞去。

第471章

闯

九剑尊者一迈步，就消失在混沌城上空，来到偏远区域的一座府邸。

这座府邸占地面积较广，却显得很古朴，大门是黑色的。

“哈哈！难得有好友到我这里来啊！”

随着一道笑声，漆黑的大门自动打开，一名穿着麻布袍子的三眼老者走了出来。

这三眼老者赫然就是分出52个分身去守护混沌碑的坎德里。

“好久不见，所以就来看看你。”九剑尊者一脸笑容。

两人并肩走进府邸内的客厅，相对而坐。

坎德里倒了果酒，笑道：“九剑，没事的话，你不会来我这里的，说吧，什么事？”

“哈哈，那我就直说了。”九剑尊者微微一笑，道，“我新发现了一个宇宙秘境，据估计，它属于极高等的那种秘境。”

“哦？”坎德里眼睛一亮。

宇宙秘境是浩瀚宇宙衍变过程中自然而然形成的奇特秘境。正常的衍变或许是出现行星、恒星之类的，可是，因为一些特殊情况，偶尔会出现能够媲美黑龙山星域的奇异宇宙秘境。

原宇宙是已知的最庞大、最古老、最强大的宇宙，其中的宇宙秘境危险程度不一，蕴含的宝物也不一，可是，能够去闯荡秘境的起码也得是界主级强者。

“到底是多么高等的秘境？”坎德里好奇地问道。

“实力次于尊者的，进去的话，几乎必死无疑。”九剑尊者淡淡地笑道，“那些封王的不朽级强者若是进入其中，活下来的概率也非常小。”

“哦！有意思！”坎德里显然心动了。

原宇宙中，能伤害不朽级强者的存在很少。那个宇宙秘境竟然那么可怕，尊者以下的强者进去，几乎必死无疑。

不过，越是可怕，就意味着越容易出现一些真正的宇宙珍宝，能令尊者都心动的珍宝。

“我发现那个秘境没多久，不信任的人，我绝对不会邀请，我这次是专程来邀请你的。”九剑尊者看着坎德里，“坎德里，去不去？”

坎德里有些迟疑。

“去吧！反正你的分身可以守护混沌碑。更何况，混沌城中有城主，根本没有任何危险。”九剑尊者劝说道，“而初始宇宙只是一个刚刚衍变的小型宇宙，还不及我们原宇宙的千万分之一，原宇宙才是真正的中心。你也有数万纪元没有出去过了吧，该出去闯荡一番了，或许有大机遇呢！”

坎德里点点头。

“集合时，记得通知我。”坎德里看着九剑尊者。

“哈哈！有你在，我们的把握就大多了。”九剑尊者笑起来。

坎德里是宇宙中一位古老的存在，实力超绝，其他各族的超级强者称他为“混沌城的守护者”，这比九剑尊者的名号还要响亮得多。

而坎德里之所以名气很大，主要是因为他拥有分身术，不是简简单单地变出一个分身。对于不朽级强者而言，变出分身是很容易的，可他不一样，他变出的每一个分身几乎都有其六成的实力，所以让分身到一些危险之地去探险是非常可靠的。即使分身被毁，对他的影响也不大。

……

坎德里和九剑尊者聊着，忽然，九剑尊者眉头微微一皱。

“怎么了？”坎德里问道。

“小事。”九剑尊者淡淡一笑，“我们虚拟宇宙公司送来原始宇宙的新一批天才中，那个被元辰收为弟子的戎钧，刚才闯过了通天桥的第四层。”

“哦！那他的实力还挺强。”坎德里夸赞道，“天才战中选拔出的新人第一次来到混沌城，闯过通天桥第四层的极少。”

“嗯，加上戎钧，这一批已经有三名天才闯过通天桥第四层了，分别是伯兰、罗峰、戎钧。”九剑尊者的脸上露出一丝笑容。

“这三个小家伙都非常优秀，将来或许能成为你的左膀右臂。”坎德里说道。

九剑尊者脸上的笑容更盛。

罗峰修炼居所的天台上。

“什么?!”原本盘膝静坐的罗峰睁开眼睛，站了起来，眉头紧皱，“戎钧闯过通天桥的第四层了?!”

戎钧在混沌城的第13年闯过了通天桥的第三层。不过，通天桥的每三层是个坎，突破第四层很难，无论是伯兰，还是罗峰，都花费了很长时间才闯过第四层。

“他闯过第四层了，我也应该行动了！”罗峰的眼眸中有着强烈的战意，“我现在就去闯第五层！”

状态的好坏，也能影响到战力发挥的程度。罗峰现在心里充满战意，当机立断去闯通天桥。

……

“戎钧闯过了通天桥的第四层！”其他天才几乎同时得到了消息。

……

虚拟宇宙，通天桥位面。

美丽的岛屿中央出现了一道道人影。

“人还真多。”

罗峰一到这里，便看到周围的岛屿上已经有二十多名天才，而且还有天才正朝这里聚集。显然，这些天才都想在离开混沌城之前，再闯一闯通天桥。

戎钧闯过了通天桥的第四层，激起了他们的斗志。

“罗峰，现在正好有人在闯荡九宇通天桥，你排在下一个。”巴芬笑道。

“乌卡，巨斧通天桥上现在也有人，你排在下一个。”

巴芬为大家安排好次序。

“罗峰，你还来闯通天桥？”乌卡站在罗峰身边，嘀咕道，“你都领先我那么多了。”

“可是戎钧赶上我了，我不能松懈啊！”罗峰笑着回道。

“嗯？”罗峰和乌卡都看到旁边突然出现一道人影。

那人依旧身穿一袭白袍，背着一把血剑。

正是伯兰！

“他也来了！”罗峰眉头微皱。

伯兰也看到了罗峰，朝罗峰打招呼：“罗峰……”

“伯兰！”罗峰回以微笑。

周围已经聚集了上百名天才，天才们看到罗峰和伯兰两人，都在暗地里议论他们。

“这两人又碰上了。”

“上次罗峰闯过了通天桥的第四层，而后伯兰闯过了通天桥的第五层。难不成他们今天又要突破？”

“通天桥哪有这么好闯的。”

“不过，我们这一批天才中，能跟伯兰一比的，也就罗峰了。”

……

罗峰和伯兰互看了对方一眼，两人心中都有着强烈的战意。

“罗峰，你可以进入九宇通天桥了。”巴芬缓缓地说道，“伯兰，宇宙通天桥上有人，你排在下一个。”

罗峰看了伯兰一眼，正好伯兰也朝他看了过来。

“嗖！”罗峰化作一道流光，直接飞向远处的九宇通天桥。

九宇通天桥的前三层云雾缭绕，而第四层和第五层都是狂风呼啸。

罗峰到了极高处，第五层距离下方的海域很高，肉眼只能看到下方第四层灰暗的狂风，根本看不到海域。

“第五层！”罗峰站在桥面上，看着前方的龙卷风。

一道声音从不断旋转的龙卷风中发出：“武者、精神念师掌控者、幻术师，选择其一，击败对手，即可进入第六层。”

“精神念师掌控者！”罗峰毫不犹豫地做出了选择。

“哧哧——”

龙卷风中迅速飞出一个身着银色战衣，脚穿银色战靴，戴着银色面具的精瘦男子。

男子脚踏暗云梭，背着暗金色长棍，其武器依旧和罗峰同属一个流派。

“你乃区区宇宙级强者，就来闯第五层，还挺有信心的。”银衣男子嗤笑一声，“使出你所有的实力吧，否则我出手后，你连反抗的能力都没有。”

“自大的家伙！”罗峰脚踏暗云梭，斜觑远处的银衣男子。

“呼呼呼——”

罗峰背上的暗金色长棍中迅速飞出一连串金色流光，大量金色小剑在他的前方悬浮着。

金色小剑上复杂的秘纹射出大量金丝。足足1600把金色小剑，射出的蕴含法则之力的无数金色丝线彼此连接，迅速组合成了一根巨大的图腾金柱。

衍神兵第四重——大巧不工！

那图腾金柱悬浮在罗峰面前。

“仅仅衍神兵第四重！”银衣男子冷笑一声，“不过，你的修为才达到宇宙级，就能够施展出衍神兵第四重，已经很了不起了，可是，你想闯过通天桥第五层，简直是做梦！”

“轰隆隆！”

说话的同时，他背上的暗金色长棍射出大量金光，一时间，无数金光在空中迅速凝聚。

每81把金色小剑组合成一把金剑，36把一尺多长的金剑悬浮在其前方。

“哧哧——”36把金剑瞬间合拢，大量金丝相互缠绕。

一把3米多长的暗金色长剑悬浮在银衣男子前方。

衍神兵第五重——空间切割！

“第五重？果然是这样。闯通天桥第五层，我的对手使用的就是衍神兵第五重了。我现在对于细雨图的掌握，还有对宇宙金之本源法则的感悟，还无法施展出衍神兵第五重，不过……

“雨滴图中九重最基本的玄妙我全部悟透了，九重结合，循环一体，我的图腾金柱比别人施展的图腾金柱要强得多。”

罗峰还清楚地记得，第一次闯通天桥第一层，自己施展的是天剑式，而对手仅仅使用三把金剑就击败了自己，这说明施展衍神兵的层次高，不一定实力就强。

“去死吧！”银衣男子冷冷地盯着罗峰。

“嗖！”暗金色长剑带着一抹金色幻影，瞬间划破长空。

“轰隆隆——”图腾金柱也滚动起来。

第472章

悟了

“我这就让你明白，衍神兵第五重不一定就比第四重强。”罗峰心中暗道。

他脚踏暗云梭，在通天桥的桥面上遥看冲过来的那道金色幻影，他射出一道金色气流，包裹住图腾金柱。

“轰隆隆——”图腾金柱滚动起来，看似缓慢，可瞬间就挡在了那道金色幻影之前。

“竟然挡住了！切割！”远处的银衣男子脸色一沉。

暗金色长剑宛如闪电，直接刺在图腾金柱上。

“哧哧哧——”只听得一阵轰鸣声，图腾金柱表面被刺中处立即震荡起来，一些金丝断裂，一把把金色小剑浮动起来。

“合！”罗峰心念一动，那些浮动的金色小剑立即又融入图腾金柱，蕴含法则之力的金丝再度相连。

“好厉害的空间切割，不愧是衍神兵第五重！”罗峰心中暗惊。

他可不单单是钻研宇宙空间本源法则，他体内的金角巨兽可从来没有放松过对金之本源法则的感悟，金之本源法则蕴含坚不可摧的特性，这令形成的图腾金柱难以被摧毁。

没想到，一次交手，图腾金柱就处于半崩溃的状态。

“哈哈……”远处的银衣男子眼眸中有着一丝不屑，“小子，区区宇宙级强者，就想闯通天桥第五层，做梦！你还是再回去练1000年吧！”

“嗖！”暗金色长剑再次划过长空。

罗峰脸色一变：“九线循环！”

“轰隆隆——”

图腾金柱在半空中往前蹿，仿佛有一个巨人握着图腾金柱往前方一捣，图腾金柱再度撞击在暗金色长剑上。

只听得一声巨响，那道暗金色幻影倒飞开去。

图腾金柱则微微一震。

“嗯？”银衣男子大吃一惊，“又挡住了？”

暗金色长剑再度化为幻影，空间隐隐震荡起来。

“嗖！”暗金色长剑携带着一道道模糊的幻影，再度刺向罗峰。

“轰！”半空中的图腾金柱出现了一长串幻影，同时慢腾腾地出现在速度快到极致的暗金色长剑前方，二者再度撞击在一起。

“轰——”暗金色长剑化作一道道金色幻影，一次次袭向罗峰。

图腾金柱看似慢腾腾的，却一次又一次拦截下了暗金色长剑。

每一次相撞，图腾金柱竟然都能够保持不崩溃。

“怎么会这么快？”银衣男子眉头微皱。

“我施展的衍神兵第四重和通天桥第四层上面的对手施展的不一样。”罗峰心中暗道。

是的，这是他闯通天桥第五层的倚仗——九线循环。

他从雨滴图中悟出了九套剑法，每一套剑法都代表了一种基本的玄妙，能够让兵器沿着精妙的波动曲线进行攻击。

不过，因为空间震荡很复杂，有各种各样的波动，仿佛海域中暗流汹涌，修炼者很难适应所有暗流。只有适应暗流，才能令速度达到惊人的地步，而罗峰悟透的九种基本玄妙应该算是空间本源法则本质中最浅显，也是最基础的九种。

所以，在任何一个空间点，都会有其中一种玄妙，这令罗峰可以循环靠这九种玄妙令图腾金柱保持惊人的速度。

并且，罗峰把这一特性和万线流中的九线流秘法结合起来，创造出了自己可以完美掌控的九线循环。

“以我为中心，半径500米内，是我施展九线循环秘法时的绝对掌控区域。”

罗峰脚踏暗云梭，猛地朝远处的银衣男子冲去。

“轰——”图腾金柱仿佛化为九根，在半径500米的球形区域内，一次次拦截住暗金色长剑。

“去死吧！”罗峰一边控制图腾金柱以抵挡对手的暗金色长剑，一边迅速靠近银衣男子。

两人距离近了，将对手拉进自己的绝对掌控范围内，只要操控图腾金柱，就能轻易地将对手击杀。

“嗯？”银衣男子脸色一变，立即脚踏暗云梭，在半空中闪现近千个幻身，远远逃遁。

“我承认你的实力很强，可若想就这么赢我，做梦！”银衣男子念力传音道，“给我破！”

顿时，原本速度极快，一次次想要绕过图腾金柱的暗金色长剑，转而选择毁掉图腾金柱。

只见暗金色长剑化为一道金色激光，袭向图腾金柱。

金色激光狠狠地撞击在图腾金柱的表面，顿时图腾金柱表层的大量金丝断裂，金色小剑溃散开来，这令原本信心十足的罗峰脸色一变。

“不好！”

暗金色长剑没有停下，又一次狠狠地撞击图腾金柱，令用念力操控图腾金柱的罗峰脸色都苍白起来。

这下麻烦大了。

衍神兵第五重空间切割的威力比他想象的还要大。

本来他以为靠着九线循环这一招能够营造出绝对掌控区域，自己和对手的距离只要缩小到500米，就能控制图腾金柱，瞬间解决对手。

只要在自己的绝对掌控区域内，图腾金柱的速度是能够超越暗金色长剑的。

可是，衍神兵第五重空间切割所形成的暗金色长剑有两大优势，一是速度快而且诡异，二是攻击力超强。

一开始银衣男子想要用暗金色长剑绕过图腾金柱，击杀罗峰，所以控制暗金色长剑时，更加倾向于施展出暗金色长剑的速度。

可是，罗峰悟出了九线循环，在半径500米的范围内，图腾金柱的速度快得可怕，每一次都能轻易地拦截住暗金色长剑，在速度方面远超银衣男子。

第一优势速度无效，可它还有第二优势。

罗峰现在终于明白，衍神兵第五重的名字为什么叫“空间切割”了。

“哧！”暗金色长剑宛如雷电疾速射来。

罗峰不敢不抵挡，不抵挡的话，那可怕的暗金色长剑很可能会贯穿他的脑袋。

暗金色长剑刺在图腾金柱上。

罗峰感到意识猛地一震，图腾金柱抵挡的那一面几乎崩溃，他只能疯狂消耗念力，再度努力让图腾金柱凝结成形。

“好强的意识，我倒要看看你到底能撑几次。”银衣男子怒喝。

若是意识不强，遭到暗金色长剑的撞击，图腾金柱就溃散了。

金角巨兽达到了域主级六阶，实际上，罗峰的意识就是金角巨兽的意识，也达到了域主级六阶，自然强横，否则的话，根本抵挡不住暗金色长剑的三次撞击。

“不好，仅仅三次凶猛的撞击，就消耗了我近三成的念力，如今我的精神疲累不堪。”罗峰脸色苍白，死死地盯着银衣男子。

“轰！”

第四次撞击来了！

“轰！”

第五次撞击又开始了！

罗峰嘴唇苍白，死死地盯着银衣男子，一次次将近乎完全溃散的图腾金柱再度凝结。

“我就不信，你一直撑得住，就算你的意识撑得住，我就不信你的念力不会消耗殆尽。”银衣男子嗤笑一声，“再去！”

“轰！”第六次撞击开始了！

图腾金柱再度被撞得溃散了三分之二，罗峰的意识陷入一种半迷糊的状态，因为他全力操控图腾金柱，需要将大量念力融入图腾金柱，而念力同样蕴含意识，每次撞击相当于砸在意识上。

“再合！”罗峰一咬牙，欲再度凝聚图腾金柱。

“凝！”

大量念力裹住溃散的上千把金色小剑，按照空间、金这两大宇宙本源法则的玄妙，再度聚合成图腾金柱，一根根蕴含了宇宙本源法则之力的金丝延伸而出。

“不对！”

在凝聚图腾金柱时，已经陷入半迷糊状态的罗峰脑海中浮现出九宇混沌碑上的雨滴图。

雨滴图上一共有九滴雨水，按理说，罗峰早就将这九滴雨水完全悟透了，可此刻……

“是这样，是这样。”罗峰眼睛越来越亮。

“图腾金柱！”罗峰整个人气势逼人，操控着图腾金柱，让其瞬间完全凝聚成一体。

“去死吧！”罗峰遥指远处的银衣男子。

只见图腾金柱滚动起来，周围的空间仿佛被压平了。

“砰！”远处的暗金色长剑再一次狠狠地撞击过来，可是，当它靠近图腾金柱时，速度却不断锐减，当它撞击图腾金柱时，威力已经大大减小了。

“怎么可能？”远处的银衣男子眼中满是震惊。

“轰隆隆！”

丝毫无损的图腾金柱看似缓慢地滚动，却瞬间出现在银衣男子的面前。

图腾金柱直接压过去，将银衣男子压死了。

罗峰脚踏暗云梭，站在半空中，脸色苍白，眼神坚定，喃喃地道：“我之前悟透了雨滴图上的九滴雨水，可是并没有悟透整幅雨滴图。”

罗峰看着前方，仿佛看到九种宇宙空间本源法则波动聚合，而后分离，和雨滴图映照起来，让人赏心悦目。

他闯过了通天桥的第五层！

第473章

基础

“难怪之前去参悟九宇混沌碑，观看雨滴图时，感觉整幅图非常完美，当时还没意识到，现在才明白。”

罗峰化作一道流光，在通天桥第六层的桥面上疾速飞行，心中无比激动。

“原来雨滴图上的九滴雨水相互交错、联系，也能形成完美的整体。”罗峰很是欣喜。

《飘血秘法》解析了108种最基本的玄妙，实际上，九宇混沌碑是宇宙中一位实力达到巅峰的强者留下来的，那人刻画出的雨滴图岂会简单？

“仿佛章鱼的触手……影响空间。”罗峰喃喃地道。

这实在是太美妙了。

刚才一开始施展图腾金柱时，图腾金柱是将剑之领域完全包裹在其内部，意图直接砸死对手，号称“大巧不工”。

而罗峰悟透雨滴图上面的九滴雨水并不是独立的，而是相互联系、完美结合，之后他施展出的图腾金柱好似延伸出无形的九根丝线，进入并影响周围的空间。

所以，银衣男子的暗金色长剑遭到周围空间的压迫，速度锐减。

“如果说之前我悟透了九种玄妙，能够利用宇宙空间波动令攻击速度变快的话，那么现在九者结合，一定程度上，我可以影响周围的空间了。”

自顺从空间到影响空间，这是了不起的进步。

当然，和那些可以随意切割空间，封锁空间，乃至转换空间，改变坐标等手段相比，罗峰现在还差得远。可是，至少一些界主级强者对于宇宙空间本源法则的感悟都没有罗峰深。

罗峰纯粹抱着尝试的念头去闯通天桥第六层，第五层都很难，要闯过第六层，自己现在估计做不到，不过，去见识一下也好，将来再去闯第六层，也好有个底。

通天桥第六层上面的对手使用的依旧是衍神兵第五重空间切割。

“哧！”对手的长剑一招便掠过罗峰的图腾金柱，直接划过罗峰的脖颈。

罗峰闯第六层失败了！

“按照《飘血秘法》上面的描述，必须将第二幅图感悟出来后，才能闯过第六层。我已经将第一幅雨滴图感悟到极致，可对于第二幅细雨图才感悟出皮毛，能闯过第五层，已经算是达到极限了。”

罗峰闯第六层失败后，明白了一个道理，那就是基础扎实很重要，而感悟的深度也很重要。第二幅图要比第一幅图精深得多，感悟出来后，招数的威力也大得多。

通天桥位面，岛屿中央。

三百多名天才都在等待，准备闯通天桥。

“伯兰，你可以进去了！”巴芬站在远处，遥遥说道。

伯兰当即就要冲向宇宙通天桥。

“告诉大家一个消息，就在刚刚，罗峰闯过了通天桥第五层。”巴芬高声说道。

原本还窃窃私语的三百多名天才瞬间安静下来，特别是天地区、太初区、原始区的成员，眼中满是震惊。

“他竟然闯过了第五层?!”原本已经冲向宇宙通天桥的伯兰骤然停下。

“罗峰闯过了第五层！”伯兰眼睛一亮，“那第六层我一定要闯过，一定要！”

“嗖！”伯兰再度加速，直接飞入宇宙通天桥。

“罗峰通过了第五层？”

“怎么可能这么容易，据说上一届天才战中选拔出来的天才，在混沌城待了30年，表现最优秀的不过闯到第四层。”

“越往上越难，要突破第五层是非常难的，罗峰竟然闯过了第五层，他的实力都快赶上伯兰了。”

“伯兰也就闯过了第五层。”

“那罗峰未免太强了。”

在场的天才都惊呆了。

“我刚闯过第四层。罗峰，你又闯过了第五层！”戎钧握着手中的裂地刀，心中满是怒火。

“你知道自己落后了就好，我再给你演示一遍巨斧混沌碑上面的第二斧。”旁边那高大的男子缓缓地说道，声音令空间都震荡起来。

“是，老师。”戎钧恭敬地应道。

混沌城，真衍王的府邸内。

真衍王、瞳难王、珑玉王三人正在一起闲聊。

“嗯？”真衍王的脸上露出喜悦的神色。

“恭喜！恭喜！”珑玉王看着真衍王，“真衍，你收了个好徒弟啊！”

“哈哈！”真衍王朗声大笑起来。

“此话怎讲？”瞳难王却有些疑惑。

“就在刚刚，真衍新收的徒弟罗峰闯过了通天桥的第五层。”珑玉王笑道。

珑玉王是专门搜集这批新天才信息的，自然早就吩咐过监守者巴芬，谁突破了，就立即通知她。

至于真衍，同样吩咐过巴芬。

“他闯过了通天桥第五层？”瞳难王放下手中的酒杯，拍拍手，“难得！上一届天才战中选拔出来的人，我们虚拟宇宙公司的1000名天才中最优秀的，最后才闯过第四层吧？”

“嗯。”珑玉王笑着点点头，“我们虚拟宇宙公司总共组织了1000届天才战，选拔出了不少天才，第一次来到混沌城，30年内闯过通天桥第三层的有4168人，闯过第四层的有926人，闯过第五层的有32人，没有人闯过第六层。”

虚拟宇宙公司每万年举办一届天才战，平均每一届闯过第四层的也就一人。

如果某一届天才的整体水平略微差一点，就会导致没人闯过第四层。如果整体水平较高，可能出现两三人闯过第四层。

比如罗峰参加的这届天才战，出了伯兰、戎钧等天才，这三人都闯过了第四层。

“平均30届天才战，才有一名天才闯过通天桥第五层。”珑玉王笑着看向真衍王，“而这些绝顶天才还不一定选择九宇混沌碑，罗峰确实是你们九宇一脉千万年难得一遇的好苗子。”

“哈哈……”真衍王开怀大笑。

“嗯，我将这个消息禀告九剑尊者。”珑玉王笑道。

这次她没亲自去传递消息，因为九剑尊者和坎德里在谈重要的事。

坎德里的府邸内。

两位超级强者正在交谈。

“咦？喜事？”

“嗯，罗峰闯过了通天桥第五层。”

“罗峰？你们虚拟宇宙公司的那批小家伙刚来混沌城时，最优秀的是伯兰，伯兰对于空间本源法则的感悟极深，很多界主级强者都不及他。这30年来，伯兰主要是花费精力在感悟时间本源法则，没想到，罗峰也如此优秀。”

“刚刚得到消息，伯兰闯过了通天桥的第六层。”

“不奇怪，伯兰是难得一见的超级天才。这千万年来，你们虚拟宇宙公司的新人中没有一个闯过通天桥第六层，也该出一个了。让我惊讶的是罗峰，他的进步幅度竟然比伯兰还要大。”

“坎德里，你看好罗峰？”

“没错！”

“坎德里，罗峰的确不错，可我比较欣赏伯兰，他对宇宙混沌碑的参悟能达到第六层，这很不容易，这可是最难参悟的混沌碑。”

“九剑，驳杂不如精通，野心太大不是好事，同时掌控时间和空间这两种本源法则是何等难！你我都做不到，更别提伯兰了，而罗峰显然更踏实。我刚刚从监守者巴芬那里得到罗峰闯通天桥的视频，他仅仅使用衍神兵第四重，就闯过了第五层，基础真是扎实，我越来越喜欢罗峰这小子了，之前还没太在意他。”

“衍神兵第四重？他的基础确实扎实。坎德里，你说得没错，罗峰将来恐怕实力会很惊人。”

“哈哈……”

修炼居所，天台上。

罗峰自然不知道两位超级强者的此番谈话，不过他收到了巴芬发来的邮件，邮件的内容很简单——伯兰闯过了通天桥的第六层。

“他竟然闯过了第六层?!”罗峰很是惊讶。

“罗峰，有什么好惊讶的。你现在施展身法，最多也就能变出数百个幻身，而伯兰在参加天才战时就能变出上千个幻身了。”巴巴塔的声音在罗峰脑海中响起，“如果伯兰选择专修空间本源法则，恐怕他早就闯过通天桥第六层了，可他选择的是宇宙混沌碑，因为在时间本源法则方面费了一些时间，所以他直到今天才闯过第六层。”

“是的。”罗峰暗暗点头。

当初天才战时，自己能施展九个幻身，而伯兰瞬间施展出上千个幻身。

在起跑线上，自己就比伯兰差太多了。

“至少现在我和他之间的距离很接近了。”罗峰心中暗道。

第二天下午。

罗峰来到了混沌城中的城主府。

“坎德里大人。”罗峰恭敬地向眼前守护修炼密室的三眼老者行礼。

“嗯。”三眼老者笑着点点头，“稍等一下，里面的一批天才马上就要出来了。”

“是。”罗峰点点头，心中却很是疑惑。

他感觉这位混沌碑守护者有些不一样了，似乎比过去更加亲切了。

片刻后，在里面参悟的六人都出来了。

“进去吧！”三眼老者微微一笑，“加油！这次参悟过后，你要等很久才能回到混沌城。此次参悟九宇混沌碑，你着重观看第二幅图和第三幅图，后面的六幅图暂时没必要看。”

“是！”罗峰点点头。

与此同时，他用意念传音给巴巴塔：“巴巴塔，关闭虚拟宇宙网络，禁止接收任何通话申请、邮件等，我进去参悟的这七天，不能受一点打扰。”

“明白！这种事根本不用你特意吩咐。”

罗峰进入修炼密室，站在被混沌气流笼罩的高大混沌碑前面，开始进行参悟。

第474章

雨相山上的相见

乾巫大陆，平海公司第89层，徐欣的办公室。

“徐欣殿下，恭喜你，从现在起，你就是虚拟宇宙公司的正式核心成员。”一名穿着朴素白袍，高瘦的银眸老者笑着说道，“在虚拟宇宙的雨相山末世区，你有一处专属居所，末世秘境中也有你一处居所，你可以选择前往末世秘境。”

“末世秘境在哪？”徐欣好奇地问道。

“很远。”白袍老者笑道，“公司专门安排了宇宙飞船来接你，在暗宇宙中也得飞行几年。”

“末世秘境和太初秘境离得近吗？”徐欣追问。

白袍老者摇摇头：“四大秘境彼此距离都很遥远，末世秘境和太初秘境在不同的星区。”

“不同的星区？”徐欣有些失望。

星区堪称宇宙中代表范围最大的一个单位。1星区一般就是1个宇宙国的范围，那是非常庞大的疆域。

如果太初秘境和末世秘境之间的距离近，徐欣很想去太初秘境，那样就能和丈夫罗峰在一起。

“徐欣殿下，你是商部成员，没必要前往遥远的末世秘境。”白袍老者淡淡一笑，“宇宙秘境的环境只对那些武者有帮助，而几乎所有进入核心层的商部成员都居住在自己的家乡。当然，如果徐欣殿下想要去末世秘境，也可以提交申请。”

“没必要。”徐欣摇摇头。

“一切信息我已经传达给徐欣殿下，我先走了。”白袍老者躬身行礼，随即离开。

办公室中顿时只剩下徐欣一人。

看着眼前桌上摆放的文件，徐欣眼眸中满是激动。

“咚！咚！咚！”一阵敲门声响起。

“进来。”徐欣道。

“徐姐，徐姐。”短发女子跑进来，连声说道，“你进入核心层的审核通过了？”

“嗯。”徐欣点点头。

“太好了！”短发女子激动地欢呼起来，“徐姐，你终于成功了。”

“阿蓝，这么多年，你也辛苦了，谢谢你。”徐欣感激地看着短发女子。

短发女子董蓝是她在地球上创业时就结识的好伙伴，这么多年，两人算是黄金组合。当然，董蓝也因为徐欣的关系受益不少，比如100年了，董蓝的容貌变化极小。

“你说这些干什么，还不赶紧通知你家那位。”董蓝嘿嘿笑道。

“嗯。”徐欣深吸一口气。

她为了这一天奋斗了很久。

徐欣当即向罗峰发出了通话申请，然而，刚刚发出申请，就自动断掉了。

“嗯？他关闭通话申请了。”徐欣一怔，“不对，还有大概七天的时间，他就要离开混沌城了，这段时间应该没什么重要的事情。”

“怎么了，徐姐？”董蓝问道。

“连接不上。”徐欣摇摇头。

混沌城。

罗峰从城主府中走出来，脑海中浮现出之前参悟九宇混沌碑所得的种种感悟。

“抓紧时间，还有两天就要离开混沌城了。”罗峰化作一道流光，朝自己的修炼居所飞去，“我参悟九宇混沌碑后，有大量感悟需要消化。观看天空中的宇宙法则运转，有利于我的参悟。”

“嗖！”罗峰落在自己修炼居所的天台上，随即盘膝而坐，闭上眼睛，梳理之前七天参悟九宇混沌碑所得的感悟。

他偶尔抬头看天，观看宇宙空间缝隙处自然流转的宇宙本源法则秘纹，相互对照，时有所得。

一天，两天……

“准备出发！”一道声音突然在罗峰的脑海中响起。

“嗯？”罗峰惊醒。

他一眼就看到一艘幽蓝色宇宙飞船悬浮在混沌城的上空，一道道人影正冲天而起。

“要出发了？”罗峰也冲天而起。

800多名天才从混沌城内的各处飞向那艘宇宙飞船。

罗峰飞向宇宙飞船的同时，低头看向下方笼罩在混沌气流中的古城。

“老师！”罗峰大喊。

“出去后，你比待在混沌城要危险百倍，乃至千倍，千万要小心，别给我丢脸。”一道浑厚的声音在罗峰的耳边响起。

“嗯。”罗峰重重地点头。

和老师相处了20年，他们的感情当然很深。

一道道人影沿着舱门入口，飞入宇宙飞船中。

天才们一进入休息厅，就交谈起来。

“罗峰，你够厉害的！还有你，戎钧。”乌卡一脸不爽，“你们两个都很强啊，一个闯过通天桥第五层，一个闯过通天桥第四层，都把我给远远甩开了，太让人伤心了。”

“你能意识到实力差距算不错了，好好加油吧！”罗峰拍拍乌卡的肩膀。

乌卡闻言一怔。

“嗯！你的确得加油。”戎钧走过来，也拍拍乌卡的肩膀。

“你们这两个家伙真是浑蛋！我这么伤心，都不安慰安慰我。”乌卡没好气地道。

罗峰和戎钧都笑了起来。

其他人则三五成群，热情地攀谈着。

不过，也有一些孤僻的天才，不和其他人交流。比如背着血剑的白衣青年，总是一人站在角落。

穿着青色战袍的九剑尊者走入大厅，让人心悸的气息散发开来。

所有人都安静下来。

“你们在混沌城中的基础修炼已经结束。”九剑尊者的目光扫过眼前的天才们。

所有天才都低下头，不敢与他对视。

“你们这一批进入混沌城的，死亡率算是比较高的，成绩却算是很优秀的，特别是伯兰、罗峰、戎钧三人，表现很不错。”

顿时，不少天才都转头看向这三人。

伯兰闯过了通天桥第六层！

罗峰闯过了通天桥第五层！

戎钧闯过了通天桥第四层！

三人中，大家对伯兰的成绩丝毫不感到惊讶，他的实力本来就领先众人很多。

羡慕戎钧的天才不少，大多数是羡慕他有一位宇宙国主当老师。

天才们对于罗峰却是既惊叹又佩服，罗峰没有宇宙国主当老师，最后竟然闯过了通天桥的第五层，进步幅度的确惊人。

“嗯？”罗峰转头看去，看到伯兰正好看过来。

两人四目相对。

伯兰微微点头。

罗峰也点头致意。

两人都将对方看成了对手，罗峰的目标是要追上伯兰，乃至超越伯兰，伯兰则是要将进步惊人的罗峰给远远甩开。

此刻——

角落中的陇云默默地看着罗峰，心中暗道："我和他的实力差距竟然越来越大，我可是原始秘境的！"

……

穿过时间流速错乱的通道，宇宙飞船终于进入原宇宙。

"你们已经离开初始宇宙，说明你们此次的混沌城修炼正式结束！接下来，你们将被分成四支队伍，分别送往原始秘境、太初秘境、天地秘境、末世秘境。"九剑尊者看着下方的一群天才，"后面就不可能像在混沌城那么安逸了，祝你们好运！我希望下次见到你们，还能有500人活着。"

宇宙飞船开始减速，片刻后，舱门开启。

罗峰等人出了宇宙飞船，一眼便看到远方起伏的山峦、一艘艘宇宙飞船、在天空中飞行的一道道人影以及诸多星辰。

"我们到虚拟宇宙公司全宇宙总部了。"罗峰飞出舱门，而后缓缓落下，"对了，巴巴塔，快开启虚拟宇宙网络。"

"明白。"巴巴塔回道。

虚拟宇宙，雨相山，太初区，1136号庄园。

书房中。

"徐欣竟然给我发了111个通话申请?!"罗峰震惊。

他当即打开笔记本电脑。

"徐欣这么着急找我，难道有什么不好的事情发生？"

"嘀！"

他很快就接了通话申请，笔记本电脑的屏幕上出现徐欣的影像。

“老婆，你给我发了那么多通话申请，发生什么事了吗？”罗峰紧张地问道。

“的确有一件重要的事。”徐欣说道。

“什么事？”罗峰连忙问道。

“你现在就去雨相山的公共区万语楼，去见一个人。”徐欣说道。

“雨相山的公共区？”罗峰疑惑。

在雨相山能见到的人，除了那些仆人，就是虚拟宇宙公司的核心成员，而他认识的核心成员并不多。

到底是哪一个核心成员想要见他，竟然特意通过徐欣来邀约他？

“你让我去见谁？”罗峰一肚子疑问。

“你去那里就知道了。”徐欣连声说道，“赶紧去，是很重要的人。”

“哦？”罗峰更加疑惑了。

他走出太初区，随后直接化作一道流光，朝公共区疾速飞去。

“那人竟然知道公共区中有万语楼，还约我到万语楼前见面，到底是谁啊？”罗峰心中暗道，“整个黑龙山星域，进入核心层的也没几个人啊。”

罗峰越想，心中越是疑惑。

公共区很是繁华，因为这是雨相山四个区的诸多核心成员唯一可以聚集的地方。核心成员都比较富有，所以这里的商业很发达。

“万语楼！”

罗峰隔得老远就看到一座九层的黑木高楼，高楼周围有大量的珍稀花草，周围弥漫着淡淡的花香。

他随即降落下来，混到下方的人群中，朝万语楼走了过去。

“到底是谁呢？”

罗峰闻着花香，走向万语楼的入口，忽然他停住了脚步。

万语楼门口有一道曼妙的人影，正默默地看着他。

两人遥遥相对，久久没有说话。

第475章

太初区

雨相山，公共区，万语楼九楼。

坐在栏杆边，一眼就能看到远处的山石、清泉。

“虚拟宇宙公司看到我们平海公司资产丰厚、增值快，加上规模足够大，就来收购，当时他们准备用6倍价……”

徐欣坐在桌子对面，向罗峰叙说自己是怎么成为虚拟宇宙公司核心成员的。

“我们公司的资产一下子增长了10倍……

“那次非常危险，幸好罗华靠着他的人脉帮忙周转。

“……在你离开混沌城之前，我们平海公司的净资产终于达到……”

罗峰坐在那里，认真地听徐欣诉说着，心情很复杂。

他没有想到，事业心极强的徐欣这么努力，竟然是为了能够和自己站在一起，和自己靠得更近。

“天才是会让其他人有压力的。”巴巴塔的声音传入罗峰的脑海中，“他们跟天才在一起，只会看到自己和天才的距离越来越远，不管怎么努力，差距还是越来越大，所以天才们的朋友大多都是天才。”

罗峰心中一惊。

年少时，他也有交情很好的朋友，现在还有几个有联系啊？即便是感情胜似亲兄弟的魏文，和他也只是多年后在虚拟宇宙中见过一次，他连自己的亲人也是许久才见一次，反而和戎钧、乌卡等人的见面机会更多。

“你在宇宙中闯荡，地位越来越高，你的妻子当然自豪，可是，你和她的距离越来越远，甚至十几年才能见一次，这对你的妻子是什么样的刺激啊！所以，她想靠近你一点，想站在你的身旁，不被你甩开！”巴巴塔感慨道。

罗峰愧疚地看着面前的徐欣。

此刻，徐欣还在向他诉说过往的一切：“就这样，我也成了虚拟宇宙公司的核心成员。厉害吧？”

她微微昂头，看着罗峰：“虚拟宇宙公司收购平海公司是大事，我却没问过你的意见，你不会生气吧？你当初将平海公司全权交给我管理，还说你要在混沌城参悟，根本没时间……”

“我不怪你。”罗峰打断她的话，一把握住她的手。

“嗯？”徐欣一怔。

“对不起。”罗峰轻声说道。

徐欣的眼眶瞬间湿润了。

虚拟宇宙公司全宇宙总部，这是一片悬浮在星空中的浩瀚大陆。与之相比，恒星如同芝麻般微小。

“原始区的伯兰和陇云前往原始秘境，你们到时跟随九剑尊者一起出发，暂且留在这里，等一下九剑尊者。

“太初区的成员往那边走，乘坐那艘灰色宇宙飞船。

“天地区的成员乘坐旁边那艘紫红色的宇宙飞船。

“末世区的成员乘坐那艘黑色的宇宙飞船。”

会议厅前台的银袍女子声音响亮，同时指着透明玻璃窗外已经降落的三艘宇宙飞船。

“现在，你们就出发吧。”

天才们当即都站起身来。

“四大秘境竟然在不同的地方，以后我们兄弟只能在虚拟宇宙中见面了。”

“嗯！我们先走了。”

“再见。”

天才们相互告别。

伯兰和陇云留在会议厅内，其他天才沿着出口朝外走去，到了外面，自然就分成三支队伍，朝不同的宇宙飞船走去。

“戎钧殿下、罗峰殿下、千水殿下……”那艘灰色宇宙飞船舱门口站着一个容貌俊美，有着一头血色长发的男子。

男子笑着迎接太初区的八位成员。

走进舱门时，罗峰回头，看向会议厅的方向。从会议厅能看到外面，从外面却无法看到里面，可他能够感觉到，会议厅中有人在看自己。

“伯兰，你只是我现阶段的对手。”罗峰心中暗道，随即直接进入舱内。

片刻后，三艘F级宇宙飞船接连起飞。

会议厅内，伯兰、陇云等待着九剑尊者一起出发。

此时的两人透过玻璃窗，看着外面的三艘宇宙飞船起飞。

“罗峰！戎钧！”陇云默默地看着，心中充满斗志，“我会超越你们的！一定会！”

三艘宇宙飞船都达到光速，进行宇宙穿梭，因为太初秘境、天地秘境、末世秘境所在的方位不一样，所以三艘宇宙飞船分道扬镳，朝各自的目的地出发。

暗宇宙中。

灰色宇宙飞船在疾速飞行，而后不断加速，20倍光速，21倍光速……

宇宙飞船内部的宴会厅。

“欢迎你们加入太初秘境。”

长条形的餐桌边坐着9个不朽级强者和8个宇宙级强者，正在说话的是坐在主位上的魁梧大汉。

魁梧大汉的脸上布满鳞甲，头部长着18根尖角，整个人隐隐散发出凶蛮的气息。

“我，陨石王，这次负责护送你们前往太初秘境。”

“多谢陨石王！”罗峰等八人都微微躬身。

“哈哈……”陨石王朗声大笑，脸部的鳞甲形成皱褶，让人心惊，“我先跟你们说一下，四大秘境处在不同的地方，甚至不在同一个宇宙国。”

“哦？”罗峰等八人大吃一惊。

“原始秘境离总部最近，和总部在同一个宇宙国，其次是太初秘境，然后是天地秘境，而末世秘境离总部最远。”陨石王缓缓地说道，“你们要去的太初秘境离总部的距离大约是1.2亿光年。”

“1.2亿光年？”罗峰、戎钧、千水等人大惊。

“现在宇宙飞船已经加速到50倍光速，在暗宇宙中大概要飞行3个月，才能抵达太初秘境。”陨石王微微一笑，“我先给你们介绍一下太初秘境，让你们有些了解。”

罗峰等八人仔细聆听。

“太初秘境其实就是一个宇宙秘境，不过是被命名为‘太初’而已。我们原始宇宙是最古老、最庞大、最不可思议的一个宇宙，孕育了各种各样形态的生命，族群数以亿万计，强者无数。

“原始宇宙在衍变的过程中，绝大多数区域衍变成为恒星、行星等，星系是宇宙中最常见的。不过，由于某些特殊原因，原始宇宙衍变出了一些不符合常规的特殊区域，这些特殊区域超乎你的想象，其中的生命、各种奇异生物、宝物同样超乎想象。”

罗峰等人闻言，眼睛一亮。

“这些特殊区域被称为‘宇宙秘境’，每一个宇宙秘境都不一样，不同的宇宙秘境孕育出了许多让人无法理解的宝物，也孕育出了一些可怕的灾难。宇宙秘境的危险程度不同，界主级强者进入最安全的宇宙秘境，经常彼此争夺宝物，自相残杀，殒命的不少。而最危险的宇宙秘境就不一样了，据说连宇宙国主进去，都没什么希望活下来。”陨石王看向一脸震惊的罗峰等八人，笑着问道，“怎么，你们很惊讶？”

罗峰等八人都点点头。

他们完全惊呆了。

天哪！宇宙国主可是能够开辟一个宇宙国，坐镇亿万年的强大存在，宇宙国主进入最危险的宇宙秘境，活下来的希望竟然都极小。

“新发现的宇宙秘境更神秘，因为没有人能想象到里面到底有什么，进去或许会是一场灾难，或许会是一场前所未有的大机遇！”陨石王不禁感慨，“宇宙秘境有大有小，大的宇宙秘境能够媲美一个宇宙国，小型的宇宙秘境则能够媲美一个星系。”

周遭一片寂静。

罗峰等人都沉默了。

“而我们虚拟宇宙公司控制的原始秘境、太初秘境、天地秘境和末世秘境属于已经开发，受到改造，没有危险的秘境。”陨石王淡淡一笑，“因为宇宙秘境蕴含无比浓郁的宇宙本源能量，所以非常适合修炼。”

“宇宙本源能量？”罗峰心中一动。

宇宙本源能量凝聚为晶体，即宇宙晶。界主级强者之所以能够创造一方世界，就是因为能够凝聚大量的宇宙能量。

“你们去的太初秘境的范围堪比一个星域。”陨石王缓缓地说道，“在太初秘境中生活、修炼，最有用的是积分，在虚拟宇宙公司内部，积分比金钱更有效。”

听到陨石王的一番话，罗峰等八人对传说中的宇宙秘境充满期待。可是，他们也知道，那些未经开发的最安全的宇宙秘境，也得界主级强者才能进去。

时间一天天过去。

“我们马上就要到太初秘境了。我在混沌城中待了30年，闯过通天桥的五层，积分是按照10倍奖励的，购买《飘血秘法》花掉了800积分，加上之前剩下的积分，现在我的总积分是30360分。”罗峰在自己的休息室中，心中暗自盘算着，“幸好我在混沌城多赚了一点积分，后面赚积分可就难了。”

若非积分是按照10倍奖励的，闯过通天桥的前五层，奖励的不过3100积分，正因为是10倍奖励，罗峰才得到了31000积分。

现在，罗峰已经离开混沌城，日后再去闯通天桥，就没有10倍积分奖励了。

“你们都出来吧！”陨石王的声音回荡在宇宙飞船中，“到太初秘境了，马上进行宇宙穿梭！”

“唰！”罗峰站了起来，眼中有着一丝兴奋。

终于到达太初秘境了！

第476章

星辰碎片

宇宙飞船的控制室。

罗峰等八人和陨石王等一群不朽级强者聚在一起。

“马上就要进行宇宙穿梭了。”陨石王朗声笑道，笑声令整个控制室都震荡起来，“此次穿梭去太初秘境和穿梭去普通星域略有区别。”

“哦？”罗峰等八人很不解。

“待会儿你们就知道了。”

陨石王话音刚落，一道冰冷的声音回荡在整个控制室中。

“开始进行宇宙穿梭，10、9、8……3、2、1。”

顿时，宇宙飞船微微一震，经过片刻，才恢复正常。

“穿梭完毕。”那道声音再次响起。

“外景全虚拟。”陨石王大声喊道。

顿时周围的场景大变，罗峰他们一眼就看到了外界的场景。

“天哪！”

“好神奇啊！”

罗峰等八人都瞪大眼睛，震惊地看着外界。

“怎么样？”陨石王笑着问道。

“这简直太不可思议了。”罗峰回道。

外面薄雾笼罩，远处有一些彩色云团，偶尔还能看到一些大块的陨石。

“竟然……”

“怎么可能？”

罗峰等八人都处于震惊中。

因为宇宙穿梭一般都是直接穿梭到原宇宙的星空中，星空中空无一物，所以即使是突然穿梭也非常安全。而现在陨石王的这艘宇宙飞船竟然直接穿梭到了某个区域的内部，实在是太冒险了。

“不对。”乌卡大声问道，“这里是太初秘境的内部？”

“嗯。”陨石王微微一笑，脸上细密的鳞甲皱起，“这里是太初秘境较为核心的区域。”

“那如果要离开太初秘境怎么办？”乌卡指着外面，“你看，外面随处可见陨石和一些尘埃、云团，根本没有足够的距离让宇宙飞船进行加速。而要进行宇宙穿梭，必须让宇宙飞船达到光速。”

罗峰连连点头。

穿梭到太初秘境内部容易，可是出去呢？

“你说得对，太初秘境的最大直径约500万光年，相当于一个星域大小。”陨石王点点头，“在星空中，可以肆意加速，达到光速，可是宇宙秘境就不同了，其中有一些奇特的炎流、寒流、罡风等，还有诸多尘埃，这些令宇宙飞船飞行时遭到的阻力很大，想要加速到光速几乎是不可能的。”

想要进行宇宙穿梭，条件是很苛刻的，首先必须加速到光速。而要加速到光速，首先阻力必须极小，其次要有很长一段加速距离，就好像飞机加速也需要跑道一样，宇宙飞船加速到光速，所需要的空间可比飞机跑道大千万倍，这在近乎真空的宇宙星空中是很容易做到的。

可是，在宇宙秘境中几乎不可能做到。

“没错，在宇宙秘境内部一般是无法进行宇宙穿梭的。”陨石王点点头，“不过，太初秘境不同，它是经过改造的，里面的好些区域都被一些超级强者清理过，清理出空荡荡的大片区域，用来让宇宙飞船进行加速。”

“哦？”罗峰等人都震惊了。

足以让宇宙飞船加速到光速的区域，那得是何等庞大的区域！

“没办法，太初秘境太大，如果不这么做，我们从外围慢慢往里飞，以它最大直径500万光年计算，光都得飞500万年。所以如果不直接穿梭到内部，根本不行。”陨石王笑着说道，“回头你们每人都能得到一幅画了太初秘境部分区域的星图，通过那幅星图，你们就知道该怎么进出太初秘境了。”

宇宙飞船在太初秘境中飞行。

“我需要将你们八人都送到各自的住处。大概需要三天时间，宇宙飞船才能飞遍你们的住处。”

罗峰等八人保持沉默。

八人的居住地离得很远吗，宇宙飞船都要飞三天？

“戎钧，你的住处到了。”陨石王大声说道。

与此同时，通过外景虚拟，大家能清楚地看到远处弥漫着淡淡薄雾的空中，飘浮着一片美丽的小型陆地，随着宇宙飞船渐渐靠近，那片陆地越来越大，最终宇宙飞船直接降落在陆地上。

“嘟！”舱门开启。

“我们都出去瞧瞧吧！”陨石王笑着说道。

罗峰等八人很是兴奋，当即飞出舱门，都感觉到淡淡薄雾蕴含着浓郁的宇宙本源能量。

八人落在地上，遥看远处，能看到无垠的天空。天空中薄雾弥漫，偶尔能够看到一些寒流飘过。

“这就是空中的陆地！”

“太美了。”

“这片陆地得多大啊？”

罗峰等八人仔细看去，只见那片飘浮在空中的陆地大得惊人，至少罗峰无法目测出其范围。

此刻，陨石王也落在地面上。

“这是编号80389092号的星辰碎片，直径约5800公里，星辰碎片中央有一座大型府邸。戎钧，那就是你的住处。从现在开始，这星辰碎片是属于你一个人的了。”

“嗯。”戎钧环顾四周，只见花草非常茂盛。

“太初秘境的宇宙本源能量无比浓厚。”陨石王指着周围的雾气，“看，这些无处不在的薄雾就是宇宙本源能量实质化形成的一些极微小的颗粒。”

说完，陨石王往空中一抓，顿时半空一大片薄雾被迅速压缩，凝聚成一大块晶体。

“宇宙晶！”罗峰、艾辰、戎钧都忍不住惊呼。

“对，宇宙晶。”陨石王淡淡一笑，“这里无尽的雾气聚集在一起，就能形成宇宙晶。因为宇宙本源的能量太浓厚，在太初秘境中修炼，感应到的宇宙本源波动更加清晰，对修炼很有益处。”

“呼——”数十道人影破空而来。

“殿下！”数十名穿着战衣的宇宙战士纷纷落地，在为首的界主级强者的带领下，恭敬行礼。

“其他人现在就上宇宙飞船，接下来去乌卡的住处。”陨石王道。

“戎钧，回头见。”

“戎钧，我们先走了。”

罗峰等人和戎钧打了招呼，进入陨石王的宇宙飞船，宇宙飞船升空，再度出发。

……

一个个成员接连被送到自己的住处，罗峰是第五个被送到住处的。

“编号80389081的星辰碎片？”罗峰嘀咕着，缓缓走在这片陆地上，“这星辰碎片的直径约6200公里。按照陨石王的说法，这些星辰碎片都是虚拟宇宙公司的超级强者打碎一些星辰，制造出的驻地。”

“好浓郁的宇宙本源能量。”罗峰伸出手，感受着周围的雾气，忍不住感叹。

如果想要宇宙晶，可以随时制作。只要将雾气压缩，就可形成一块块宇宙晶。不过，对罗峰等虚拟宇宙公司的核心成员而言，就算是1万亿宇宙币，也不过1混元单位。而想要压缩并制作出1万亿宇宙币，那得需要多少年啊？所以，这样做根本不值得。

“嗯？”罗峰抬头看去。

只见远处有数十道人影飞来，为首的是一名秃顶老者，正是罗峰的护卫队首领奥多里克·文·圣来索（以下简称“奥多”）。

“殿下。”数十人恭敬行礼。

罗峰微微一笑，道：“奥多，我们总算在现实世界中见面了。”

“我也一直盼望着这一天。”奥多也微微一笑，“殿下，我在前面带路。”

片刻后——

罗峰在护卫的簇拥下，来到了一座古老的庄园外。古老的庄园长宽都达300公里，里面有好些建筑。对于虚拟宇宙公司而言，建造那种超大型的建筑简直太容易了。

“殿下。”奥多笑道，“我来给你介绍一下。”

话落，奥多直接升空。

罗峰跟着升空，两人飞到离地面大约数万米的高空。

“从数万米的高空往下看，勉强能够看到星辰碎片的边缘。”罗峰低头看去。

奥多却遥指前方，道：“殿下，你看那边。”

“嗯？”罗峰一看，心中一惊。

远处有一颗深蓝色的星球，它周围有无尽的薄雾，却无法阻拦它的光芒。

“那是一颗超大型的星球。”奥多感叹一声，“那颗星球的直径达128万公里，诡异的是，它的温度极低，无数星辰碎片围绕着这颗超大型的冰星不断飞着，一共有三千多块星辰碎片，几乎都居住着太初秘境的核心成员。”

“哦？”罗峰感觉不可思议。

那颗星球的直径达128万公里，和太阳系中的恒星差不多大了，可是，它竟然是一颗冰寒的超大型星球，并且能发光，实在很诡异。

“虚拟宇宙公司早有命令，没达到不朽级，绝对不允许进入冰星，界主级强者进入冰星，几乎必死无疑。一颗冰星都能散发光芒，而且能让界主级强者殒命，简直比一颗恒星还强。”奥多道。

“宇宙秘境的确玄妙，很多事物都不符合常理。”罗峰摇摇头。

罗峰俯瞰着下方悬浮在空中的一大块星辰碎片：“那就是我以后的修炼之地了，走，下去吧。”

“嗖！”罗峰和奥多直接朝下方俯冲而去。

第477章

新的启程

罗峰居住的星辰碎片的编号为80389081，直径达6200公里，庄园内有一支护卫队，总共有111人，其中有将军1人（界主级强者），队长10人（域主级强者），宇宙战士100人（宇宙级强者），而仆人要多得多，一共有1800名男仆女仆，毕竟星辰碎片实在太大，即使有科技工具帮忙，维护星辰碎片也是很大的工作量。

111名护卫、1800名仆人，还有一位殿下，这就是这个星辰碎片上的全部居民。

……

“从今天起，没有我的吩咐，任何人不得进来。”罗峰打量着眼前的幽静小楼，吩咐道。

“是，殿下。”奥多恭敬地应道。

“嗯。”罗峰看向奥多，“据我所知，核心成员可以泡生命之潭，让身体进化到本级最高阶，对吗？”

“生命之潭？”奥多微微一怔。

罗峰很是疑惑。

奥多也是末世秘境的核心成员，应该知道此事吧。

“什么生命之潭？”奥多问道。

“突破到宇宙级一阶后，泡生命之潭，可以直接达到宇宙级九阶，不是吗？”罗峰反问。

“殿下，你是说泡营养舱吧！哪是什么生命之潭啊？”奥多笑着说道，“是的，虚拟宇宙公司核心成员拥有一个特权，只要突破到宇宙级一阶，或者突破到域主级一阶、界主级一阶，可以直接去泡营养舱，营养舱中有很多珍贵的物质，可以让修炼者完成量的积累。”

“对，对，泡营养舱。”罗峰连声问道，“怎么申请？”

“殿下还没进入虚拟宇宙吧！”奥多笑道，“我们虚拟宇宙公司选出的每一批天才都要去混沌城，那是一个打基础的过程。从混沌城出来后，权限就会发生变化，很多过去不能做的事情都可以做了，殿下上线就知道了。”

罗峰点点头，随即意识直接连接虚拟宇宙网络。

虚拟宇宙，太初区，1136号庄园。

书房内，罗峰坐在椅子上，打开笔记本电脑，发现屏幕上多了一个名为“后台管理”的文件夹。

他轻轻地点击了一下。

文件夹自动开启，出现了一个页面，页面中有三个选择项：生活、学习、修炼。

“生活。”罗峰轻轻点开。

里面顿时出现了大量的分项，有星图、饮食、营养舱、居所、飞船等很多选项。

随后，他都一一点开，看了看，都是关于在太初秘境中生活时遇到的各种问题的解决方法，其中提到泡营养舱，就可以达到本级的最高阶。

“申请！”罗峰轻轻点击。

“嘟！”一个小屏幕出现了，屏幕上一个穿着白袍的美丽碧发女子微微一笑，“您好，罗峰殿下！请问，您是申请使用营养舱，从宇宙级一阶上升到九阶吗？”

“是的。”罗峰点点头。

“罗峰殿下，我们会在一天内将营养舱送到你的住处。”碧发女子笑道。

“谢谢。”罗峰笑着道。

当即通话关闭了。

“还真简单。”罗峰嘀咕道，“在这里，饮食、居所等很多都是免费的，也就购买好的宇宙飞船需要钱。不过，A级到D级的宇宙飞船都是免费的。”

一般来说，不算昂贵的物品都是免费供应的。

罗峰关闭了“生活”一栏，而后点开了“学习”一栏。

“学习”一栏分为理论和实践，理论主要指的是太初区举办的公开课，一般都是不朽级强者讲课，偶尔有宇宙国主来讲课，那些课程或是讲述金、木、水、火、土、风、雷电、光线这八大本源法则，或是讲述空间、时间这两大极难的本源法则。当然，也有讲述空间和金这两大本源法则混合的课程，还有讲述空间和木这两大本源法则混合的课程。此外，还有一些技巧课程、意识锻炼课程。

课程是各种各样的，这些公开课都属于太初区，只有太初区的成员能够来听课。

罗峰的脸上不由得露出一丝笑容，道：“这个很好，想去听课就去听，不想去就自己修炼，倒也算人性化。”

不过，单单看那些课程的名字和讲课者的名单，就能够明白罗峰他们的资源多么丰富了。一般的修炼者想得到一个不朽级强者的教导，简直是做梦。比如罗峰的仆人百卡罗，只能拜诺岚山为师。

诺岚山只是一个宇宙级九阶强者，因为得了“巨斧武者”的称号，所以惹得许多人来拜师。由此可知，宇宙中的师资是多么珍贵，而罗峰他们能得到一大群不朽级强者的教导，这些不朽级强者都传授自己擅长的东西，甚至有宇宙国主偶尔来教课。

这是何等难得的机会啊！

“学习又分为理论和实践，理论是诸多强者讲课，那实践呢？”

罗峰轻轻点开“实践”一栏。

实践一栏分为闯通天桥、幻境海、不朽祭坛，该页面中还有关于这三项的介绍。

虚拟宇宙公司的核心成员都有资格去闯通天桥，通天桥考核的是修炼者对于宇宙本源法则的感悟，感悟得越深，能闯过的通天桥层数就越多，获得的积分也就越多。

虚拟宇宙公司的核心成员都有资格去闯幻境海，幻境海考核的是修炼者的意识强度和意志。在修炼、突破瓶颈、战斗等方面，意识和意志都极其重要。闯幻境海时，从外层不断深入，越是深入幻境海，能够获得的积分就越多。

不朽祭坛考核的是修炼者身体的发力，同样的身体，不同的修炼者爆发出的力量却不同。纯粹的蛮力为1单位，一些厉害的修炼者能够爆发出10单位或是20单位，甚至更大的蛮力，身体发力的极限是100单位，这才是操控身体并使之达到完美状态的标志，是突破到不朽级的前提。爆发出的力量越大，所得到的积分也就越多。

罗峰瞪大了眼睛，喃喃自语："没想到，除了通天桥外，还有幻境海和不朽祭坛。"

"虚拟宇宙公司这是搞什么，竟然让一大群不朽级强者，乃至宇宙国主去讲课。通天桥就算了，竟然还有幻境海、不朽祭坛。这些都是怎么弄出来的？"罗峰肩膀上的巴巴塔没好气地道，"身体、意识强度、意志、对宇宙本源法则的感悟，这算是成为不朽级强者的几个关键点。而不朽祭坛竟然能测试力量。"

"测试力量怎么了？"罗峰笑道，"在地球的时候，不就能测试发力了？"

"不一样！修炼到你们这等程度，一拳击出，自然就蕴含一丝法则。"巴巴塔连忙解释道，"比如你的蛮力是1单位，实际上发力能达到20单位。可是，因为蕴含了法则，你的攻击力能达到100单位，所以测试仪测出来的力量是100单位，可这不是你真实的发力，你明白吗？"

罗峰恍然大悟。

是的，蕴含法则，会令攻击力大增，已经不再是纯粹的身体力量了。

"点击不朽祭坛。"巴巴塔大声说道。

罗峰轻轻点击。

弹出的页面上写着：

不朽祭坛是虚拟宇宙专门开辟出来的，是隔绝了宇宙本源法则、能量、体内原能念力的特殊测试地，可以精确地测试出身体的发力。

“啧啧，我都没听说过有这么个地方，普通修炼者根本就不知道有这种地方吧。”巴巴塔感慨道。

“最妙的是，闯过通天桥、幻境海、不朽祭坛，都能赚积分。”罗峰笑眯眯地道。

……

通过后台管理系统，观看了“生活”和“学习”两栏后，罗峰心情愉悦，又点开第三栏“修炼”。

屏幕上出现了一个页面，页面上有几段话：

在我们虚拟宇宙公司，积分比金钱更有用。想要赚取积分，除了闯通天桥、幻境海、不朽祭坛，还可以选择完成修炼任务。在安逸的环境中，是磨炼不出真正强者的，只有经过一次次浴血战斗，才能不断进步，变得更强。修炼任务就是现实世界中的一次次磨炼。

根据危险程度，修炼任务分为五个级别，分别是安全级、普通级、困难级、危险级、绝境级。

安全级：死亡率为0。

普通级：死亡率为10%。

困难级：死亡率为20%。

危险级：死亡率为50%。

绝境级：死亡率为90%。

危险程度不同，成功完成每个修炼任务后获得的积分也不同，请所有核心成员量力而行，既不要让自己太安逸，那样会被其他人超越，也不要盲目选择最危险的修炼任务，没有足够的准备，只会将自己推向死路。

不管是学习，还是修炼，一切都是核心成员自己的选择，后果也得要自己去承担。

通往不朽级的路途充满危险，祝福你们，希望你们都能走过这段路程，成为不朽级强者。

……

看完最后“修炼”一栏的内容，罗峰沉默许久。

第478章

修复陨墨星号

“我们地球上有句话，温室里的花朵看似美丽，却经受不住风吹雨打。”罗峰低声说道，“因为太过娇嫩、弱小。”

“说得对。”巴巴塔感慨道，“百炼成钢，这和地球上的普通人打了疫苗才能抵御一些传染病是同一个道理。不过，罗峰，你一开始别选太难的，先试试难度低的，逐渐增大难度。”

“不急，我暂且不想接修炼任务。”罗峰说道，“混沌城的参悟，我还要好好体会、归纳、吸收，而且我的身体也得泡营养舱。”

“嗯。”巴巴塔笑着点点头。

当初它选择罗峰当陨墨星传人时，哪里想到罗峰会有这一天啊？之前它还担心陨墨星传人的身份暴露，会引起界主级强者的觊觎，可现在以罗峰这等身份，就连普通的不朽级强者都不敢乱来，连黑龙山星域的皇帝对他都得客客气气的。

待罗峰进入原始秘境，其护卫队的首领都是不朽级强者，到时候就算是黑龙山帝国的圣地黑龙山的神主，对罗峰也得礼待。

罗峰轻轻点击，将后台管理文件给关了。

无论是生活，还是学习，抑或是修炼，虚拟宇宙公司都提供了最好的条件。

到底是中途殒身，还是困在界主级巅峰直到大限来临，抑或是成为不朽级强者，就要看个人的努力了。

“我现在有30360积分。”

罗峰点开宝库文件夹，看着材料类、珍奇宝物类、秘法类、兵器类等诸多分类，心中一动。

这宝库中的宝物奇多，堪称无奇不有，而自己拥有的最昂贵的F级宇宙飞船陨墨星号根本无法使用，要修复也极难，至少黑龙山星域没有修复的条件，乾巫宇宙国只是有可能能修复陨墨星号飞船，而这宝库中绝对有自己想要的。

“巴巴塔，你看看，这宝库中的宝物有没有能够用来修复陨墨星号飞船的？”罗峰问道。

“有！”

巴巴塔不愧是智能，瞬间就搜集好了资料。

“哦？”罗峰不由得一喜。

陨墨星号可是连不朽级强者都难以破开的宇宙飞船。

当初陨墨星主人呼延博之所以丧命，是因为对手使用了灵魂攻击。有了这艘宇宙飞船，那可就真的彪悍了。

灵魂攻击？

他的另外两个身体可以躲进体内世界，只用魔杀族分身。魔杀族分身没有灵魂，根本不怕灵魂攻击。

“重要材料可以通过宝库进行兑换。”巴巴塔再次说道，“并且，你可以通过后台管理的生活一栏，请虚拟宇宙公司的科技人员进行修复。你只要提供所需的材料，那些科技人员可以免费进行维修。”

“我要耗费多少积分？”罗峰追问。

“56万积分。”巴巴塔说道。

“56万积分？”罗峰瞪大了眼睛。

“不算多，如果是在外界用金钱购买，大概需要8万混元单位。”

罗峰一怔。

这积分的购买力还真是惊人。

“巴巴塔，如果要建造一艘陨墨星号飞船，得花费多少？”罗峰问道。

“约360万混元单位！”巴巴塔回道。

“什么?! 把整个黑龙山星域卖掉，也没这么多钱吧。”

“一个个星系散卖，不算贵，而如果售卖整个黑龙山星域，价格就高多了，估计在30万到100万混元单位，主要看行情，拍卖价有高有低。”巴巴塔不屑地道，“黑龙山星域是圣地黑龙山那个不朽级强者的私人财产，而那位的实力还不如你的老师。你的老师当初为了建造陨墨星号飞船，付出的代价极大，陨墨星号飞船比一个星域昂贵是很正常的事。而且，陨墨星号飞船非常坚固，可抵挡物质攻击，而你的老师又专精灵魂方面，所以有陨墨星号飞船是非常安全的。”

“可惜，老师最后还是殒命了。”罗峰摇摇头。

“对手是封王层次的不朽级强者，而且也是专精灵魂方面的。如果他专精武者方面，根本杀不了你的老师。黑龙山星域仅仅是一个领地，陨墨星号却是能够保命的飞船。哪个更重要，一想便知。”巴巴塔说道。

罗峰点点头。

宇宙深处，太初秘境核心。

环绕着巨大冰星的诸多星辰碎片中，一艘宇宙飞船降落在编号80389081的星辰碎片上。

“罗峰殿下，营养舱内储存的珍贵营养液只需要三分之一，就足够宇宙级一阶升到九阶。”穿着白袍的碧发男子恭敬地道，“为了以防万一，我多准备了一些。”

“嗯。”罗峰满意地点点头。

这个营养舱和他曾经购买的营养舱很像，不过营养液肯定更加高级，而且在外面是根本买不到的，就算能买到，他也买不起。

这时，营养舱的舱盖自动打开，里面有一些淡紫色的液体。

罗峰感受到一股寒气，眉头微皱。

他伸出手，靠近营养液，刚碰到，一股冰寒侵袭过来。

他心中大惊。

这温度起码得有零下八九十摄氏度。

同时，碰触营养液的手指内的细胞却似乎有种欢呼雀跃之感。

“营养液温度这么低，不过，其效果似乎很惊人。”罗峰心中暗道。

随即他脱下衣服，直接走进舱内躺下，那冰冷的淡紫色营养液顿时包裹了他的全身，奇异的物质开始沿着他的皮肤朝体内渗透，渗透进肌肉、骨骼、皮膜、内脏……

从外而内，他的身体发生了惊人的变化，一般人从宇宙级一阶到九阶，需要数百年，甚至数千年，可是虚拟宇宙公司付出巨大代价，让这一切在短短数月内就完成了。

至于营养液的温度，对于宇宙级强者来说根本没有什么不利影响。

“哗！”舱盖关闭。

虚拟宇宙，太初区，1136号庄园。

“的确不一样。不但我的身体被滋润了，甚至我的念力都在不断变强，简直不可思议。”罗峰坐在书桌前，打开了面前的笔记本屏幕，感慨不已，“能够令身体和灵魂从一阶上升到九阶，真了不起。”

他看了一下屏幕上显示出的所有课程。

“其他课程可以不听，但有关空间和金这两大本源法则的课程必须多听听。”

罗峰根本不想钻研其他方面，人的精力有限，而且自己的两大分身刚好擅长感悟这两方面，根本没必要浪费时间去钻研不擅长的。

“明天晚上有课，课程的内容是关于金之本源法则的，而且是一位封王的不朽级强者讲课。嗯，得去听听。”

罗峰直接从书房旁的阳台一跃而出，来到不远处的修炼场，开始修炼。

营养舱得泡3个多月，这段时间罗峰不是在修炼场中将混沌城参悟的一些东西好好体会，就是去听课。

不过，说实话，虽然太初区的其他成员挺重视有些课程的，但是罗峰听完那些课程，发现了一件事——这些课程还不如他的老师真衍王讲的。

在真衍王身边20年，听了不少教导，以至于虽偶尔有些课程能令罗峰眼前一亮，但大多课程的效果很一般。

这也不足为怪，毕竟公开课是面向太初区所有成员的，而真衍王之前是一对一，根据罗峰的实际情况进行专门指导，而且真衍王是接近宇宙国主的存在，讲课效果当然更好。

庄园中。

“我的进步速度明显比在混沌城要慢得多。”罗峰坐在椅子上，手里端着一杯调好的果酒，眉头紧皱，“而且，那些课程明显没有老师给我讲的好，怎么办呢？”

不单单是罗峰，其他人都发现了这个问题，他们现在的修炼速度远不如在混沌城的。

“罗峰，你老师发来了通话邀请。”巴巴塔道。

罗峰眼睛一亮，连忙站起来。

“快接！”

眼前浮现出一面屏幕，屏幕上出现了真衍王的影像，其身上的金色绒毛更显霸道气质。真衍王朗声笑道：“我的乖徒儿，你离开混沌城的这段时间，感觉怎么样啊？”

“参悟的速度变慢了。”罗峰摇头苦笑。

“哈哈……”真衍王笑得更开心了，“那是正常的。混沌城有三宝，参悟的速度是外界的10倍，每个离开混沌城的人都会遇到这样的问题，不过，老师倒是有一个解决的办法。”

“哦？”罗峰眼睛一亮，“老师请说！”

“如果你能经常参悟九宇混沌碑，估计参悟速度会比在混沌城时更快。”真衍王说道。

“那是当然。可惜，很难才有一次参悟九宇混沌碑的机会，每次参悟仅仅七天时间。可是，就算这样，每次参悟的收获都很大。如果能经常参悟，就算不在混沌城中，进步也会很惊人。”说着，罗峰眼睛一亮，“难道老师有让我参悟九宇混沌碑的办法？”

“不，只有混沌城中有52尊混沌碑。”真衍王说道。

“那老师的意思是……”罗峰疑惑。

“在虚拟宇宙公司的宝库中，有本叫作《时空随笔》的书，这本书是九宇混沌碑的创造者写的。”

“难道是能卖出天价的《时空随笔》？”罗峰瞪大眼睛。

他翻看过宝库的书，知道宝库秘法类书中有一些价格极高的秘籍。

《时空随笔》就是其中之一，一套就需要1000亿积分！

那可是让罗峰只能仰视的高价！

“哈哈，你别激动，就连我都买不起这套《时空随笔》。”真衍王笑道。

第479章

《时空随笔》

闯过通天桥第一层能得到100积分，闯过第二层能得到200积分，闯过第三层能得到400积分，依次类推，闯过第二十一层能够成为宇宙国主，还能获得1亿多积分。

别说真衍王买不起，就算是那些宇宙国主，想买《时空随笔》也得付出极大的代价。因为1000亿实在是无比庞大的数字，足以令宇宙国主们心颤，更别说罗峰了。

“哈哈，你这就被吓到了？”真衍王笑了起来。

“老师，你特意提起《时空随笔》是什么意思？”罗峰没好气地道，“这本书是九宇混沌碑创造者所写又怎么样，我根本买不起。”

那位伟大的存在刻画的九宇混沌碑，能够让人一直修炼到第二十七层，故而他所写的《时空随笔》能卖这么高的价。

那人绝对算是宇宙人类族群中最巅峰的存在，是占据统治地位的大能者！

“如果说九宇混沌碑深不可测，能引导修炼者自动感悟出诸多功法的话，那《时空随笔》本身就记录了成千上万种秘法。”

“什么？”罗峰大吃一惊。

真衍王微微一笑，道：“你没听错，当初创造九宇混沌碑的那位伟大存在，将他的通天大道化为九幅图，九幅图自然能引人悟道。此外，他苦思许久，根据九幅图上的内容，将当年感悟时偶有所得的秘法全部记录下来，分别对应九幅图的内容，一共是10829种秘法。”

“10829种秘法?! ”罗峰眨巴了一下眼睛。

“嗯！不过，这些秘法非常散乱。之所以称之为‘随笔’，就是因为都是那人随意记录下来的，或是一些图画，或是一些秘法，总之，非常凌乱。后人观看《时空随笔》，甚至都找不齐10829种秘法。”

“既然找不齐，又怎么知道有10829种秘法？”罗峰不解。

“那位伟大的存在写在第一页的。”真衍王笑道，“虽然找不全秘法，但是能发现有上万种秘法。《时空随笔》一套书总共有九本！”

“九本？”罗峰心中一动。

九宇混沌碑上正好有九幅图。

“随笔本来就是根据九幅图的内容所写，第一幅图对应第一本，第二幅图对应第二本……第九幅图对应第九本。”

听真衍王这么说，罗峰心中一动。

他的手指一划，旁边又出现了一面屏幕，他迅速点开宝库秘法类，从中找到《时空随笔》，作者的名字是保密的。

罗峰点开来，仔细一看。

《时空随笔》第1册：价值1000积分

《时空随笔》前2册：价值10000积分

《时空随笔》前3册：价值10万积分

……

《时空随笔》前7册：价值10亿积分

《时空随笔》前8册：价值100亿积分

《时空随笔》全套：价值1000亿积分

而且，《时空随笔》是不可以打折售卖的！

“跟我想的一样。”罗峰笑了起来，“这种昂贵的秘籍都是分开来卖的。”

“哦，跟你想的一样。”真衍王笑了。

当初在地球上，罗峰还只是普通武者时，购买的《九重雷刀》就是分开来卖的。

“嗯！不过，还是贵。”罗峰皱眉。

“的确很贵。”真衍王点点头，“一旦你选择购买《时空随笔》，那么将来你就得拼命赚取积分。”

前7册对应九宇混沌碑的前七幅图，悟透了前7册的内容，就能成为宇宙国主。可是，闯过通天桥第二十一层，才能得到1亿多的积分，而单单前7册就得花费10亿积分来购买，一般购买前7册的，都是没能成为宇宙国主的。

“罗峰，这绝对算是极其昂贵的书，你购买的《飘血秘法》才需要800积分，对应了前三幅图。相比之下，你购买《时空随笔》对应前三幅图的前3册却需要10万积分，越往后越夸张。可是，它的确是修炼九宇混沌碑的最佳配合秘法，里面蕴含了大量秘法，参悟这些秘法，效果堪比直接参悟九宇混沌碑的一成。”屏幕中的真衍王笑眯眯地看着罗峰，“我的乖徒儿，到底买不买，就看你自己了。”

“买，当然买。”罗峰没有丝毫犹豫。

“哦？”真衍王眉毛一挑。

“反正我现在有足够的积分。现在能买下就成，至于以后买不买得起，那是将来要烦恼的事。”罗峰微微一笑，“老师，你既然说它的效果堪比直接参悟九宇混沌碑的一成，不管花费多少积分，我都得买。积分是假大空的玩意儿，对于宇宙本源法则的感悟，才是强者的倚仗。”话落，罗峰没有丝毫犹豫，直接点击，购买前2册。

“交易成功！

“扣除10000积分，剩余20360积分。

“请等待，马上会有人将秘法送到。”

屏幕上出现了一连串提示。

“老师，我已经购买了。”罗峰对着另外一面屏幕上的真衍王说道。

“嗯。”真衍王笑道，“有了《时空随笔》，你参悟九宇混沌碑的速度将会快得多。如果有什么疑惑，坚持参悟3个月，3个月后还没弄明白，再来问我。”

“是。”罗峰点点头。

“还有，我再提醒你一件事，没必要浪费时间一直在雨相山中学习，研究宇宙本源法则是很重要，可是，你完全可以接修炼任务，去外面闯荡，一边在现实世界中闯荡，磨炼自己，一边研究宇宙本源法则，两不耽误，而且效率高得多。”

罗峰想了一下，连连点头：“明白了，老师。”

真衍王微微一笑，心中暗道：“罗峰这小子倒是一点就通。”

……

罗峰很快就收到了两册书，书被保存在银色手提箱内。

书房内，罗峰打开手提箱，大吃一惊。

之前购买的《飘血秘法》总共110册，堪堪放满整个手提箱，可是，此次仅仅买了《时空随笔》前两册，就占满了大半个箱子。

准确地说，这是金属书，连纸张都是黄金色的金属书页。

第1册长约0.5米，宽约0.4米，高0.4米。

第2册长约0.5米，宽约0.4米，高0.3米。

“两册书比笔记本电脑包都要大，都快赶上一个大背包了。”罗峰失笑。

难怪它们将整个大手提箱给占了大半。

罗峰低头看向封面，封面上有四个简单的宇宙通用语文字——时空随笔。

简单的文字，却仿佛包含了宇宙星空。

“嗯？”

罗峰一看，感觉到意识都被这四个文字吸引了，恍惚间，好似看到恒星爆炸、星辰衍变等场景。

片刻，他才回过神来。

“不可思议！”罗峰瞪大眼睛，“这只是虚拟宇宙系统传送过来的两册书，根本不是原版，竟然能够影响我的意识，写下《时空随笔》的那位伟大的存在未免太厉害了吧！”

罗峰连忙翻开金属页面，第1册有数千页，虽然都是金属书页，但是非常薄而且柔韧。

“《时空随笔》一共9册，随意写就，蕴含了10829种秘法。如果能够从这9

册中找齐10829种秘法，你起码能成为宇宙国主，哈哈……”

第一页上面只有简简单单的文字，诡异的是，罗峰耳边似乎响起了一道不羁的声音。

“幻觉？”罗峰很是疑惑，又翻开第二页。

第二页上有着一些简单的笔画，可在罗峰眼中，这些笔画隐隐化为一套简单却凌厉的剑法。

“厉害！”罗峰忍不住夸赞，“雨滴图上面只有简简单单九种玄妙，竟然创出了如此简单且犀利的剑法。”

早就悟透雨滴图的罗峰，在那些看似毫无规则的笔画中，迅速感应到了笔者传达的意境，看透了那套剑法。而且，因为悟透了雨滴图，他瞬间就学会了这套剑法。

他又翻开第三页，这一页上只有一片落叶，落叶上寥寥几支脉络，罗峰却看到九件念力兵器在半空中形成一体，从天而降，直接击杀对手。

“好利落的攻击秘法！直接通过九件兵器影响空间，镇压对手，而后趁对手处于弱势，直接击杀对手。”罗峰惊呆了，“这可比我所创的九线循环要强多了。我若是施展出图腾金柱，靠着衍神兵，估计勉强能比这招略强一些。”

和那位伟大存在记录下来的秘法相比，他创出的九线循环明显差一大截。

“太妙了！”罗峰又翻开第四页，眼睛一亮。

他不断翻阅，发现每一页都蕴含一种攻击秘法，全部是利用雨滴图的玄妙意境。雨滴图是简简单单的，而那位伟大的存在根据雨滴图创出了数种精妙绝伦的秘法，或是近身战秘法，或是掌控者远战秘法，或是幻术，或是念力攻击秘法……

“太不可思议了！”

罗峰一页又一页地翻阅，他从来没想过，很多秘法竟然能够那般施展。

他根本察觉不到那位伟大的存在是怎么想到的。而且，很多秘法都是精彩绝伦的，而这些秘法的根基都是雨滴图。

那位伟大的存在随意一写，就写出了数千种运用雨滴图的方法。

3天后。

“值，值了！”罗峰翻完第1册的最后一页时，忍不住惊呼起来。

第1册中有3219种秘法，罗峰全部掌握了。

“第1册仅仅耗费1000积分，即便我耗费3万多积分来购买也值了。”

罗峰合上书，仍旧有些激动。

他的脑海中浮现出一种又一种秘法。

是的，那位伟大的存在向罗峰打开了一扇窗户，不单单令他在参悟九宇混沌碑方面有了很多想法，而且让他对战斗又有了很多新的理解。

第480章

弱点

“秘法竟然能够这么施展。那位伟大的存在怎么这么聪明，根据一幅雨滴图就想出这么多秘法？”

罗峰将《时空随笔》第1册放到一边，又拿起第2册，翻开轻薄的金属书页，阅读起来。

《时空随笔》第2册对应九宇混沌碑上面的第二幅图细雨图。

论深奥程度，第2册明显比第1册要高数百倍，乃至上千倍，因为他本来只对第二幅图的内容感悟出了皮毛。

看到一页又一页上面记载的秘法，罗峰只觉得无比深奥。这些秘法都是根据细雨图所创，有的蕴涵了细雨图的皮毛，有的蕴涵了细雨图的部分奥妙，有的则概括了整幅细雨图。

“原来如此！”罗峰翻阅着厚厚的第2册，完全沉浸其中。

第1册中有3219种秘法，罗峰仅仅花费3天时间便全部学会了。而第2册中只有2102种秘法，其中有2083种秘法罗峰根本看不懂，只能够勉勉强强钻研另外19种秘法，将其和脑海中的九宇混沌碑上面的细雨图相互对照，也有所得。

那为什么秘法很珍贵呢？因为研究、学习秘法，也有助于感悟宇宙本源法则，这就是宇宙中很多人拼命想得到珍贵秘法的原因，毕竟能够观看混沌碑是宇宙人类族群中极少一部分人所拥有的特权，普通修炼者是看不到52尊混沌碑的。

罗峰长舒一口气，放下手中厚重的书。

“好书！真是好书！”罗峰看着眼前的书的封面，封面上“时空随笔”这四个字让人感应到宇宙衍变的场景，“如果价格再便宜一点就更好了，下次要购买第3册就得耗费10万积分，我去哪里弄那么多积分啊！”

赚取积分实在是太难了。

“巴巴塔，我看了多久？”罗峰郑重地将书放进身后的书柜中，同时问道。

“第1册，你看了3天，第2册，你看了29天。”巴巴塔回道。

“29天？”罗峰微微点头，随即摇头一笑，“3219种秘法，我三天全部学会，可是仅仅研究19种秘法就耗费了29天，而且还没全部弄懂。”

“效果如何？”巴巴塔问道。

“效果还行。”罗峰微微一笑，“我悟透了第10种和第11种玄妙。”

巴巴塔的眼睛瞪大，没好气地道：“罗峰，你太谦虚了吧！这哪里叫效果还行啊？”

雨滴图蕴含9种基本的玄妙，细雨图则蕴含27种更深一层的玄妙，暴雨图蕴含最后72种深奥的玄妙，一共108种玄妙，是宇宙空间本源法则最基本的108种单元。

“我这算是厚积薄发。”罗峰连忙解释道，“我在混沌城时，许多感悟都是片面的，若有所悟却没悟透。而现在我钻研了这么多秘法，灵光一闪，很多过去差点悟透的东西一下子就弄懂了，相互对照，让我连续悟透了两种玄妙。《飘血秘法》中有108套剑法，我学会了11套剑法，当然，过去的积累很重要，通过《时空随笔》，我一次性的收获极大。可是，往后就没这种好事了。”

第一次看《时空随笔》，得到的启发最大，往后这种好事是不太可能发生了。除非再次去参悟混沌碑，可混沌碑在混沌城中，而且参悟的机会很珍贵。

“啊！”罗峰忽然惊呼出声，猛地站起身来，“这32天，我一直在参悟《时空随笔》，那我岂不是错过了很多课程？哎呀，我连喜欢的公开课也没去听。”

太初区内有很多学习的课程，不过，全凭修炼者自愿去听课。那些讲解空间、秘法的课程，罗峰根本不屑一顾，那些不朽级强者讲的还真没他的老师好。

可是，讲解金之本源法则的，讲解空间和金两大本源法则融合的，算是罗峰很重视的两门课程。因为他的老师真衍王擅长的是空间本源法则，对金之本源法则虽然也有些感悟，但是不如那些钻研金之本源法则的不朽级强者。

“你现在后悔又有什么用。”巴巴塔嘿嘿笑道，“我这就提醒你，你最喜欢的空间、金这两大本源法则融合的公开课，今天晚上还有一节课。”

“太好了，我晚上就去听课！”罗峰连连点头，“不过，在此之前，我先去试试，看看我现在的实力如何。”

罗峰从阳台一跃而出，很快，就来到修炼场的入口。

修炼场内，地面光可鉴人。

“模拟成虬龙城吧！”罗峰一声令下。

在巴巴塔的辅助之下，修炼场顿时变成一座巨大的城市。

城市中空无一人，罗峰站在一座九层高的普通高楼的天台上。

他背着暗金色长棍，低喝一声：“起！”

顿时，其身上的暗金色长棍射出大量的金剑，足有1600把金剑，这些金剑迅速飞到一起，在半空中延伸出一根根蕴含玄妙法则的金丝。

眨眼的工夫，金丝就将金剑连在一起，成为金色的柱子——图腾金柱。

“去！”罗峰遥指前方的一座银行大楼。

“轰隆隆——”图腾金柱滚动，空间隐隐震荡。

图腾金柱瞬移似的，穿越数公里，瞬间就砸向银行大楼。

银行大楼微微一颤，而后直接化为齑粉，同时下面的大地微微震颤，冲击力朝四面八方波及开去，大地仿佛海浪一般起伏。

而后，方圆数公里内的一切全部化为齑粉。

“力量控制得不够精确。”罗峰皱着眉头，“我想将攻击力压缩成一条直线，可还是沿着地面波及开来了。不过，我将《时空随笔》中的3000多种秘法稍微改良一下，结合我刚刚领悟出来的第10种、第11种玄妙，图腾金柱的威力明显大多了。”

下一瞬，罗峰指着远处，大喝一声：“去！”

“轰！轰！轰！”

只见图腾金柱仿佛天神赐下的惩罚，或是砸在这里，或是砸在那里，一旦被砸，周围数公里范围内的一切直接化为齑粉。

“终于有举重若轻的感觉了。”罗峰越加满意。

这次观看《时空随笔》，的确对自己的帮助极大，衍神兵第四重已经这么强了，那么第五重呢？

“试试看！”

罗峰心念一动。

图腾金柱瞬间解散，化为无数金光，飞回他背上的暗金色长棍中。

“起！”罗峰一声低喝。

顿时万千金光从他背上的暗金色长棍射向四面八方，宛如太阳迸射光芒一般。

无数金光在飞行过程中聚合，直接化为36把一尺多长的金剑。接下来要做的，是将这36把金剑聚合成一把暗金色长剑。

衍神兵第五重，每把金剑是由81把金色小剑组成的，36把金剑就是2916把金色小剑。

罗峰深吸一口气，看着悬浮的36把金剑，低喝一声：“合！”

36把金剑瞬间合拢，每一把金剑都沿着复杂的金色秘纹衍射出万千金丝，每一根金丝都代表罗峰对空间、金这两大本源法则的感悟。

“成功，成功，合起来啊。”罗峰的额头渗出了汗。

只见密密麻麻的金丝彼此缠绕，完全整合了36把金剑，形成了3米多长的暗金色长剑的雏形，可是，这暗金色长剑的剑体上还有好几个区域犹在震荡、扭曲，金丝浮动，无法完全整合起来。

“合起来啊。”罗峰说着，脸色涨得通红。

他的意识和念力拼命地去控制，可是那几个区域的排斥力非常强。

“砰！”暗金色长剑猛地一震，还是溃散开来。

罗峰叹了一口气，摇摇头。

顿时，溃散的2916把金色小剑化作金光，又飞回罗峰背上的暗金色长棍中。

“如果我的念力达到了域主级，我就可以靠着强横的念力强行将其组合起来。”

罗峰心中暗道，“如果我对金之本源法则的感悟更深一点，也能组合成功。”

衍神兵是结合空间、金这两大本源法则而创出的一种念力兵器，堪称九大神兵之一。

因为金、木、水、火、土、风、光线、雷电，这八大本源法则比空间、时间这两大本源法则要容易得多，所以衍神兵在组合的时候，更加侧重于金之本源法则，对空间本源法则的要求相对而言要低一点。

“我对于空间本源法则的感悟较深，足够施展衍神兵第五重了，可是，我对于金之本源法则的感悟不够。”罗峰无奈一笑。

对于金之本源法则，罗峰的参悟速度并不慢。

对于空间本源法则，有了九宇混沌碑、《飘血秘法》、《时空随笔》以及真衍王的指点，加上空间的宠儿魔杀族分身的参悟，罗峰的参悟速度和参悟金之本源法则的速度相差无几。

按理说，对于金之本源法则的感悟速度应该远超感悟空间本源法则的速度才对。

“我没有专门教我感悟金之本源法则的老师，而且，我也没有研究金之本源秘法，现在看来，该让金角巨兽研究一套金之本源秘法了，这样一来，能够提高我在感悟金之本源法则方面的进步速度。”罗峰心中暗道，“传承记忆中，秘法不计其数，我夺舍的金角巨兽该选择哪一种秘法呢？”

第481章

奕轲

金角巨兽传承记忆中的战斗秘法非常多，当罗峰和巴巴塔都在研究选择哪种秘法更适合时，晚上的课程就要开始了。

太初区，1136号庄园。

一道人影冲天而起。

“这门公开课是讲述金、空间这两大本源法则相互结合的，不能错过。”

罗峰迅速离开庄园，而后便朝远处的一座超大型的堪称艺术品的高楼飞去。

这个时候，太初区内时而便有一道人影飞向高楼。

高楼占地面积有数百平方公里，放在地球上，那简直是不可思议的大型建筑。

讲学楼2号厅长80公里，宽60公里。

2号厅的后方有1000个座位，其他宽阔的空间都是讲课的不朽级强者的地盘。

“罗峰。”

“奕轲。”

罗峰笑着和一个穿着鳞甲战袍的精瘦青年打招呼。

这精瘦青年是光头，皮肤呈古铜色，整个人身上散发着一股凶悍的气息，这是罗峰在太初区结识的少数朋友之一。

随即，罗峰就坐到了精瘦青年旁边。

“这一个月，我都没看到你。”奕轲笑着说道，“平常讲解金之本源法则和空间、金这两大本源法则结合的公开课，你都会来听课的。这一个月差不多有近十节公开课，我一次都没看到你，我还向你发出了通话申请，可你竟然屏蔽了。”

“不好意思！我在研究一门秘法，沉浸其中，就忘记来听课了。”罗峰笑道。

奕轲是太初区成员，域主级强者，每次有讲解金之本源法则和金、空间两大本源法则结合的公开课，他必定来听课。

数次见面后，罗峰就和奕轲交上了朋友。

“你沉浸其中？”奕轲眨巴了两下眼睛，“估计你的收获不少。”

罗峰微微点头。

“哈哈！恭喜！”奕轲朗声笑道，随即压低声音，“不过，兄弟我这次应该也有不少收获。”

“哦？”罗峰眼睛一亮。

“你知道的，我现在掌握一方大权，偶尔也会有一些机遇。”奕轲眼中有着一丝期待，“希望这次能够成功，一旦成功……”

“还是你比较厉害，你现在都在外掌权了，我们还只是在内部修炼。”罗峰苦笑道。

虚拟宇宙公司关于核心成员培养分为几个层次：

天才战排名前1000的，直接送进混沌城，修炼30年，奠定基础。

宇宙级核心成员在虚拟宇宙公司的四大秘境中修炼，听不朽级强者们讲课，接修炼任务。

域主级核心成员就率领护卫队去某一个宇宙国，掌握一方大权。按照罗峰的说法，那就是去当封疆大吏，真正开始接触宇宙中的各种事情，算是脱离了虚拟宇宙公司的掌控，一切都需要靠自己打拼。

界主级核心成员直接去宇宙中闯荡，比如无比可怕的域外战场，又比如危险至极的宇宙秘境……

“珍惜机会吧！”奕轲感叹道，“罗峰，你现在还只达到宇宙级，还能在虚拟宇宙公司的保护下安安静静地修炼，接一接修炼任务，一切都在可控范围内。待你达到域主级，被外放到各个宇宙国，掌管一方大权，真正经历磨炼时，那才叫危险。而待你达到界主级，连护卫队都不准带，要直接进行各种生死磨炼。”

“嗯。”罗峰点点头。

宇宙级，相当于小孩子阶段，需要好好教育。

域主级，算是青少年阶段，在外闯荡。

界主级，算是成年人阶段，开始经历各种生死劫难。若是成功，一步登天，成为不朽级强者。可惜，成功的概率很小。

2号厅内，太初区成员越来越多，已经超过100人。

罗峰和奕轲坐在一起谈话时，一个有着金色胡子的矮壮大汉走了过来，面带笑容，问道：“奕轲，你旁边的这位就是罗峰吧？”

“扎吉武？”奕轲看了他一眼。

矮壮大汉看向罗峰，笑道：“你好，我叫扎吉武，和奕轲一样是域主级强者。之前早就听说过你的事，前几次想见见你，可一直没机会。”

“你好。”罗峰笑着打招呼。

“罗峰，扎吉武这家伙有点奸猾，处事方面还不错，跟我相识也超过千年了。”奕轲道。

“罗峰，”扎吉武摸了摸金色大胡子，坐到旁边，压低声音问道，“我听说你第一次去混沌城，在30年内就闯过通天桥的五层？”

“对。”罗峰轻轻点点头。

“厉害！佩服！”扎吉武连连点头。

“扎吉武，有事赶紧说。”奕轲眉头一皱。

扎吉武又压低了声音，道：“罗峰，我想跟你商量个事。”

“嗯？”罗峰眉毛一挑。

“我想在我们虚拟宇宙公司的宝库中兑换一些宝物，不过，我的积分不够。

我希望你能帮忙兑换一下，到时候我向你购买那些宝物。你花费多少积分，我愿意以1混元单位5积分的比例给你钱。假使你花费1000积分，我就给你200混元单位。你应该清楚，这个比例算不错了。”

“什么？”罗峰大吃一惊。

他花费5积分，对方就给自己1混元单位？

这个比例的确算不错了，按照宝库中很多宝物的价格计算，七八个积分相当于1混元单位的购买力。

“走走走。”奕轲连忙推扎吉武，“赶紧走！你这浑蛋，竟然敢骗我的朋友。”

“不算骗吧！他闯过通天桥的前五层，得到10倍奖励的积分，也就是31000积分，他现在根本用不到那么多积分。我给的比例算高了。”扎吉武连声说道。

奕轲眉头一皱，怒喝道：“好了，你在打什么小算盘，我还会不知道吗？这样吧，我也不拦你，我把其中的奥妙直接告诉罗峰，罗峰答应你，你们就交易，我就不管了。”

“怎么回事？”罗峰疑惑。

“你说吧。”扎吉武虽然不爽，倒也没有阻拦。

“罗峰，”奕轲低声说道，“你现在兑换物品，发现1混元单位相当于七八个积分，对吗？”

“嗯。”罗峰点点头。

“我要告诉你，要从宝库中兑换宝物，只能用积分。而不朽级以下的核心成员，想要赚取积分，只能靠闯通天桥、幻境海、不朽祭坛，还有接各种任务，故而积分是非常珍贵的。”奕轲郑重地道，“当然，你或许认为，只要有钱，在外界一样可以买到宝物，对吗？”

罗峰不由得点点头。

的确，只要有足够的金钱，在拍卖会等场所都能买到各种宝物。

“你错了。”奕轲摇摇头，“拍卖会分为初等、中等、高等，宇宙国拍卖会只是初等拍卖会，最低门槛是三星级客户，而高等拍卖会的最低门槛是五星级客户，光筹备拍卖会就需要很多年，所以要等到一次高等拍卖会需要很久的时间。而且，拍卖会并不一定就有你需要的宝物。”

“宝库不同，其中的宝物是不一样的。五大势力的宝库内包罗万象，无奇不有。其中，一些限制级的宝物，高等拍卖会都很少见，因为五大势力不想让一些无比珍贵的宝物外流。”奕轲再次解释道，“虚拟宇宙公司的宝库中有很多限制级宝物，越到后期，宝库的重要程度就越明显，可是，在宝库中兑换宝物，必须用积分，而积分很难积累，不朽级以下的强者禁止用金钱兑换积分，成为不朽级强者后，才可以用金钱兑换积分。虚拟宇宙公司对不朽级强者们兑换积分的规定是1混元单位兑换1积分。”

罗峰闻言一惊。

“该说的我都说了，你自己决定吧！”奕轲说道。

“奕轲说得没错。”旁边的扎吉武点点头，“宝库中有些宝物是无比珍贵的，外界的人想买都买不到，所以积分很珍贵。可是，罗峰，你现在才达到宇宙级，你要购买的宝物都是能在外界买到的，根本没必要浪费积分。你帮我购买，我给你钱，5积分兑换1混元单位，很划算。”

罗峰笑了。

奕轲看着扎吉武灰溜溜地离去，不由得笑道：“罗峰，我还真担心你会答应他呢。”

“我一开始就没打算答应。”罗峰笑道。

他还要购买《时空随笔》第3册，就得花费10万积分，还在烦恼怎么得到积分，怎么可能用积分去帮别人买宝物。

“这才对嘛，你算是厉害的，第一次进入混沌城，就闯过通天桥前五层，要知道，这十倍积分奖励只有刚开始才有的。”奕轲缓缓地道，“你得到了3.1万积分，还有一开始赠送的1万积分，好像积分是很容易得到的，可是，接下来你再试试看。”

罗峰仔细聆听。

奕轲毕竟是域主级强者，比他的经验更多。

“我有辅助金属生命‘喀俄’，辅助金属生命可以形成战衣护甲，可以形成兵器，甚至可以融合宇宙飞船，是非常棒的帮手。我让喀俄进化到域主级很容易，可是要进化到界主级，储备各种材料要花费整整86000积分，我现在都在为这个头疼。而达到界主级后，为喀俄耗费的资源更加惊人，至于让喀俄成为不朽级强者，我现在根本不敢想。”

罗峰心中一动。

奕轲有辅助金属生命，而他有辅助植物生命摩云藤，现在摩云藤进化到了域主级二阶，当初从宇宙级九阶跨到域主级，就耗费了一枚生命果实。

“巴巴塔，摩云藤突破关卡，进化到界主级，得花费多少积分？突破到不朽级，又要消耗多少积分？”罗峰连声问道。

“按照主人当年培育摩云藤的过程，摩云藤要突破瓶颈，从域主级九阶跨入界主级，需要不少宝物搭配，耗费约12万积分。至于从界主级九阶突破到不朽级，这个关卡是最难的。人类武者突破到不朽级，都不可思议，要帮助摩云藤突破到不朽级，难度更大。主人当年耗费620万混元单位，加上一些运气才成功，毕竟想要突破生命的桎梏，成为不朽级强者，没有谁敢说有十成的把握。”

第482章

不朽祭坛

“耗费620万混元单位，还要看运气？”罗峰心中掀起滔天巨浪。

那是多大的一笔财富啊！

整个黑龙山星域价值也就30万到100万混元单位。

“当年你的老师也是倾家荡产才成功的。摩云藤达到不朽级，是非常厉害的，比普通的不朽级强者要厉害得多。你的老师有了它，如虎添翼，别人就算比你的老师厉害，也很难击杀你的老师。”巴巴塔说道。

“可是，最后老师不还是被杀了。”罗峰心中暗道，“我一定要得到更多积分。”

量的积累很容易，可突破关卡是很难的。培养出界主级的摩云藤，代价很大。

那可是要耗费约12万积分啊！

“购买《时空随笔》需要积分，培育摩云藤需要积分，修复陨墨星号飞船也需要积分，而且都是大额积分，还好，现在我的压力不大。”

现在罗峰的积分勉强够用，前提是不再培育摩云藤，也不修复陨墨星号飞船。

“老师！”2号厅内，上百名太初区成员恭敬行礼。

“嗯。”

一个身高近30米，身体好似金属铸就，头部有着三个角的不朽级强者走进2

号厅。

此人的声音极为响亮："金，至阳至刚，坚不可摧，锐不可当！空间，包容一切物质和能量，时间，停止整个宇宙空间内的一切！"

厅内一片寂静。

这个不朽级强者绝对不允许讲课时下面有人说话，而他讲课前总会说出那一段标志性的话。

这是一个野蛮凶悍的超级强者，可虚拟宇宙公司的很多核心成员喜欢听他的课。

这个不朽级强者一边讲述，一边用手轻轻挥舞，半空中浮现出一道道法则秘纹。

"原来是这样。"罗峰仔细聆听，时而恍然大悟，时而微微点头，时而皱眉。

过了许久，讲课结束了。

罗峰转头，微微错愕，因为旁边的奕轲竟然消失了。

"咦？平常就算离开虚拟宇宙，他也会和我打个招呼。"罗峰心中疑惑，"难不成他中途就离开了？"

当即，罗峰给奕轲发出了通话邀请。

可是……

"屏蔽通话？"罗峰无奈一笑，"看来他是去忙重要的事情了。"

屏蔽通话设置是很常见的。一般来说，顿悟、修炼、冒险……只要做重要的事情，不容分心，都会选择屏蔽虚拟宇宙网络中的讯息。当然，还有一种可能，那就是死亡。一旦死亡，辅助智能、光脑等都无法上网，自然无法接任何通话。

听完课程，罗峰没有急着去为金角巨兽分身选择战斗秘法，而是决定去不朽祭坛和幻境海闯一闯。

"积分！我现在需要数十万积分，将来需要的积分更多。"罗峰很着急，"怎么才能得到积分呢？单单闯通天桥，得到的积分远远不够。"

听了奕轲和扎吉武这两个域主级强者的话，罗峰知道，越往后积分越是珍贵，不朽级强者们都用金钱去兑换积分，因为虚拟宇宙公司的宝库只允许用积分兑换宝物。

“先去不朽祭坛和幻境海看看。”

虚拟宇宙公司的核心成员可以轻易进入通天桥、不朽祭坛、幻境海这三大位面。

不朽祭坛位面。

一眼看不到尽头的庞大黑色山脉上有一座座山峰，每一座山峰顶端都有金色祭坛，一眼看去，那里有成千上万座金色祭坛。

“唰！”其中一座金色祭坛的阶梯下出现了一个黑发青年。

那人正是罗峰。

“嗯？”罗峰刚出现在不朽祭坛位面空间，就感觉不舒服，“我感觉不到宇宙本源法则的波动了，也感觉不到一点外界的能量，体内的原能没了，念力也稀少，勉强能支持一丝意识。”

他失去了原能、念力，失去了原本可以感应到的宇宙本源法则波动，能用的只有肉身的力量。

“测试纯粹力量的地方！不朽祭坛！”

罗峰抬头，只见阶梯一共有99级，最上面的平台代表第100级。

“只有身体发力达到100单位，才能够完美控制身体。”

罗峰踏着阶梯，迅速走到祭台上。

不朽祭坛的祭台上有一个人形靶子，旁边就是屏幕，屏幕上有一段文字，翻译出来就是：“请在1秒内，分别使用拳头、肘部、头部、膝盖、脚击打靶子，按照这五击的最低攻击力计算实力。”

“五击？”罗峰一怔。

原本以为是像地球上的测试那样，一拳击出去即可。没想到，首先时间就有限制，必须在1秒内，而且要同时施展出五次攻击，还规定用拳头、肘部等五个身体部位进行攻击。

“试试看。”罗峰稍微活动了一下筋骨，对着眼前的人形靶子发动攻击。

罗峰整个人呈弓形，右拳宛如离弦之箭狠狠地砸在人形靶子的头部。

随后，他一旋身，将身体力量凝成一股，一脚踹在人形靶子的胸膛上，令人形靶子直接凹陷。

他刚一落地，猛地往前冲，跃起，膝盖猛地往上，直接击在人形靶的腹部，力量完全爆发出来。

紧接着，他一躬身，身体仿佛一张大弓，一个反弹，额头狠狠击在人形靶子的胸膛上。

之后，他整个人一跃而起，右肘弯曲，全身肌肉迸发出一股股力量，瞬间传递到右臂。

随着重重的肘击，5次攻击完成。

“嗯？”罗峰看向旁边的屏幕。

屏幕上出现数据：31单位，28单位，36单位，29单位，35单位，成绩为28单位，获得0积分。

“发力是28倍蛮力？”罗峰摇头。

当初在地球上，最高级的九重雷刀不过是7倍发力，当然现如今罗峰的境界完全不一样了，随便都能创出上千套比九重雷刀要好得多的秘法，就跟九宇混沌碑创造者书写《时空随笔》一样。

“1秒内，身体的五个部位连续攻击，以最低攻击力计算。嗯，要求真苛刻。”罗峰尝试过一次，明白为什么要这么要求了，“在短时间内，全身的各个部位攻击都能达到100单位，才能代表真正完美地控制了自己的身体。”

“再来！”

罗峰又连续发起五次攻击，又出来了五个成绩。

35单位，30单位，36单位，29单位，35单位，成绩为29单位，获得0积分。

“再来！”

成绩为28单位。

“再来。”

成绩为30单位。

……

罗峰连续尝试了数百次，最好的成绩也就是32单位，最差的成绩仅仅26单位，得到的积分都为0。

闯通天桥、幻境海、不朽祭坛，都是可以得到积分的。可是，规则是不一样的。

九宇通天桥一共二十七层，闯过第一层能得到100积分，闯过第二层能得到200积分，闯过第三层能得到400积分……以此类推，多闯一层，得到的积分是闯过前一层的两倍。

……

幻境海上有一座座岛屿，从外围的岛屿不断往幻境海的深处飞行，越是里面的岛屿，所谓的幻境意志压迫等就越加可怕，幻境海的积分规则有点类似于通天桥。

从外到内，幻境海一共有21座岛屿。

闯过第一座岛屿能得100积分，闯过第二座岛屿能得200积分，闯过第三座岛屿能得400积分……依次类推，幻境海最深处的便是第21座岛屿。

……

不朽级强者都在闯幻境海、通天桥，甚至尊者都会去闯，所以积分高。

可是，不朽祭坛就不同了。完美掌控全身的力量，是成为不朽级强者的前提之一，所以不朽祭坛是三者中积分最高的。

发力50单位，获得1000积分。

发力60单位，获得2000积分。

发力70单位，获得4000积分。

发力80单位，获得8000积分。

发力90单位，获得16000积分。

发力100单位，获得50000积分。

（低于50单位，一律获得0积分）

“我的发力这么差吗？”

一座金色祭坛上，罗峰一次又一次练习，尝试了数万次，耗费了整整一天，最好的成绩也仅仅是34单位。

其实，这也怨不得人。

首先罗峰是精神念师，平常就没认真训练过身体发力。

魔杀族分身虽然擅长近身战，但是它乃能量生命，根本不是靠肌肉发力，根本没有发力这一说，所以也锻炼不了发力的能力。

金角巨兽是血肉类生命，的确有重视发力这一说，可是，这么多年来，它一直钻研《绝对空间》《本尊天地》，其他时间都在感悟金之本源法则，至于战斗类秘法，从来没练过。不过，金角巨兽的身体结构天生就擅长发力，就算不钻研，也能达到60单位到70单位，而人类的身体发力要难一点。

罗峰能达到34单位，主要是靠意识强大，还有对宇宙本源法则的感悟深。

“太丢脸了，竟然0积分，回头就给金角巨兽找一套重视发力的战斗秘法练一下，发力是成为不朽级强者的关卡之一，不能大意。

“嗯，此次闯不朽祭坛，没得到积分，那就算了，我去试试幻境海。

“我的意识和意志很强，这是我最自信的方面。到了幻境海，我必须闯得更深一点，得到的积分才会更多。”

罗峰当即准备前往幻境海位面。

忽然——

“嗯？邮件？”罗峰手指轻轻地点了一下，半空中直接浮现出一面屏幕，屏幕上有一封邮件，“是虚拟宇宙公司发来的！”

罗峰点开邮件阅读起来，可他的脸色瞬间变得苍白。

“不可能，不可能。”罗峰连连摇头。

第483章

心如镜，心如刀

“怎、怎么可能呢？”罗峰看着邮件上的内容，连连摇头，“奕轲，奕轲大哥竟然死了？”

这是一封发给整个太初区所有核心成员的邮件，太初区成员本来就很少，一共才1100多人，个个都算宇宙国中一等一的超级天才。

太初区平均万年才招纳不到20人，每一个天才都很珍贵。

每殒身一个天才，都会通知太初区所有成员，以示提醒。

“奕轲大哥……”罗峰身体一颤，脸上露出悲伤的神色。

昨天上公开课的时候，在他没有察觉的时候，奕轲的意识就离开了虚拟宇宙网络。后来，他给奕轲发通话邀请，对方也没接。当时他还以为奕轲是去忙顿悟、寻宝等事情了。现在看来，当时奕轲很可能就已经遭遇了不测。

“奕轲大哥是虚拟宇宙公司的，是掌管一方大权的人物。怎么就这么死了呢？就算他脱离了公司的保护，会遭遇很多事，可是毕竟是虚拟宇宙公司的核心成员，怎么就这么被杀了？”罗峰不敢相信。

他的心中浮现出一幕幕回忆。

……

“又是你？前两次我听课时就看到过你，真巧啊！”一个穿着鳞甲战袍的彪悍青年走过来，笑着说道

“真巧。”罗峰淡淡一笑，“我叫罗峰。”

“我叫奕轲。”

……

“我跟你说，虚拟宇宙公司域主级的核心成员都会被外放到自己所属的宇宙国。这次我回家乡，掌管一方大权，感觉就是不一样。我的族人们因此地位大大提高，谁也不敢随便欺负我铜焰族。”奕轲自豪地道。

“我的老家地球也一样。我进入了虚拟宇宙公司的核心层，地球人在黑龙山星域的地位都变得极高。”罗峰笑道。

“嗯，族内有强者，族群的地位才会跟着提高。不过，如果我们殒身了，族群的地位也会猛地下降。”奕轲脸色一沉，“不过，我一定会努力，争取成为不朽级强者！”

“一起加油。”罗峰心中也充满斗志。

罗峰认识奕轲并不久，可是两人很投缘，或许是因为两人有很多共同点，他们很谈得来。

“成为不朽级强者之路充满坎坷……”罗峰轻声喃喃，看着面前的屏幕。

致雨相山太初区的所有成员：

虚拟宇宙公司刚刚得到消息，奕轲，太初区的域主级成员，从天才战一路走来，一直十分优秀，却不幸殒身了。

这是一个让人悲痛的消息。

太初区通过两种方式招纳成员：一是通过天才战，二是通过强者战。每隔万年，招纳不超过20人。然而，随着时间流逝，几乎每隔数百年，就会有天才殒身，最终真正能够经历一路坎坷，成为不朽级强者的天才极少。

95%，这是一个令人心颤的数字！这是太初区数年来总结出的天才殒身的概率。没错，太初区会有95%的天才殒身！

现在生活在太初区的有1137名天才，95%的天才会在通往不朽级的坎坷之路上倒下，只有5%的天才能够走到最后，成为不朽级强者。

希望所有活着的成员务必警醒！

听课？修炼？接任务？外放到家乡宇宙国？界主级生死闯荡？虚拟宇宙公司给予你们很大的自由，路是你们自己选的，危险程度也是你们自己选的，要为自己的选择负责！

希望你们将来在面临生死的时刻，别为自己的选择后悔！

虚拟宇宙公司

太初区，乌卡庄园的客厅内。

这一次天才战中被选入太初区的有罗峰、戎钧、艾辰、奥帕特拉、乌卡、将莫、千水、兰斯洛这八人，他们第一次聚在了一起。

八人中，罗峰、戎钧、乌卡走得近，奥帕特拉和兰斯洛的关系好，艾辰、将莫、千水的关系较好。

此刻，八人围坐在客厅，都很沉默。

“95%的人会殒身。”半晌，兰斯洛低声喃喃，“我一想到一名又一名天才殒身，现如今热闹的太初区很可能变成一个大墓地，我就不寒而栗。”

周围死一般的寂静。

客厅的气氛仿佛凝固了，无比压抑，所有人都感觉到了压力。

罗峰感觉整个人浑身冰冷。

“这些日子，我去听课，我去修炼场演练，我研究《时空随笔》。老师都亲自提醒我，让我去接修炼任务，一边战斗一边磨炼自己，而我没真正当回事。在混沌城30年的安逸生活，让我麻木了，修炼者只有经历生死磨炼，百炼成钢，才能成为伟大的强者。”

其他七人也坐在那里，心中想了很多。

“呼！”罗峰起身，其他七人不由得看过来。

“既然走上这条路，除非选择退出，回去过安逸的生活，否则只能往前闯，跌了跟头后可以爬起来，重伤了可以恢复，若是死了就一切完了。不朽级强者之路困难重重，不是什么人都可以走的。”

话落，罗峰直接转身，走到外面，一飞冲天，消失不见了。

其他七人略微一怔。

戎钧也站起身来，沉声说道：“罗峰说得对，不朽级强者之路困难重重，不是什么人都可以走的，没有那个毅力，直接退出好了。”

说完，他直接转头，走了出去，随即也一飞冲天。

“哈哈！不就是战斗嘛，我蛮卡星人就是最喜欢战斗的民族。”乌卡也站起身来。

“走！”将莫站起身来。

“嗯。”千水跟着他的哥哥也离开了。

“修炼任务。”戎钧坐在自己的书房中，点开屏幕，仔细看着，“安全级、普通级、困难级、危险级、绝境级。第一次去做修炼任务，没有丝毫危险，根本没什么磨炼效果。现在可以选择挑战有危险的任务，将来出去就没得选择了，可第一次也不能选择挑战太危险的任务，毕竟没经验。”

“困难级！”戎钧当即选择了修炼任务。

幻境海位面。

黑色的大海咆哮着，海浪掀起数十米巨浪，一次又一次拍击着悬崖的岸边。

罗峰站在悬崖上，遥看无尽的幻境海。

“强者除了天赋、悟性、努力程度、秘法等外部资源，更重要的是要有一颗强者之心。”罗峰遥看前方，“心如刀，意志如一，前行之路上的任何阻碍都不算什么，一路闯荡，满怀敬畏之心，做无畏之事；心清如镜，可看清世间的一切。”

罗峰直接化作一道流光，朝幻境海中的第一座岛屿飞去。

心清如镜，这是罗峰很早就达到的一个境界，任何时刻都能保持绝对的冷静。

好友的惨死，无异于当头棒喝。

这让罗峰反省自己，最终看清自己。

心如镜，是心的一个方面达到极致。

心如刀，是心的另外一个方面达到极致。

洪和雷神都很重视心灵修炼，他们两人的心境早就达到堪称圆满的地步。

或许别的方面弱，可是在心境方面，洪和雷神在宇宙中都算是巅峰的。

而罗峰能做到心如镜、心如刀，和他们的差距缩小了不少。

“这等幻境也想影响我？我心如镜，看清一切虚妄！我心如刀，除掉一切幻惑！给我破！”罗峰的意识发出震天的喝声。

天地震颤，而后直接崩裂，幻境破碎，显现出原本岛屿的场景。

这是一座白色的沙砾岛屿，岛屿上长着一些树木花草，环境优美，远处的海域则一片黑暗。

此刻，远处渐渐浮现出一抹白色，那是显现出的更深处的一座岛屿，唯有闯过一座岛屿的幻境，幻境海中才会浮现下一座岛屿。

“我很想看看，什么幻境能阻拦我！”

……

罗峰瞬间冲天而起，化作一道流光，飞向第六座岛屿。

是的，就在刚才，罗峰已经连闯幻境海五座岛屿。

那五座岛屿丝毫没有影响到罗峰。

第484章

幻境海

幻境海的最深处，第二十一座岛屿的边缘有一名身穿金黄色衣袍的老者正盘膝坐着，他是幻境海的管理者。

“嗯？”脸上布满黑色鳞甲的老者睁开双眸，遥看远处，低声惊叹，“一个才达到宇宙级九阶的小家伙，竟然这么轻松就闯过了幻境海的第七座岛屿，很多界主级强者都不一定能闯过第七座岛屿。”

老者当即开始看罗峰的详细资料。

“真衍王的弟子？真衍王善于教导徒弟，可是意识和意志是没法教的，我倒要看看这个小家伙能够闯到哪一座岛屿，如果能闯到第九座岛屿就厉害了，那是很多界主级巅峰强者都无法闯过的。”老者微微一笑，遥看远方，观看罗峰闯幻境海的过程。

片刻——

“他竟然闯过了第八座岛屿！”老者很惊讶，直接站起身来。

其实，幻境海的二十一座岛屿跟通天桥很像。不过，意识和意志是虚幻的，是不可捉摸的。单单论意志，一个学徒级的小家伙不一定就比界主级强者弱。当然，其意识强度肯定是远远不如界主级强者。

可是，幻境海不单单测试修炼者的意志，同时要测试意识。

“他的意识强度不如界主级巅峰强者，”老者眼中满是震惊，沉声说道，“这在幻境中是很吃亏的，可是，很显然，他的意志弥补了意识的不足，意志如此坚定，竟然比很多界主级巅峰强者还要强！”

“第九座岛屿了！”老者语气中有着一丝紧张，“第九座岛屿堪称界主级强者的一个极限，只有极少数界主级强者能闯过。这个罗峰仅仅达到宇宙级九阶，怎么可能闯过？”

第九座岛屿。

罗峰站在一座三四百米高的山峰上，目光冷厉，没有丝毫畏惧。

仅仅几秒钟，幻境伴随着威压完全笼罩住了罗峰。

“轰！”罗峰感觉仿佛一座大山狠狠地砸在自己的意识上。

这纯粹是意识强度的较量，很多界主级巅峰强者的意识被狠狠一砸，都会感到眩晕，而后陷入幻境。

一阵天旋地转，罗峰的意识变得迷糊。

“心如刀！凝！”

罗峰的意识发出咆哮，那近乎溃散的意识瞬间凝结在一起，意识再度清醒。

意志相当于将军！

意识相当于士兵！

意识的强弱，取决于精神力强度、脑域阔度等，实力越强的人意识越强。比如界主级强者散发出灵魂威压，轻易就能击杀行星级、恒星级强者，毕竟就算这个界主级强者的意志一般，可他的意识是很强的。

罗峰的意识强度就是域主级六阶金角巨兽的意识强度。

金角巨兽比同级别的修炼者要强得多，几乎堪比域主级九阶巅峰，接近界主级一阶强者的平均意识强度。

罗峰的意识强度达到了域主级巅峰，现在遭受界主级巅峰的意识撞击，幸而其意志无比坚定。坚定的意志作为统帅，将所有意识凝结为一，扛住了这一记轰击，而没有崩溃。若是罗峰的意识强度只达到宇宙级，恐怕瞬间就被轰散了。

“罗峰，小海在乾巫道场和人争斗，被别人的保镖给杀了！”

场景陡然变幻，在罗峰意识受到撞击，陷入迷糊的瞬间，幻境降临。

徐欣正焦急地朝他大喊着，幻境甚至直接侵入罗峰的记忆，欲和罗峰的记忆融合。

“什么，小海他……”罗峰震惊。

心清如镜，即使有一丝灰尘降落，心镜也能清晰地映照，罗峰立即感觉到了不对劲。

“幻境终究为幻，一切幻惑都破碎吧！”

罗峰的意识凝结如刀，直接摒弃一切幻境，对着天空劈出一刀，却只是令幻境世界微微一震。

他冷笑一声，闪电般劈出千万刀。

“轰隆隆——”幻境世界出现了一道巨大的裂缝，随后整个幻境直接崩溃，周围显现出了第九座岛屿。

远处的黑色海域中浮现出一抹白色，那是第十座岛屿。

“第十座岛屿！”罗峰直接飞了过去。

幻境海最深处，第二十一座岛屿的边缘。

老者脸上露出震惊之色：“好强的意识！好可怕的意志！我很久没见过这么可怕的意志了！这人拥有这么可怕的意志，最后不是走进绝境而殒身，就是成为超级强者。”

能进入幻境海，代表天赋极好。在天赋好，又有优秀资源培养的情况下，一名有着无比可怕意志的绝世天才只有两条路：其一，走到绝路而殒身；其二，成为超级强者。

“之前的伯兰闯到第七座岛屿失败，戎钧闯到第六座岛屿失败，那两人的意识和意志已经够可怕了，而罗峰……”老者顿了顿，继续说道，“这种意志极度可怕的人物，在面临生死劫难时，只要有一丝生机，就能存活下去，除非在绝境中殒身，否则必能成为超级强者。不行，我得立即将这个消息回禀上面。”

虚拟宇宙公司设置通天桥、幻境海、不朽祭坛，就是为了选拔出天才中的优秀者。不朽祭坛是三者中最不受重视的，因为界主级巅峰强者几乎个个都能完美掌控身体，而很多不朽级强者乃至宇宙国主都会去闯通天桥、幻境海，所以，通天桥和幻境海更受重视。

第十座岛屿。

罗峰目光收敛，意识凝聚为一体，如镜如刀，坚定无比。

幻境伴随着无比可怕的威压降临……

“轰隆！”

仿佛天崩塌一般，砸落下来，直接轰击在罗峰的意识上，几乎是一瞬间，其意识便被完全轰散了。

失败！

任其意志再坚定，可在堪比普通不朽级强者的意识强度面前，就如同蝼蚁一般直接被摧毁。

幻境海最深处，第二十一座岛屿的边缘。

老者写了一封信，将罗峰的详细情况全部写明了，重点说明了罗峰的意志是何等可怕。

“呼！”老者将信发送后，松了一口气。

“顺便按照老规矩，再通知真衍王和珑玉王。”

老者又写了一封简单的邮件，发给了真衍王和珑玉王。

按照规矩，罗峰将来会归到九剑尊者的麾下，所以其成长过程中的一切讯息必须记录在案，而且要发给九剑尊者麾下专门管理此事的珑玉王。

而真衍王是罗峰的老师，并且他还专门交代过老者，老者自然也不敢隐瞒罗峰的相关讯息。

老者看向远处的空中，低声说道：“就算那些经历诸多劫难，身负大仇的人，意志也不可能这么可怕。事实上，那些仇怨越大的，意志虽然很坚定，但是更容易受到幻境的影响。这么坚定的意志，得有多么特殊的际遇，才能造就出来啊！”

的确，罗峰能走到这一步，得益于诸多际遇。

一是罗峰从小骨子里就对自己很狠，当武者，去生死线上战斗。二是金角巨兽侵袭地球时，他已经赴死，却又夺舍金角巨兽，成功活过来了，死而复生的感觉对整个人的意志改变是很大的。三是金角巨兽血脉对其灵魂有很大的影响，令他变得冷静坚毅。

而后，受到洪、雷神的教导，学习了数千年来先辈们传承下来的磨炼心境的方法，令罗峰达到心如镜的境界。

罗峰一直注重心境的修炼。此次奕轲的死、虚拟宇宙公司发的那封邮件，以及枯坐30年，令他的心境再度有了跃升，达到了心如刀的境界。

心如镜、心如刀，造就了不受幻惑的坚定意志！

第485章

修炼世界

当幻境海的监守者将罗峰的讯息上传给虚拟宇宙公司管理层时，罗峰本人丝毫不知情，他回到了太初区庄园的书房中。

“幻境海、通天桥，我都闯到了现如今所能达到的极限，短时间内无法再前进。”罗峰坐在书桌前，看着面前的电脑屏幕，“那么，我现在就通过修炼任务来磨炼自己吧！”

罗峰右手拿着鼠标，点开后台管理文件，而后点击了“修炼”一栏。

“修炼任务的危险程度分成五个级别……”罗峰看着屏幕，微微皱眉，“选哪一个级别的修炼任务呢？”

屏幕上显示出了修炼任务的五个级别：安全级（死亡率为0），普通级（死亡率为10%），困难级（死亡率为20%），危险级（死亡率为50%），绝境级（死亡率为90%）。

“这是我第一次接修炼任务，我对它一无所知。”罗峰心中暗道，“一开始，我不能逞能，傻乎乎地直接选择绝境级，这是对自己不负责任。如果是乌卡、戎钧他们，为了谨慎起见，他们很可能选择困难级。”

“那我……”罗峰略一思索，微微点头，“那我就选择危险级吧！”

危险级是五个级别中危险程度排名第二的，死亡率高达50%。

一般来说，接受修炼任务的都是1008个宇宙国选出的最优秀的天才，很多人第一次都不敢选择死亡率这么高的，都是经验丰富后，才开始尝试选择危险级的修炼任务。

“我和他们不同，我还有两大分身，我的分身比本尊强得多，如果不选择危险一点的，就没挑战性了。”

虽然罗峰很自信，但是为了谨慎起见，他没敢选择最可怕的绝境级，那可是有着90%的死亡率。

那些敢选择绝境级的，个个都做好了充足的准备，无比自信。

可是，死亡率还是很高，十有八九会丧命，活下来的极少。

……

罗峰轻轻点击，选择了危险级的修炼任务。

“嘀！”

屏幕上出现了一段警告性质的红字：警告！警告！罗峰殿下，你是第一次接修炼任务，按照我们虚拟宇宙公司有史以来的统计，第一次接修炼任务就选择危险级的，死亡率高达78.2%，请慎重选择！如果继续选择，请点击确认按钮，否则取消此次修炼任务。

罗峰眉毛一挑。

“既然是修炼任务，肯定存在一线生机。既然存在绝境级任务，这危险级任务蕴含的生机肯定更大，我若是连危险级任务都完成不了，岂不可笑？”罗峰毫不犹豫接了危险级任务。

屏幕中立即出现了崭新的页面，页面上有一些详细的介绍：危险级任务是很多核心成员在经历诸多历练后会选择的，死亡率约为50%。危险程度高，奖励的积分也很惊人。

下面为危险级任务的列表：

1.维斯卡星（虚拟宇宙公司原始秘境内）

2.七焰殿（虚拟宇宙公司天地秘境内）

……

6.绿魔世界（虚拟宇宙公司末世秘境内）

……

9.龙塔星（虚拟宇宙公司太初秘境内）

……

18.九星海（巨斧斗武场巨斧秘境内）

……

29.狱战场（宇宙佣兵联盟荣耀秘境内）

……

36.血洛世界（虚拟宇宙公司太初秘境内）

……

186.炎冰大陆（宇宙星河银行黑洞秘境内）

列表上面整整有186个危险级任务，所有危险级任务都是在一个个秘境中进行，这些秘境都是宇宙人类五大巨头已经掌握并且改造过的。

“186个危险级任务？其中的龙塔星修炼任务就在太初秘境内进行？”

罗峰轻轻点开第9个修炼任务“龙塔星”，稍微看了一下。

宇宙秘境的范围大小不一，小的堪比一个星系，如银河系，大的堪比一个星区，如乾巫宇宙国。

宇宙秘境浩瀚又神奇，说不定能孕育出悬浮在空中的大陆，或者特殊的星球等。总之，宇宙秘境中诞生出的特殊区域很奇特，恐怕很多人一辈子都想不到。

“龙塔星是太初秘境中孕育出的一颗古老的星球，数年来，在宇宙本源雾气的笼罩下，繁衍出了各种强大的龙族，或是倾向于肉身战斗的雷龙，或是倾向于灵魂攻击的人龙，或是二者兼具的黄金龙……”罗峰看着有关龙塔星的详细介绍，很是激动。

这份介绍的内容非常长，总结起来就是，龙塔星的修炼任务就是猎杀龙！

“啧啧！果真有挑战性！”罗峰嘀咕道，“龙塔星内的最强者实力可媲美界主级巅峰强者，最弱者也达到了宇宙级，故而猎杀过程中必须小心谨慎，一旦被强大的龙发现，那就不是猎龙，而是被龙猎杀了。”

……

罗峰翻看了一个又一个危险级任务，惊叹不已。

“血洛世界也在太初秘境内。”罗峰眼睛一亮。

首先，选择修炼任务时，最好选择太初秘境内的，若是选择其他宇宙秘境内的，单单通过宇宙飞船赶路就要很久时间，而太初秘境内一共有五个特殊区域提供危险级修炼任务，罗峰比较倾向于血洛世界。

血洛世界是太初秘境孕育出来的，是悬浮在空中的一片浩瀚的大陆，宇宙秘境是宇宙衍变时诞生的，而血洛世界是太初秘境极早时期便诞生的强大世界，它的历史悠久，甚至超越人类最古老的宇宙国。

血洛世界中生活着无数强大的人类，他们形成了自己的语言、文化、修炼文明。此外，他们极度崇拜力量。

血洛世界的详细介绍也很长，看得罗峰心动不已。

“这么神奇的世界，竟然有土著是不朽级强者。”罗峰不禁惊叹，“可惜，宇宙秘境中有着大量尘埃，令不朽级强者们无法加速到光速，从而进行宇宙穿梭，所以那些土著不朽级强者依旧待在血洛世界。”

血洛世界的直径接近1光年，也就是9万亿公里，如此庞大的面积，使得血洛世界的人口无比惊人，加上血洛世界一直处于宇宙本源之力的孕育下，所以强者如云。

想要进入血洛世界，提示如下：

其一：血洛世界的人极度仇视外来者，所以要接血洛世界的修炼任务，首先任何科技类物品一律不得携带入内。此外，血洛世界里原本就有一些特殊的念力兵器、原力兵器，不可以再携带特殊的念力兵器、原力兵器入内。

其二：进入者必须穿着血洛世界普通人的服装。如果长相过于怪异，需要进行容貌改造，以符合血洛世界普通人的审美。

其三：血洛世界的语言和宇宙通用语不同，进入者必须先学会血洛世界的语言。

罗峰点点头，笑道：“还好，血洛世界中有千万种人类族群，我长得算是比较正常的。另外，我是研究宇宙本源法则的，使用战刀和使用念力兵器没区别。至于学习血洛世界的语言，以我堪比普通光脑的意识运算速度，半天即可学会。”

罗峰最终决定选择血洛世界，因为这是一个拥有崭新文明，传承亿万年的古老世界，而且也是以人类为主的，不像其他修炼任务的世界有各种稀奇古怪的事物。

……

血洛世界修炼任务：

1.获得血洛晶一颗（血洛晶是血洛世界的特产，宇宙中的其他地方都没有），还可获得1万积分。

2.获得“血武者”称号，得到“血洛勋章”，还可获得10万积分。（提醒：99.5%接血洛世界任务的，都是完成第一项任务。）

两个任务只要完成一个，就代表修炼任务成功完成。

“嘀！

“请确认接受血洛世界修炼任务。

“接受成功。

“请填写出发时间，虚拟宇宙公司会安排宇宙飞船送你前往血洛世界。”

罗峰微微一笑。

罗峰之所以选择血洛世界修炼任务，一是因为它有着独特的文化和修炼文明，二是因为大多危险级任务的奖励积分是1万到2万。极少会出现供人选择的双任务。

完成血洛世界的第二项任务，竟然能得到10万积分！

天哪！10万积分是什么概念啊？闯过通天桥第十一层才能得到10万积分。

罗峰才闯过通天桥第五层，想闯过第十一层，估摸着要数千年之后了吧。

“要得到血武者称号和血洛勋章估计很难，不过，总得试试。”罗峰笑道。

接收了修炼任务后，罗峰就开始做各种准备。

“衍神兵是宇宙中的九大神兵之一，而血洛世界中根本就没有制作衍神兵的材料，我进入血洛世界后，绝对不能拿出衍神兵，影金刀也不行，这样看来，我得定制一把锋利的血影战刀。”罗峰决定定制一把血影战刀和一面六棱盾牌，这些材料都是血洛世界中有的。

“摩云藤是辅助植物生命，在1008个宇宙国中都很稀少，血洛世界中根本没有摩云藤。我不能现出摩云战甲，战甲只能暂时给我的魔杀族分身穿了。

“还好，血洛世界中有空间戒指，到时我再定制一套战甲、战靴、战盔。”

罗峰迅速做着各种准备，他必须将自己装扮得和血洛世界的土著人没有多大区别，因为血洛世界极大，里面的人类族群数以千万计，只要不是太特殊，应该是没有问题。

不过，如果谁在血洛世界中玩镭射枪，被其中界主级强者、不朽级强者发现了，必死无疑，因为血洛世界根本就没进行科技方向的研究。

罗峰耗费三天时间，以媲美初等光脑的意识运算速度，学会了18种血洛世界的方言。

“嗯！一切准备就绪！”

第486章

血洛世界

太初秘境。

薄雾弥漫整个空间，一颗巨大冰星周围有一块块星辰碎片在旋转，罗峰的居所就是其中之一。

“嘿，殿下购买了那么多东西，他到底准备干什么啊？这几天，宇宙飞船都飞过来好几次了。”

“谁知道呢，反正殿下有着巨额财富，可以随意购买。”

几名宇宙级护卫一边在庄园中巡逻，一边闲聊着。

“都给我闭嘴，少议论殿下的事！”正在指挥别人搬箱子的域主级强者转头喝道。

他是护卫队的队长。

“是。”护卫们不敢多说。

“哼！”队长这才扭过头，继续指挥，“你们将那个大货箱搬到那边，对，然后把这个大货箱搬到这边放好，这个很重要，轻拿轻放。”

庄园都快被各种货箱摆满了。

修炼室。

这三个月来，罗峰一直躺在营养舱中。

“嘀！”营养舱的舱盖忽然缓缓打开。

只见一个精壮的黑发青年从已经变得接近清水的营养液中起身，一步跨出，同时其体表瞬间发热，强烈的热浪将体表的液体蒸干，体表直接浮现出深红色的休闲装。

“身体和念力都达到宇宙级九阶。”

罗峰略一用力，全身的肌肉迸发出强劲的力量，令周围的一切都炸裂开来。

“感觉好奇怪。”罗峰转身看了营养舱一眼，储存器内还有很多珍贵的营养液没有用掉，“短短三个月的时间，就让我的身体和念力直接提升到了宇宙级九阶，身体力量已经完全达到饱和状态。”

他的身体力量已经达到饱和状态，无法再提升。除非突破到域主级，令身体基因发生改变，身体发生本质的跃升，才会有新的提高。当然，实际上罗峰能够提高到域主级，奈何其体内世界仅仅达到域主级六阶的状态，令其身体无法直接提升到域主级九阶，暂时只能保持原状。

当罗峰从主楼内走出时，正在庄园内忙活的一些仆人和护卫都大吃一惊。

“殿下！”

“殿下！”

所有人都恭敬行礼。

“殿下。”奥多化作一道流光，从自己的居所中飞出，恭敬地向罗峰行礼。

“哈哈……”罗峰看着庄园中大量的货箱，笑着说道，“这些天来，要处理这么多货物，奥多，辛苦你了。”

“应该的。”奥多连忙说道。

“货物都齐了吗？”罗峰问道。

“殿下订的货物已全部交齐，都在这里。”奥多回道。

罗峰微微点头。

眼前这些货物是他耗费了860混元单位才全部买齐的。

他深知积分无比珍贵，所以能不动用积分，就尽量不动用。

860混元单位是平海公司分给他的。平海公司每年都有分红，特别是那次融资很成功，让罗峰这个大股东得到了巨额分红。

当然，他的大部分钱都投资给平海公司了，自己留了近1000混元单位，而这次一下子用掉了860混元单位。

“有了这些，金角巨兽修炼本尊天地秘法第二层就能有所小成了。”罗峰心中暗道。

眼前的货物包括培育摩云藤的诸多珍贵物品、为前往血洛世界准备的各项物品，可最重要的还是金角巨兽修炼本尊天地秘法所需的各种珍贵材料。

修炼本尊天地秘法，要求非常苛刻，实力越弱，修炼越容易。

第一层，罗峰在混沌城就已经练成，这是因为金角巨兽还比较弱，加上罗峰能够购买许多珍贵材料，所以练成了。很多金角巨兽一辈子也就练成第一层。

第二层，需要的材料无比罕见，可惜，有一些珍贵的材料罗峰买不起。这次，他花费860混元单位，其中有超过830混元单位都是购买金角巨兽修炼本尊天地秘法第二层所需要的一部分珍贵物品。还有些特殊的材料，宝库中都没有，有些昂贵的，他根本买不起。

“本尊天地秘法的效果非常彪悍，可条件也太苛刻了，比如修炼第二层，还需要坎洛丝的羽毛，宝库中坎洛丝的羽毛标价竟然是1200万积分，有些材料在宝库中都找不到。”罗峰暗叹一口气。

难怪这套强大的秘法很难练成，想要练成第二层，要付出的代价都是极大的。罗峰只是虚拟宇宙公司中的一个小人物，还看不到练成本尊天地秘法的曙光！

罗峰一伸手，让巴巴塔将这些物品全部收进它的储物空间中。

第二天。

罗峰穿着黑色战甲，脚踏战靴，背着六棱盾牌和血影战刀，这些都是定制的符合血洛世界常规的兵器和铠甲，而摩云藤、护臂屏幕等一些不符合血洛世界常规的全部交给魔杀族分身保管。

当然，巴巴塔也躲在它自己的储物空间中，按照罗峰的话说，巴巴塔可以跟着去血洛世界，但是禁止对外显示其存在，只能用意识和他交流。

“罗峰，我可是跟着你的老师经历过诸多生死劫难的，放心啦。”巴巴塔说道。

“嗯。”罗峰站在庄园中，看着薄雾笼罩的天空。

“轰隆隆——”一艘宇宙飞船缓缓降落在罗峰的星辰领地上。

“殿下，你可是去执行修炼任务，一定要小心。”奥多恭敬地嘱咐道。

“嗯。”罗峰点点头，直接化作一道流光，飞了过去。

“恭送殿下！”上百名护卫、上千名仆人同时恭敬地道。

远处，罗峰已经进入虚拟宇宙公司派来的宇宙飞船中。

很快，宇宙飞船便消失不见了。

暗宇宙中，鱼形的宇宙飞船正在迅速前进。

“殿下，我们此次前往血洛世界，宇宙飞船的速度达到了36倍光速，预估在19小时后抵达。”一个深紫色短发，容貌妖艳，有着一条毛茸茸尾巴，整个人却显得很严肃的女子向罗峰介绍道，“19小时后，我会通知殿下，殿下现在可以好好休息。”

“谢谢。”罗峰微微点头。

随即他坐到一旁的沙发上，给自己倒了一杯美酒品尝起来，同时分出一丝意识进入虚拟宇宙网络，练习刀法“幽影七绝刀”。

现如今，幽影七绝刀刀法的每一招都完全融入了罗峰的感悟。即使如此，七招中，罗峰依旧更加擅长“昙花”这招。或许是因为魔杀族分身本来就擅长暗杀，长久修炼刀法，其对“昙花”这一招的感悟最深，所以罗峰本尊施展刀法时，也最擅长“昙花”这一招。

罗峰不断熟悉刀法，苦练身法，很快，19个小时过去了。

“殿下，马上进行宇宙穿梭，回到原始宇宙。”深紫色短发女子淡淡地说道。

与此同时，宇宙飞船控制室中响起了宇宙穿梭的倒计时，十秒钟后，宇宙飞船微微震荡。

很快，一切恢复平静。

宇宙飞船抵达了目的地。

“外景虚拟！”深紫色短发女子喝道。

周围的景色变幻，显现出外界的景象。

“好漂亮！”罗峰惊叹不已。

外界薄雾弥漫，各种尘埃碎片飘浮着。远处有一座无比高大的宫殿，这座宫殿悬浮在空中。

“这座宫殿名叫天蚀宫，我们虚拟宇宙公司的一些超级强者在这里静修，同时负责监视血洛世界。”深紫色短发女子介绍，“在天蚀宫不远处，有一片被清空的大区域，足以让宇宙飞船加速进行宇宙穿梭。”

“天蚀宫？监视？”罗峰很是惊讶。

“对。”深紫色短发女子点点头，“但凡有人从血洛世界中飞出，就会被发现。如果是我们的人，自然会被安全带走，如果是血洛世界的土著人，当然不会那么好运。”

“我就送你到这里了，这里距离血洛世界并不远，罗峰殿下自己可以乘坐宇宙飞船继续前行。”深紫色短发女子笑笑，又道，“殿下自己应该带了宇宙飞船吧，这一点，修炼任务的提示上是标明了的。”

“明白。”罗峰点点头。

“哗！”舱门开启。

罗峰直接飞了出去，悬浮在空中。

“天蚀宫！”罗峰立于空中，看了一眼远处的宫殿，随即一招手，旁边出现了一座银色的金字塔宇宙飞船。

这正是罗峰在地球上得到的机械族宇宙飞船，这绝对算是优质的宇宙飞船，无论是机动性，还是防御力等方面都很不错。

“宇宙飞船伪装，模拟成普通的陨石碎片。”罗峰飞入机械族宇宙飞船内，同时下令。

“是，主人。”

机械族宇宙飞船的外表变换，很快就变成一块深灰色的陨石碎片，在空中丝毫不起眼。

随即，它以惊人的速度迅速朝血洛世界的方向飞去。

罗峰站在控制室内，遥看前方。

远处有一片无比庞大的，悬浮在空中的大陆。

整个大陆笼罩在云气层中。

这就是血洛世界！

“还有3小时即可进入外围的云气层。”

“嗯。”罗峰微微点头。

血洛世界又迎来一位天外来者！

第487章

射箭救人

“血洛世界强者如云，甚至有不朽级强者。”罗峰看着越来越近的血洛世界，“我必须谨慎，绝对不能泄露自己的身份！”

“说来也奇怪，以虚拟宇宙公司的实力，横扫整个血洛世界轻而易举。虚拟宇宙公司明明有轻易掌控血洛世界的能力，却宁愿设立天蚀宫，在空中进行监视，而不去直接统领血洛世界。”罗峰暗自疑惑，“这不太像宇宙大势力虚拟宇宙公司的行事风格。”

“不过，这也轮不到我管。”罗峰摇摇头。

三个小时后。

机械族宇宙飞船终于冲入了血洛世界外层的云气层。

“不能再前进了！”

罗峰心念一动，从机械族宇宙飞船中飞出，而后让巴巴塔将机械族宇宙飞船收入储物空间中。

“血洛世界的上空一共有18层。”

罗峰看过修炼任务的介绍，其中有血洛世界整体的介绍，血洛世界天空中的云气层一共有18层，越往上，压力越大，宇宙级强者凭借自身的实力才能闯过这18层。

不过，血洛世界的土著们最多飞到第18层，就不敢再飞出去了。因为他们知道天外族群会击杀飞出血洛世界的土著，凡是飞出第18层的，还没有谁能够活着回到地面。

“在空中不用担心，可是如今在云层中，说不定会碰到血洛世界中的土著。”

罗峰一身黑色战甲，脚踏战靴，背着战刀，手持盾牌，一副血洛世界普通战士的装扮。

他顺着无比可怕的引力，从第18层疯狂朝下方坠落。

“这么强的引力，恐怕至少要恒星级强者才能在空中飞行，而行星级强者体内产生的磁场引力根本抵消不了这么强的引力。”罗峰心中暗自思忖。

“嗖！”

罗峰犹如天外流星，从第十八层一直朝下方坠落，速度越来越快。而后，在他的控制下，保持相对正常的速度下坠，十五分钟后，总算冲破了最下方的云层。

他的眼前终于出现了血洛世界的景色。

“啊！”罗峰不由得惊叹一声。

下方的大地上有着无比浩瀚的山脉森林，以罗峰目测，这古老的森林范围有上万平方公里，森林外围依稀能够看到一些很小的影子，那是一些城池的影子。

古老的山脉森林迎来了一位天外来客。

罗峰落入山脉森林时，体表的气浪直接迸射而出，轰得周围的树枝断裂开来，而后速度锐减，缓缓落在地面上，战靴踩在腐朽的枯叶上。

“这么强的引力，能够生活在血洛世界的普通人，实力应该都接近行星级。”罗峰站在那里，心中迅速盘算，“这里的空气是在宇宙本源之力孕育下产生的，有着惊人的强化身体的效果。”

“难怪血洛世界中有那么多强者。他们生活在宇宙秘境中，天生身体强悍，修炼更容易。可是，正因为生活在宇宙秘境中，即使他们成为不朽级强者，也无法离开宇宙秘境，去浩瀚宇宙中闯荡，除非那些不朽级强者加入虚拟宇宙公司。”罗峰心中暗道，“不过，这古老森林中腐朽、腥臭的味道真难闻。”

就在这时，距离罗峰两千多米外，一棵二十余人才能环抱的粗壮大树上，缠绕着一个有着碧绿色蛇身，却有一张人脸的怪物。

怪物的脸上没有鼻子，只有眼睛、嘴巴，它正透过杂乱的树杈缝隙，看着罗峰。

“刺啦！”一道刺耳的声音仿佛冲击波传入罗峰的耳朵。

与此同时，怪物带着一抹流光残影，瞬间就到了罗峰的身侧，同时嘴巴猛地张开，像直径足有三米的黑洞，直接吞向罗峰。

罗峰转头，双眸如刀，看着凶残的蛇身人脸怪物。

这怪物足有二十层楼高，和它一比，罗峰简直是小不点。

可是，当罗峰看过去时，怪物的脸上竟然出现了惊恐之色。

“哼！”罗峰冷哼一声。

“轰！”怪物瞬间变得无力，循着惯性，砸在旁边粗壮大树的主干上，随后重重落地。

巨大的蛇身落在地面上，怪物的眼中流出绿色的血液，而后一动不动了。

“这就是血洛世界土著们称为‘荒兽’的玩意儿？这不过是一头实力堪比恒星级五六阶强者的荒兽，竟然敢招惹我。”

刚才罗峰仅仅发散意识威压，就令这头荒兽丧命了。

他的意识极强，达到了域主级巅峰。一般在两者实力相差极大时，意识威压才比较明显。如果罗峰用意识威压去对付宇宙级强者，最多让对方难受。可是，如果是压迫低两个层次的恒星级强者，只需一个眼神，就能令对方直接崩溃。

“随便冒出来一头荒兽，就拥有恒星级五六阶强者的实力。看来，生活在宇宙秘境内，就是拥有得天独厚的优势啊。”罗峰随即看向远处，“我得先离开这座森林，前往最近的城池。只有去了城中，才能更快地得到血洛晶。”

血洛晶是血洛世界特产的一种至宝。

“嗖！”罗峰瞬间消失在远处。

在这座森林的边缘地带，一支队伍正在前进。

“少爷，你第一次来到荒兽森林，千万不可大意，就在外围逛逛，杀一些荒兽练练手就行了。”队伍中，一个汉子身高约一米八，满脸胡子，身体粗壮，特别是一双手臂都有地球成年人的大腿粗，眼睛是棕色的，正在说当地的一种方言。

“雷叔，有你在，有什么好担心的。”一个穿着银色战甲，额头上有着紫色秘纹的少年笑道。

这少年手里拿着一张黑色的劲弓，身上背着一壶箭矢。

雷叔笑了。

忽然，他嗅了嗅，脸色微变，低喝一声：“大家小心点！这里应该是荒兽‘蛮咕兽’的领地范围。”

“蛮咕兽？”队伍中其他的卫士表情显得很是严肃。

面对任何一种荒兽都不能大意，这是血洛世界早就流传的一句话。但是，蛮咕兽并非多么厉害的荒兽，卫士们心里很清楚，他们这队人马只要小心点，击杀蛮咕兽是很容易的。

“蛮咕兽？交给我对付！”少年兴奋得很。

“少爷！”雷叔皱眉。

“没事。”少年已经从身后的箭壶中取出一支箭矢，搭在黑色劲弓上，随时准备拉弓射箭。

片刻后，当这支队伍拨开树枝，继续前进时，一眼看到远处有一个穿着黑色战甲，背着刀盾的精瘦青年。

青年坐在湖边，吃着烤肉。

这时候，一道巨大的灰色幻影直接从远处飞了过来，整个队伍的人都被吓了一跳。

青年这才察觉到了什么，转过头去，看向那灰色的巨大幻影。

“找死啊！”

那些护卫队员大多认为这个傻乎乎闯到荒兽森林的青年肯定是个没经验的家伙，否则怎么会盯着攻击而来的蛮咕兽呢？

真正的战士就该第一时间让自己处于有利形势，至少别傻坐着吧！

“蛮咕兽，是天空级蛮咕兽。”雷叔连忙传音喝道。

“嗖！”一道光芒瞬间划过长空，直接射在那灰色的幻影上，令其发出惨叫声。

那灰色幻影迅速扭身、落地，原来是一个全身毛茸茸的大家伙，它只有一只爪子，而那爪子有它的整个身体大。此刻，它身上正插着一支箭矢，红色鲜血从它的毛发中流出。

“嗖！”刚一落地，它便“咕咕”地怪叫着，愤怒地冲向那支小队。

少年表情严肃，额头上的紫色秘纹隐隐闪烁光芒，迅速搭箭，再次拉弓，射了出去。

可这次早有准备的蛮咕兽在半空中一扭身，让人心寒的大爪子一挥，就将箭矢给打飞了。

雷叔则拔出腰间的两柄斧头，双臂猛地变粗。

“嗖！”半空中骤然出现一抹弧形斧刃，直接划过蛮咕兽的身体。

随即，弧形斧刃消散，而雷叔已经到了蛮咕兽身后数十米处。

蛮咕兽的身体从半空中坠落，倒地身亡。

“雷叔好厉害！太厉害了！”少年连连拍手，兴奋不已。

“以后别大意了！蛮咕兽的两大杀招，一是它的爪子，二就是它的毒气。这头蛮咕兽已经达到天空级，如果任它靠近，放出毒气，那就麻烦了。”雷叔教训道，而后吩咐其他护卫，“采集荒兽身上的材料。”

“是。”护卫们立即去收集材料了。

少年走向湖边，笑着和青年打招呼，老气横秋的语气：“兄弟，你哪里来的啊？”

此刻，少年显得有些得意。在他看来，如果不是他那一箭，这个青年恐怕早就没命了。

“谢谢了。”罗峰看着眼前的少年，微微点头。

刚才那头荒兽不过拥有恒星级一二阶的实力，它偷袭的时候，罗峰早就知道了，正准备直接用意识灭了它。不承想，这个古道热肠的少年率先出手救了他。

看来，血洛世界的人虽然崇拜力量，但还是有这种纯朴少年的。

看着眼前得意扬扬的少年，罗峰不禁对血洛世界期待起来。

第488章

燕岗岭

片刻后。

罗峰和这支小队一起出发，离开了古老森林。

“不客气，我也算练手了，可以回家了。我们一起走，更加安全啊。”少年很是兴奋，心中则暗道，“这个精瘦青年显然没多少经验，一个人走，说不定会丢掉小命，反正我要回去，就带他去城里吧！救人的感觉真好啊！”

“啊，还没自我介绍呢。我叫纳可，你呢？”忽然，少年又想到了什么，笑着看向罗峰。

“我叫‘峰’！”罗峰回道。

“峰！”少年点点头，赞叹道，“好名字！你明显比我大，我就称呼你峰大哥吧！等去了我们燕岗岭主城，你有时间的话，我就带你在城里好好逛逛，我可是在城里长大的。”

“燕岗岭？好，多谢！”罗峰点点头。

他在虚拟宇宙公司得到的那份资料上对血洛世界介绍得很详细，可血洛世界毕竟是一个无比浩瀚的世界，不可能全部描述到位。

按照资料的描述，在血洛世界中，实力分为大地级、天空级、云霄级、领域级、世界级、不朽神灵，其实正好和宇宙中的行星级、恒星级、宇宙级、域主级、界主级、不朽级相对应。

而血洛世界的城市主要分成领地主城和世界城。

领地主城是一个领地的核心，每一个领地的领主肯定拥有领域级（域主级）实力。

世界城则是一方世界的核心，世界城的城主必定拥有世界级（界主级）实力。

每一座世界城能统领直径数亿公里到十数亿公里不等的区域，统治的人口数以亿计。血洛世界中有超过千万座世界城，在世界城之上，就是高高在上的不朽神殿。

不朽神殿地位超然，里面的人一般不会插手血洛世界的普通事务。

“看来我降落的位置属于燕岗岭的管辖范围，燕岗岭的主城应该是周围数千万公里区域的核心，城主是一个域主级强者。我需要血洛晶，然而虚拟宇宙公司给的资料并没有怎么介绍关于血洛晶的信息，只提到血洛晶是血洛世界的珍宝。傻子都猜得出来是珍宝，公司直接将这个超级陆地命名为‘血洛’，血洛晶的重要性还用说？”罗峰心中早就有了计划，“我要去城中，血洛世界早有文字，城中肯定有一些书籍之类，我可以通过书籍得知血洛晶的详细讯息。”

一座方圆数千万公里领地的主城，绝对会非常繁华，一定会有自己想要的。

“文明发达的地方，货币总是很重要，我猎杀的一些荒兽身上的材料足以卖得不少货币。”

罗峰对于该做什么，早有计划。他是天外来者，身份必须保密，刚刚来到血洛世界，还是低调一点比较好。这也是他降落到森林中，却没有直接飞向城池的原因。

在森林中猎杀一些荒兽，把它们身上的材料拿去卖掉，可以获得一些货币。那个森林的面积仅仅方圆上万公里，只能算是很普通的荒兽森林，里面的荒兽最厉害的也就达到恒星级九阶，一头宇宙级的都没有。

少年和罗峰热切地交谈着。

后面的雷叔和护卫们都把这一幕看在眼里。

“这个傻乎乎的小子真是走了狗屎运，能得到我们这一群兄弟的保护。”

“那是少爷心肠太好了！要是我，根本懒得管他。”

“嘿嘿，哥几个，说起来，刚才看到峰转过头去，看向飞扑过来的蛮咕兽，都被吓傻了的场景，我忍不住想笑。哈哈！真不知道这个傻乎乎的家伙怎么敢进入荒兽森林？幸好他只是在森林外围，估计没遇到什么厉害的荒兽，否则估计早就被荒兽给吞下肚了。”

护卫们彼此传音交谈。

“闭嘴！”雷叔传音喝道。

护卫们顿时结束了传音。

“你们都给我小心点，现在我们已经在回城的途中了，这里距离城池还有数千公里，经常会有一些强盗。”

“队长，有你在，哪个不长眼的强盗敢来啊？”

“是啊，来了也是找死。”

雷叔没有答话，若有所思地看了罗峰一眼。

对于少爷顺路救下的这个陌生小子，他没什么好感。

少爷一向很善良，这令他很无奈。因为他很清楚，这是一个崇尚力量的世界，各种阴谋诡计随时会发生，好心肠的少爷很可能会吃大亏。

“老爷太宠爱少爷了，说是要等到少爷成年后，再让少爷去吃吃苦头。”雷叔摇摇头。

宽阔的大路上，一群人正呼啸着迅速前进，正是罗峰和那个少年所在的队伍，他们一边赶路，一边惬意地传音聊天。

队伍中大多是大地级高等水准的武者，对他们而言，保持时速近千公里很轻松。

“看，远处就是我们燕岗岭的主城，我们距离主城还有1个小时左右的路程。”少年遥指远处显得模糊的巨大城池轮廓，口中说着当地的方言。

罗峰也是一口当地的方言，只是不够纯正。

“轰隆隆——”忽然，飞速前进的罗峰、少年等人都感觉到地面震荡起来了。

他们回头一看，只见后方有一拨黑影正迅速逼近。

其他人肉眼无法看清，可罗峰一眼就看到那是一支庞大的队伍。

那些人骑着各种各样的驯兽，这些驯兽或是高大，或是背上长着翅膀，飞奔的速度极快。

“那些都是被驯服的荒兽！”罗峰一眼就认出，很多驯兽和自己之前在森林中击杀的荒兽长得一模一样。

“我们快让开！”雷叔传音喝道。

顿时，小队连忙朝路边走去。

骑着数百头驯兽的庞大队伍呼啸而过，那些驯兽的粗壮蹄子重重地踏在地面上，令地面扬起一阵灰尘。

“哈哈，这不是纳可少爷吗？”一道刺耳的笑声响起。

疾速飞奔的庞大队伍很快停下，数十人骑着驯兽朝罗峰他们这里飞奔过来。

罗峰只感觉眼睛一花，数十名骑着驯兽的武者已经到了眼前。

这支骑兵队伍的为首者是一名高大、俊美的少年，他骑着一头全身披着鳞甲，好似老虎，却足有十米长的奇异怪兽，正俯瞰着纳可，脸上有着一丝得意。

“西方！”银甲少年面色一变。

“啧啧，我们那位天才箭手好像害怕了呢！”俊美少年的表情渐渐变冷，嗤笑一声，“没想到，我竟然在城外碰到了你。”

“西方少爷！”一道浑厚的声音猛地响起。

旁边的雷叔上前一步，目光扫过少年身后的一大群人，沉声说道：“我们家老爷和你们西家也算有些交情，希望西方少爷别做糊涂事。”

“我说话，哪里轮得到你插嘴？”俊美少年面目狰狞，怒喝一声，“滚！”

“西方，你闭嘴！”银甲少年怒喝道。

“哈哈，纯朴善良的纳可，你还没看清形势吗？现在我们可是在城外，你那位老爹可来不及救你。”俊美少年双眸中迸射出寒芒，“我可忘不了半年前你对我的羞辱。”

旁边的罗峰闻言，眉头微皱。

双方人马明显不成正比。

先不谈后面的大部队，单单西方身边的数十名手下中，达到恒星级九阶的有一名，达到恒星级七八阶的有九名，而纳可这边队伍中的最强者是那个雷叔，仅仅拥有恒星级六七阶的水准。

“麻烦大了。”雷叔心中焦急，“这队伍中几乎有西家一半的高手，这么多高手竟然乖乖跟着一个小毛孩出来，太不可思议了。”

“队长，怎么办？”

“队长，在那西方少爷后面的，就是他们西家三大高手之一的‘滴血刀’，是达到天空级巅峰的强者。单单他一人，就能横扫我们啊。”

此话一出，银甲少年的队伍有些乱了。

银甲少年双眸好似要喷出火来，怒视坐在荒兽背上的俊美少年，喝道：“西方，你有什么招，尽管冲我来！”

“哦！你好有强者风范啊，真是有气度！”俊美少年嗤笑一声，随即脸色一沉，“来人，给我将这群人狠狠地教训一顿。不过，你们不要杀了他们，我西方可不是那种心狠的人，还有，给我抓住纳可，将他绑起来，我要跟他好好聊聊……”

“是！”一群坐在荒兽背上的武者齐声应道。

雷叔和一群护卫听了，同时拔出兵器，准备反击。

俊美少年冷笑一声，道：“谁如果反抗，就直接把他杀了！当然，不能杀纳可少爷，他可是和我从小一起长大的‘好’兄弟！动手吧！”

顿时，那一群彪悍的武者直接从荒兽背上飞扑过来，直接袭向纳可所在的队伍。

第489章

甲衣

罗峰就站在纳可旁边，眉头微皱。

他刚刚降临血洛世界，可不想弄出太大的风波。

“哈哈！反抗者死！”那一大群彪悍的武者猖狂地大笑着，飞扑过来。

其中一个穿着血色铠甲的精瘦男子背着一把深红色的战刀，扫视着银甲少年的护卫队，最终目光停留在雷叔的身上。

雷叔和护卫们脸色都很难看，想还手却不敢还手，银甲少年则愤恨不已。

“轰隆！”

那些飞扑过来的彪悍武者和那个冷酷的精瘦男子的身体都一颤。

“滚！”一道宛若雷神发出的怒喝声响起，无比可怕的威压席卷而来。

当所有人感觉无法反抗，即将灭亡时，那股威压离去了。

“滚——”那道怒喝声在他们的识海中回荡。

一群彪悍的武者直接从半空落下，并没有进行攻击。

“走！”罗峰朝银甲少年小队扫视了一眼，而后连忙喝道。

“我们走！”俊美少年也连忙喝道，同时瞪了银甲少年一眼。

看着之前无比嚣张，最后却灰溜溜离去的一群人，无论是银甲少年，还是他麾下的雷叔和护卫，都感到茫然。

“怎么走了？”

“这、这……就这么走了。”

他们不敢相信竟然就此逃过一劫。

“不可能。”银甲少年瞪大眼睛，“西方那个浑蛋绝对没这么好心，他怎么可能就这么放过我？”

“一定是有高手在暗中帮了我们。”雷叔无比肯定。

“高手？”

银甲少年和护卫们都疑惑地看向雷叔。

“雷叔，你刚刚说有高手在暗中帮我们？”银甲少年疑惑。

“嗯。”雷叔微微点头，郑重地道，“此事有三种可能，一是，老爷很宠爱你，所以就安排了某个超级高手在暗中保护你……”

此话顿时引得一群护卫点头赞同。

“二是，某个神秘高手在暗中帮我们。”雷叔又道，“三是，西方的队伍中有人帮我们。”

“前两个都说得通。你刚刚说，西方的队伍中有人帮我们？”纳可很是震惊。

“队长，不可能吧！”一群护卫都不敢相信。

“你们没发现吗？之前跟随西方过来的数十人中就有‘滴血刀’，还有九大铁卫。”雷叔遥看远处的大部队，“这队伍足有数百人，仅仅数十人就这么强，另外数百人中肯定还有很多高手。”

“如果不是非常重要的事，绝对不可能派出这么多高手。说不定，那大部队中就有整个队伍真正的领头人。”雷叔沉声说道，“他们在办大事，办大事时最怕惹出乱七八糟的事情。那位领头人很可能不满意，所以传音喝令他们都回去。”

“嗯！”

“有道理！”

护卫们都点点头。

“雷叔，厉害！”银甲少年夸赞道。

“不过，我有一点想不通，西家召集这么多高手，或许有些高手还是其他势力的。这么强大的一个队伍，在干什么大事呢？”雷叔皱眉道，“就算家主出来，也不至于带这么多高手。”

“对！”

“肯定有重要的事情。”

……

西方带着麾下的人马飞速赶回大队伍中。

“三叔，刚才到底是什么高手在暗中帮助他们，难道连你也不是那个高手的对手？”西方看着身侧的精瘦男子。

这精瘦男子正是西家三大高手之一，有着“滴血刀”之名的西炎塔。

他是恒星级九阶巅峰高手，同阶高手中，他的战斗力极强。

西炎塔眼眸中有着一丝惊讶，传音道：“西方，那个暗中帮忙的高手非常非常强，如果不是他不想杀人，最后及时收手，恐怕我已经死了。”

“什么?! ”西方的眼睛瞪得滚圆。

他这位三叔可是达到天空级（恒星级）巅峰的强者，连三叔都感觉到对方不直接出手就可以杀死他，这个神秘高手的实力实在是太可怕了。

“这人的实力达到了什么级别，云霄级吗？”西方说着，连连摇头，“云霄级的高手也没这么强吧。”

“云霄级高手的实力确实没有这么强，不可能仅仅凭借意识压迫就令我没有反抗能力。”西炎塔点点头，“我估计那神秘高手应该达到了领域级，他瞬间就靠着威压震慑了一群人，却又没杀了我们，可见其对意识威压的细微控制能力很强，甚至在领域级高手中都算很厉害的。”

“领域级？”西方愣住了。

燕岗岭的范围有方圆数千万公里，人口数以亿计，领主是领域级（域主级）高手，可他已经是整个燕岗岭最厉害的人物，绝非他们这种家族所能招惹的。领主随便动一动手指就能灭了他们家族。

“纳可那小子怎么可能得到那么厉害的人物的保护？”西方不敢相信。

“西方，你带着一群人赶紧归队，别耽误时间了。炎塔，我们这次全力一赌，难道连你也不知道此次行动是多么重要吗，竟然跟着西方这孩子去胡闹。哼！”一道苍老的声音在西方和西炎塔的脑海中响起。

“叔公，我有事情禀报。”西炎塔传音道。

“说！”

“叔公，刚才西方去教训纳家的那位小少爷，我发现一件事，纳可背后竟然有一个达到领域级的厉害强者。”

“领、领域级？”

“是。”

“你有几成把握确定那人是领域级高手？会不会是你弄错了？”

“我有九成九的把握，能够单凭意识威压就令我不敢反抗的，恐怕也就领域级高手了。”西炎塔恭敬地回道。

“是谁？”

要知道，领域级高手完全能够改变一个领地范围内的势力分布，如果是极为强大的领域级高手，甚至可以直接干掉现任的城主，再得到神殿的认可，就可以成为新一任城主。

“不清楚，或许是隐藏在纳可的队伍中，或许是在某个我们看不见的地方，他的实力比我强太多，所以我确定不了他的真实身份。”西炎塔回道。

“嗯！这事回去好好弄清楚，现在先回城。”

然而，这个可能存在的领域级高手已经惹得高层心乱了，哪里还敢去招惹这个领域级高手啊？

“是！”西家的队伍当即迅速前进。

距离燕岗岭主城八百公里外，一条宽阔的大路从一座大山中穿过，这座大山被劈成两半，形成了一个大峡谷，峡谷内有一条通道。

此刻，这座曾经被强者劈开的大山山巅站着一道道身影。

一共有十三人，一律穿着战甲、战靴，个个戴着战盔，只有双眸露出，或是背着双斧，或是单手持着一柄巨斧。他们身上的战甲的颜色以黑色、血红色、金黄色为主。

“大哥，人来了！”

“西家的队伍来了！”

为首者体形高大，穿着黄金色战甲，那双血色眼眸正俯视下方，他闻言，低喝道：“兄弟们，走，拿货物去！”

“嗖——”十三道人影一闪身，疾速从山巅飞向下方。

十三道人影迅速俯冲而下，立即引起了正在飞奔的西家队伍的注意。

队伍前面领头的一个满脸黑胡子的老头猛地高高举起右手，大声喝道：“停！”

此时，前方宽阔道路上站着13人，宛若13尊魔神。

“十、十三……”黑胡子老头瞬间面色苍白。

“十三斧！”黑胡子老头身侧的西炎塔脸色也变得苍白，“他们怎么会来？不可能……”

燕岗岭的范围内有一些豪雄组成的势力，强大无比，比他们这些经商的家族要强得多，比如“十三斧”。

十三斧是由13个志趣相投的强者形成的组织，组织中没什么小喽啰，只有这13个人，可是，整个燕岗岭没有几家胆敢招惹十三斧。因为十三斧中有3个云霄级高手和10个天空级巅峰高手。

领域级（域主级）高手，在燕岗岭算是统治级的大人物，可以称霸整个燕岗岭。

云霄级（宇宙级）高手，在燕岗岭算是拥有巅峰级武力的人物。

“怎么办？”

“这货物不容有失啊！”

西家大队伍处于恐慌中。

“十三斧的各位大人，有什么吩咐，尽管说。”黑胡子老头心中忐忑，表面却强装镇定。

一道低沉的声音从为首者口中传出：“交出古神废墟中的那件甲衣，就饶你们一命。”

黑胡子老头瞪大眼睛。

“快跑！”下一瞬，黑胡子老头传音厉声喝道。

整个队伍仿佛早有准备，刹那间，一群天空级（恒星级）的强者朝四面八方飞去，同时大量的大地级强者也迅速逃跑，或是爬山，或是沿着原路返回。

而西方和西炎塔也朝着原路返回。

“炎塔，快去，去找纳家的那个小家伙。如果那个领域级高手还在，我们西家还有希望！”黑胡子老头传音咆哮道。

“是，叔公。”西炎塔传音回道。

第490章

追杀

当西家队伍数百人疯狂逃窜时，十三斧的首领的血红色眸子中掠过一丝煞气。

他传音喝道："全部杀了！一个不留！"

"明白！"

"他们逃不掉的！"

"九弟、十三弟，看你们的了。"

十三斧中包括首领在内的11人迅速化作11道幻影，追杀逃窜的实力较强者，剩下的两个穿着黑色战甲的汉子却狞笑着，很快伸出双手。

"嗖——"密密麻麻的流光朝四面八方射去。

罗峰达到学徒级九阶时，就能全力控制十余把飞刀，现在如果不追求发挥最大威力的话，瞬间控制数千把金色小剑都不难。当然，如果追求极限威力，只能控制数十把。

这两个恒星级巅峰强者各自瞬间释放出一百多件非常薄的超小型飞斧暗器，每个暗器约有半个手掌大小，1毫米厚。

飞斧暗器疾速朝四面八方飙射开去。

"啊！"

"不！"

"快逃！"

正在飞逃的大量武者瞬间陷入疯狂状态，因为眼见一个个同伴被飞斧所杀，一时间，峡谷就被鲜血染红了，噩梦般的一幕发生了。

仅仅数秒钟，整个峡谷中西家还活着的不足20人。

“天哪！”黑胡子老头瘫坐在地，神情凝重。

“噗！”一件薄如蝉翼的小巧的飞斧暗器在半空中留下让人目眩的光影，而后直接划过黑胡子老头的脖颈。

黑胡子老头当场丧命。

“没有。”

“这边没有。”

“这个老家伙身上只有一个空间护腕，不过，空间护腕内并没有我们要的甲衣。”

十三斧中懂得操控暗器攻击的两人迅速查验了一下一些重要人物的尸身，仅仅找到一个空间护腕，而那空间护腕中根本没有他们要的东西。

“往回逃跑的人最多，那十数人都逃出峡谷了。”

“放心，大哥他们追过去了。”

“嗯，我们也追过去吧！”

“嗖！嗖！”

这两人一闪身，迅速追过去。

宽阔的道路上，十数人正在狼狈地飞速逃窜。

“快！”

“快逃！”

这群人脸上满是惊恐之色，特别是中间的酉方，面如土色。

他传音焦急地喊道：“三叔，三叔，你带我一起逃啊！”

然而，逃跑的人中实力最强的三叔，也就是酉炎塔早就逃远了，根本没顾及他。

“哈哈，还想逃！”

一道身穿黄金色战甲的人影从远处疾速而来，大笑声回荡在逃跑的十余人的耳边。

这道人影的后方，隐隐还有人影迅速飞来。

“都去死吧！”

身穿黄金色战甲的人影直接一个俯冲，狂暴的云霄级（宇宙级）原力以他为中心，猛地朝四周爆射开去，顿时周围数百米范围内猛地爆炸，宇宙级原力蕴含的可怕冲击力瞬间将周围炸成废墟，惨叫声、嘶喊声、尖叫声接连响起。

“不！！！”西方惊恐地嘶吼着。

紧接着，他的身体被无数暗器射中。

“纳可！”临死前，西方还在呼唤纳可的名字。

他多么渴望，能够遇上纳可的队伍，那样至少还有一丝生机，可惜他的速度太慢了。

至此，西家队伍只剩下一人还在逃亡，那就是西家三大强者之一，达到天空级巅峰的“滴血刀”西炎塔。此人实力不错，在十三斧面前也能排第四。

他一开始就沿着原路返回，以最快速度飞行，根本没有管西方的死活。他只知道，如果那件甲衣没了，主城中的西家就会完蛋。

“当时我就不该同意，古神废墟内的宝物岂是我们西家能拿的？恨啊，只恨我们太贪婪了！”

西炎塔心中懊悔不已。

当初西家看到了成功后的巨大好处，起了贪婪之念，决定来一次豪赌，就拿了古神废墟内的宝物。

“哈哈！滴血刀，你还往哪里逃？”一道嗤笑声直接在西炎塔的耳边响起。

西炎塔回头一看，只见一道黄金色身影从远处疾速而来。

他的脸色顿时更加难看了。

十三斧中的老大、老三、老七是他最不想遇到的，因为这三个人都是云霄级（宇宙级）高手，至于其他十人，他倒是有足够的信心对付。

“纳可！”

“纳可！”

西炎塔拼命加速，死死看着远处，忽然远处出现了十余人的小队，其中正有他熟悉的那位银甲少年纳可，这令西炎塔眼中迸发出一丝希望的光芒，他脸涨得通红，拼命咆哮道：“纳可少爷，救命啊！”

罗峰他们和前面的西家队伍拉开了近200公里的距离，然而西炎塔毕竟是恒星级巅峰强者，虽然血洛世界的引力大到行星级强者都无法飞行，可是西炎塔的飞行速度能够达到8公里/秒，如果宇宙星空中没有引力，恒星级巅峰强者的秒速能达到150公里左右。

血洛世界中的引力惊人，西炎塔的秒速只能达到8公里。近200公里的距离，他飞行了数十秒钟。

仅仅数十秒，西家队伍的其他人全部被杀了。

“纳可少爷，救命啊！”一道蕴含原力的咆哮声回荡在天地间。

正在赶路的纳可等人都是一怔，抬头看去。

只见两道人影一前一后迅速朝他们飞来，后面那道黄金色人影身上的庞大气息弥漫开来。

“前面的是西炎塔，后面是十三斧首领。”雷叔一眼就认出来了，不由得露出惊恐之色，连忙传音，“所有人听好，千万别去招惹那位十三斧首领。纳可少爷，别帮西炎塔，我们也帮不了，反而会送命。”

“嗯！”纳可脸色煞白。

在燕岗岭，十三斧首领可是让人敬畏的豪雄。

“救命！”西炎塔满脸惊恐，疾速飞向纳可的队伍。

而纳可他们站在那里，一动不动，明显不想插手。

“轰隆！”后面一股可怕的气浪波及过来。

“不好！”

西炎塔看了一眼后面，只见那个笼罩在黄金色战甲中的强者挥起巨斧，直接朝他劈来。

西炎塔双眼通红，拼命挥舞手中的战刀抵挡。

“轰！”西炎塔整个人直接被劈得摔落在地。

“我、我……”西炎塔瞪大眼睛，嘴角不停渗出鲜血，随即脑袋垂下，断了气息。

“轰！轰！”

又有两道人影一前一后来到。

“大哥，东西找到了吗？”其中一个魁梧男子问道。

“应该在他的身上。”

十三斧首领看着西炎塔的尸身，而后直接一把抓住西炎塔的护臂，回头看向自己的兄弟，道：“老三、老七，这是他的空间护臂。”

两人闻言，眼睛一亮。

纳可的队伍站在原地，根本不敢前进，也不敢逃跑。

“和资料上描述的一样，血洛世界崇尚力量，杀戮随处可见，那个地位颇高的家伙就这么死了。”罗峰瞥了一眼西炎塔的尸身，摇摇头。

此刻，半空中，一道道人影陆续落下。

“十三斧的人都到了。”雷叔眼中满是震惊。

“十三斧？传说中的十三斧！”纳可既兴奋又忐忑。

这可都是传说中的豪雄，轻而易举就灭了西家队伍，这才是真正的超级高手啊！

此刻，不远处的十三斧首领眉头一皱：“怎么会没有？”

“什么，没有？”

“大哥，那空间护臂中没有甲衣？”

“你们检查过其他人随身携带的物品了吗？”十三斧首领看向其他兄弟。

另外12人都点点头，道：“我们都检查过了，就一个人戴着空间护腕，那空间护腕内也没有我们要的甲衣。”

“刚才这滴血刀是在向他们求救。”十三斧首领看向不远处的纳可等人。

纳可麾下的护卫们顿时惊恐起来。

十三斧首领眉头微皱，道："他们和西家很可能是一伙的，只是分成了两批。"

"大哥，直接杀了他们，再找甲衣就是，想那么多干什么。"

"嗯！"十三斧首领点点头，"杀了他们！"

对于十三斧而言，在燕岗岭内杀死一些富家子弟的队伍，简直就跟踩死一只蚂蚁般容易。在血洛大陆，根本没有道理可言，实力强就是硬道理！

"我们跟西家没关系，别杀我们。"

"饶命！"

雷叔和纳可的脸上都出现了慌乱之色。

"真麻烦。"罗峰微微摇头，"这一群人中有三个宇宙级强者，我单凭意识威压根本杀不了他们，还是得亲自动手。资料中说的没错，在血洛世界中，很多时候不得不杀人。"

十三斧中的一人正要操控暗器进行攻击，就在这时候，十三人脸上同时出现惊恐之色，因为他们面前瞬间都出现了一个人——穿着黑色战甲的黑发青年！

罗峰的十三个幻身同时出现在十三人面前。

第491章

血武者

“怎么可能？”十三斧成员此刻都惊恐地睁大了眼睛。

因为对方出现得实在太快、太诡异，快到仿佛施展了瞬移。

面对这个情况，十三人都想要使出自己的兵器。

罗峰眼神冷厉，他的十三个幻身都看着眼前的十三斧成员。

刀光亮起，13道刀光蕴含着一种连绵不绝的恨意。

旁边看到这一幕的纳可、雷叔等人，包括遭到攻击的十三人，都不由得受到刀法意境的影响，意识被刀法吸引。

13道刀光仿佛手术刀，精确地沿着那十三人的头盔缝隙，直接掠入头盔内，随即收回。

13道刀光亮起又消失，那些幻身已经消失了。

罗峰站在那里，将手中的血影战刀插入背上的刀鞘中。

十三位高手一动不动。

纳可、雷叔，以及那群护卫的意识完全陷入之前的刀法意境中，不可自拔。

罗峰回头看了他们一眼，意识威压略微迸发，令这群完全沉迷的人瞬间惊醒。

“那十三人怎么站在那里一动不动？我刚才不是眼花了，我看到……”一名护卫道。

“闭嘴。”雷叔怒喝一声。

护卫吓得立即闭嘴。

“死了，十三斧的人都死了。”雷叔传音道，“难道你们没有看到那十三副头盔和战甲的缝隙间隐隐有着一些血迹吗？而且，你们好歹也算是有点实力，难道没发现那十三人一点气息都没有了吗？”

“真的，那里有血迹。”

“一点气息都感觉不到。”

“天哪！刚、刚才我没看错吧！那个叫峰的傻小子，不，是那个身穿黑甲的高手随意一出手，同时击杀了十三人，那十三人竟然都没来得及还手。”

“我刚才看到十三个身穿黑甲的高手同时出刀，那刀光真是让人心醉啊！”

这群护卫完全被征服了。

在血洛世界中，崇拜的就是力量，这种让人心醉的刀法更是让人感到震撼。

“我真蠢！”雷叔身体微微颤抖，“第一次见到这个高手时，他哪里是傻乎乎地看向蛮咕兽，人家根本是没将蛮咕兽当成对手。就连有着三个云霄级强者的十三斧都来不及出手，瞬间全部被杀了，还用得着在意那蛮咕兽吗？你们还说人家傻乎乎的，纯粹是你们傻。对了，之前西方带领人马想要好好羞辱少爷一番，却被吓得狼狈溜走，肯定也是这个高手在暗中帮忙。他不动声色就吓得滴血刀这种大人物都灰溜溜地逃走了，这才叫超级高手！”

纳可看向罗峰，目光变得炽热。

“高手！真正的高手！超级高手！”纳可喃喃地道，“十三斧的人可以轻而易举地杀了滴血刀酉炎塔这种高手，不愧是传说中的高手。可是，峰大哥就站在那里，一动不动，就令十三斧的人连还手都来不及，就都没命了。这，这是多么强的实力啊！”

“少爷，这是真正的超级强者，而且是那种低调苦修的修炼者！”雷叔很是激动，连忙传音，“他对你的印象挺好，你赶紧跟他拉近关系，能跟这样的超级强者交好，对我们纳家是很好的。”

“别吵。”纳可哪里管得了家族的事情，他现在心中充满激动。

纳可有些紧张，可还是咬牙走向罗峰。

罗峰杀了十三斧的人后，也懒得管那些护卫傻乎乎的样子，而是让念力辐散开去，扫过十三斧和西炎塔的尸身。

“十三斧果然富裕，竟然每人都有一件空间储物器具。”罗峰的念力一扫，便发现了此事。

随即，在他的念力操控下，或是储物手镯，或是储物护腕，或是储物护臂，或是储物腰带，一件件从那十三人的尸身上脱离，而后直接被收进其空间戒指中。

“检查一下，看看还有什么。”罗峰取出一件空间手镯，念力渗透，开始察探。

“峰、峰大哥。”一道激动的声音响起。

罗峰一转头，看到了脸色通红，很是激动的纳可。

纳可深吸一口气，眼中难掩崇拜，道：“峰大哥，你是不是传说中在大陆上不断流浪的低调苦修者？”

“苦修者？”罗峰闻言一怔，随即点点头，“算是吧。”

“啊！”纳可更加激动了，“我听说苦修者都很低调而且厉害，见识广博。他们从一个世界到另一个世界，不断漂泊，去过很多神奇的地方，比如什么血魔海、禁域山脉、古神废墟等地方，你去过吗？”

罗峰愕然。

眼前的少年崇拜地看着自己，问自己去过那些地方没有。可是，那些都是什么鬼地方啊。

他去过暗宇宙，去过初始宇宙混沌城，去过界中界，去过太初秘境，去过虚拟宇宙公司的全宇宙总部，可是，对于血洛世界中的血魔海、禁域山脉、古神废墟等地很陌生，听都没听过。

“没去过。”罗峰笑着摇摇头，“或许以后有机会去吧！”

“嗯！”纳可非常激动，“我听说血魔海在距离我们八百世界之外，就算是世界城城主，也得耗费很久时间才能到达那里呢。”

罗峰暗惊。

距离倒是不算远，可是血洛世界中没有科技类飞船，只能靠飞行。加上引力又大，确实需要很长时间才能到达那里。

血洛大陆的土著们所谓的世界，指的是一个世界城统领的范围，每一个世界城统领的范围直径在数亿公里到十数亿公里。即便日行十万公里，也得一万天才能穿过一个世界。

八百世界，那得耗费多少年啊？

罗峰和纳可小队走向远处广阔的燕岗岭主城，一路上也在察探十三斧的人留下的物品。

这一察探，竟让罗峰有了意外的惊喜。

“竟然有这么多货币，十三斧真是够富有的。嗯，有了这些钱财，我也方便很多。”

罗峰并不全是为了得到这些钱财而欢喜，他真正激动的是，还得到了很多书，而且主要是记载了修炼秘法和技巧的书，还有一部分是闯荡大陆所需的各种常识书、百科大全。

他根本看不上那些秘法和技巧典籍，见识过《时空随笔》中的数千种秘法，他自己随意创出的秘法都比这些秘法要好。

不得不说，在修炼方面，血洛世界和宇宙人类修炼圣地混沌城根本不是一个档次的。

罗峰随意拿出一本常识书，书页是用一种柔软又坚韧的材质构成的，封面上写着三个字——血洛晶。

“之前还在烦恼对于血洛晶的信息一无所知，现在就得了一本详细介绍血洛晶的书。”罗峰很是开心。

那些钱财和秘法对他来说根本不算什么，这些书才是有用的。

他一边赶路一边用念力扫过书，迅速阅读了一遍，了解血洛晶的详细讯息。

血洛晶：整个大陆的瑰宝。

它，拥有无比神奇的力量。

它，是神灵赐予大陆的珍宝。

只有那高高在上的不朽神殿才会偶尔向一座座世界城发放一颗血洛晶。当然，除了高高在上的不朽神殿，没有任何势力、任何人能够制造出血洛晶，甚至人们都不知道血洛晶到底是哪里来的，怎么产生的。

血洛晶可以融入人的身体，产生无比神奇的效果。至于神奇效果表现在哪里，这种贩卖的书中只有各种猜测，并没说明到底有多么神奇的效果。

不过，并非人人都能将血洛晶融入身体，这对武者的要求极高。融合血洛晶，是血洛世界的武者都向往的事。然而，血洛晶太珍贵、太稀少了。

不朽神殿制定了规则：领域级（域主级）强者只有融合了一颗血洛晶，才有资格统领一方领地。世界级（界主级）强者也必须融合一颗血洛晶，才有资格统领世界城。

而血洛晶极其稀少、珍贵，要融合是非常难的。融合一颗就很难了，融合两颗，对身体的要求提高十倍，融合三颗血洛晶，对身体的要求提高百倍，融合得越多，要求就越苛刻。

大陆上有一个传说，武者的身体融合三颗血洛晶，会拥有无比神奇的能力，这样的武者被称为“血武者”，血武者可以去任何的世界城领取血洛勋章，每一位血武者都是大陆上的骄傲。武者的身体融合十颗血洛晶，便是“黑武者”，可以去不朽神殿领取珍贵的黑血洛勋章。

血武者无数年才诞生一个。至于黑武者，纯粹是传说中的人物，没人知道什么时候诞生过黑武者。或许亿万年来就没诞生过黑武者。

“原来是这样。”罗峰合上书，“难怪获得血武者称号的积分奖励是10万，而得到1颗血洛晶的任务奖励仅仅1万积分，两者的难度明显差很多。”

想到这里，他一抬头，只见前方就是高数百米的古城城门。

燕岗岭主城到了！

第492章

淳羽家族

作为方圆数千万公里区域内的中心，燕岗城的城墙高约三百米，一眼看不到尽头，仿佛无尽的黑色山脉，城门近百米宽，两百米高。

此刻，一群穿着鳞甲的彪悍士兵正在城门前收着入城费。

“快，交钱。”

“没钱也想进去，找死啊！”

士兵们或者拿着大砍刀，或者挥舞着巨斧，时而呼喝，时而大叫。

罗峰一眼看去，暗暗感叹血洛世界土著果真很强，连这些看门的士兵至少都是行星级五阶强者。地球上堪称魔神的人物，在血洛世界，仅仅是普通士兵。

“纳可少爷回来了。”

“还不赶紧让开，让纳可少爷进城。”

看到纳可，士兵们很是热情，根本没有收入城费，就给纳可小队放行了。

不过，雷叔还是很会做人的，扔出一串黑色刀币，笑道：“给兄弟们喝酒。”

为首的士兵熟练地接下，更加热情了。

酒，或是用水果，或是用粮食制作出来的，在宇宙中，有千万种饮料可以称为酒。

“不知道血洛世界的酒是什么滋味。”罗峰露出一丝笑容。

进城后——

纳可热情地道："峰大哥，城里我非常熟，你就住在我家吧，回头我带你在城里好好逛逛。这主城虽然大，但是没有我不知道的地方。"

"是啊，峰大人。"旁边的雷叔附和道。

后面的一群护卫都期盼地看着罗峰，却不敢吭声。

罗峰可是能瞬间秒杀十三斧的，这是何等人物！

放眼整个燕岗岭，能灭掉十三斧势力的的确不少。可是，一人就能瞬间杀了十三斧全部人的超级强者绝对是屈指可数的。

"不用了，我们就在此分开吧！"罗峰说道。

之前看完了关于血洛晶的一些信息，对于修炼任务怎么完成，罗峰心中已经有了计划，他不想和纳家牵扯太深，一旦住到纳家，估计会有不少麻烦事。

"分开？"纳可一怔。

雷叔脸上隐现焦急之色，心中暗道："这么一个超级强者，难道就任他这么走了？"

纳可微微点头，看着罗峰："峰大哥，你会在城内吧！我如果想见你，能见到你吗？"

罗峰看了看眼前的银甲少年，笑了笑，道："燕岗城中最好的住宿地是哪里？"

"飞云阁。"纳可回道。

"嗯，如果你想找我，就去飞云阁吧！"罗峰笑道。

"嗯。"纳可连连点头。

随即罗峰转头，顺着一眼看不到尽头的街道朝远处走去，身影模糊，瞬间就到了远处。

纳可、雷叔，以及护卫们都定定地看着罗峰离去的背影。

雷叔低声激动地道："这是我这辈子近距离接触到的最强的高手。"

"嗯。"纳可也连连点头。

"走，少爷，我们回去吧！"雷叔低声说道，"峰大人的事情，回去后最好还是告诉老爷。特别是酉家的事，也得说一下，我感觉不是小事。"

"走，回去。"

纳可带着护卫队迅速朝家里赶去。燕岗城实在是太大了，这可是方圆数千公里的巨大城池，他们耗费了近一个小时才赶到家。

纳家算是燕岗城中一个略有地位的经商家族。燕岗岭的人口不计其数，各种家族势力也多得很。

纳家和西家都只能算是中等势力，像十三斧这种组织，算得上是上等势力。

纳府。

听了纳可和雷叔的描述，穿着黑色的华丽袍子，头发银白的中年男子脸上的表情僵住了，此人正是纳可的父亲，名为纳布。

“非常厉害！爹，你是没看到，那十三斧的首领杀西炎塔简直轻而易举，一斧头直接将西炎塔劈死了。不过，十三斧的所有人面对峰大哥，连还手之力都没有。我们只看到十三个人影和十三道刀光出现后，十三斧的人全部丧命了。”

“是的，老爷，少爷说的都是真的。”

“怎、怎么可能？”

片刻后，纳布冷静下来。

能打下纳家这么大的家业，他可是心思极为细腻的。

“这是个高手，超级高手。”纳布看着自己的儿子，“他人呢？”

“进城后，他就跟我们分开了。我邀请他来我们家住，他没答应，不过，他说了，我如果想见他，可以去飞云阁。”纳可激动地说着，“爹，我们这就去飞云阁吧！”

“不！”纳布皱眉，低声说道，“这个超级高手进城后，就主动离开了，显然是不想和我们纠葛太深。你……你将这次和他相遇，直到最后分开的详细情景，全部说一遍。”

“是。”纳可立即开始叙述。

纳布认真地听着，脸上的表情越来越轻松，最后微笑起来。

“爹？”纳可疑惑地看着他的父亲。

“哈哈！可可，你这次可是走大运了。”纳布笑着说道，“从你的描述看得出来，这个神秘高手不喜欢杀戮，而且也不喜欢和别人有太多纠葛，不过，他对你应该有好感，否则不会答应让你去见他。”

纳可点点头，兴奋地道：“那我们现在……”

“不。”纳布摇摇头，“你们刚刚分开，现在就赶去飞云阁，即使他愿意见面，很可能会不高兴。不急，我们等到明天，明天再过去拜见这个神秘高手。好了，雷冬，陪少爷回去吧！”

“是。”雷叔当即带着纳可离开了。

房间内只剩下纳布一人，他低声喃喃：“西家的人到底做了什么事，竟然惹得十三斧劫杀……”

燕岗城。

罗峰没急着去投宿，而是先在城内好好逛了逛，去了一些地方吃喝，听听周围食客聊天，对燕岗城内的事情知道得更多了。

血洛大陆没有太阳和月亮，不过，十八云层的运动令整个血洛大陆不同区域时而明亮时而黑暗，一亮一暗为一天。

血洛大陆的1天大约相当于地球的7天。

飞云阁是燕岗城最豪奢的一家住宿地，直径有十余公里，比地球上的一些县城城区都大得多，内部景色优美，最多可容纳近50万名客人，每天往来者源源不绝。

迎客楼内有数百名接待人员。

“住宿。”罗峰对一个穿着黑色毛皮衣裳的娇小少女说道。

“我们这里有地级、天级、云级三个级别的客房，不知道客官要住哪一级的？至于价格，那边墙壁上挂着牌子，牌子上都写明了。”少女笑道。

“云级。”罗峰道。

“云级八九二号，一天的住宿费是3个大钱。”

罗峰随手拿出1枚紫色刀币，放在桌上。

少女立即拿起，开始为罗峰办理登记。

血洛世界中的钱币一律是刀形，分为小刀币（红色，简称小钱）、中刀币（黑色，简称中钱）、大刀币（绿色，简称大钱），而在此之上，还有最贵重的紫色刀币（简称宝钱）。

1中钱，值1000小钱。

1大钱，值1000中钱。

1宝钱，值1000大钱。

飞云阁中最奢侈的客房级别是云级，1天就需要3个大钱，相当于300万小钱，非一般人物能住得起的。而罗峰杀了十三斧，得到了他们的全部身家，比纳家和西家的所有财产加起来都要多，这点住宿费，他当然是没放在眼里。

“大人，这边。”一个长相俊美的青年穿着仆人装，恭敬地在前面带路。

不一会儿，出现在罗峰眼前的是一座有花园和池塘的三层楼阁，庭院外的石牌上有着“云”“八九二”的字迹。

“不错！”罗峰看了一下，满意地点点头。

随即，他坐在客厅的椅子上，看着眼前的青年。

“大人有什么吩咐，尽管说，大人住在飞云阁的这些天，我负责伺候大人。”青年恭敬道。

“我是第一次来到燕岗城。你可以跟我说说，燕岗城有哪些特殊地方和哪些大人物吗？”罗峰说着，随手拿出1枚碧绿色的晶莹的刀币，“说清楚了，让我满意了，就赏你。”

青年看到那碧绿色的刀币，顿时眼睛一亮：“我在燕岗城生活了两百多年，在飞云阁待了近百年，听说的事情可多了。”

而后他滔滔不绝地讲述起来，将整个燕岗城稍微有点名气的地方和人物全部讲了个遍。足足两个多小时，中途没喝一口水。

“嗯！你说得很好！”罗峰的声音仿佛有着魔力，令青年的眼睛渐渐变得无神，“这是我给你的赏赐，出去吧。”

碧绿色刀币飞起，而后落在青年的手上。

青年这才清醒过来，却完全忘记了罗峰之前的询问。须知，罗峰对一个仅仅达到行星级的小家伙施展类似催眠的招数，实在是太简单了。

“谢谢大人！谢谢大人！”青年拿着刀币，当即退下了。

“嗯。”罗峰闭上眼睛，脑海中浮现出青年之前描述的一切，对燕岗城的认知更加清晰了。

“淳羽家族？看来，这个淳羽家族是最有可能有血洛晶的。”罗峰喃喃道。

（本册完）

更多精彩尽在《吞噬星空 典藏版11》！